臺南延平郡王祠大門

南安石井鄭氏家廟所奉之鄭成功像

延平郡王祠內所供之鄭成功像

明延平郡王誥封箱

鄭成功所建之臺南運河城

臺南陳永華墓，墓碑碑文為：「皇明贈資善大夫正治上卿都察院左都御史總制諮議參軍監軍御史諡文正陳公暨夫人淑貞洪氏墓」。

臺南安平古堡之古砲

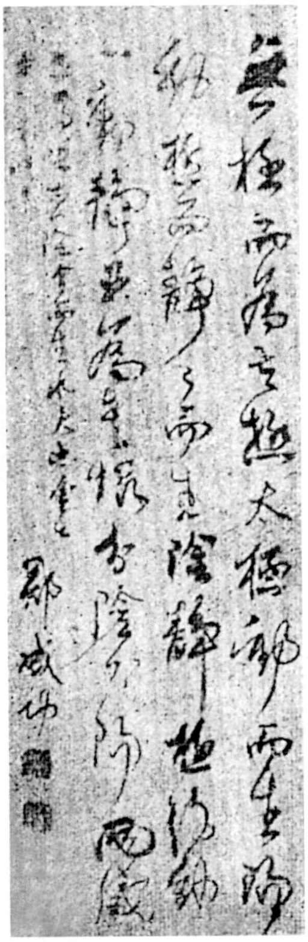

鄭成功之書法

鄭成功像，現藏臺灣省立博物館。

永曆二十五年大統曆，上鈐有鄭成功之「招討大將軍印」，現藏倫敦博物館。

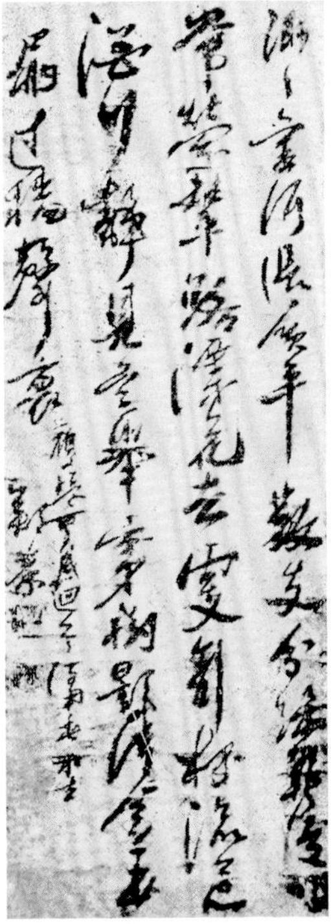

鄭成功遺墨

「鄭成功雄師壓港圖」，左為荷蘭海陸軍，右為鄭成功海船，原載瑞士人赫普特（A. Herport）所著《臺灣旅行記》。

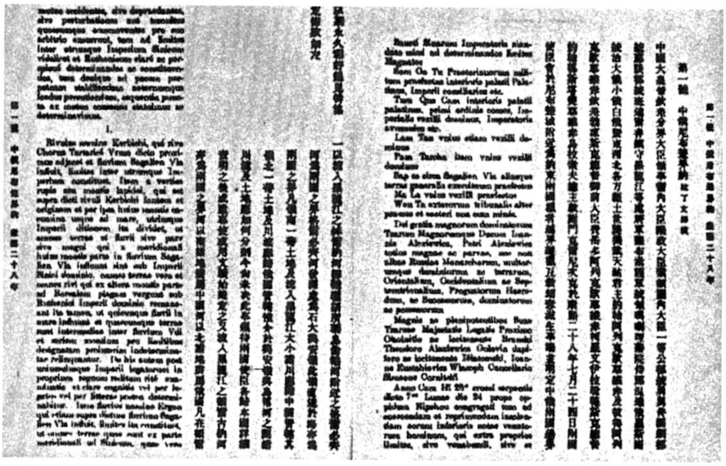

中俄尼布楚條約

滿清全幅甲冑之旗兵

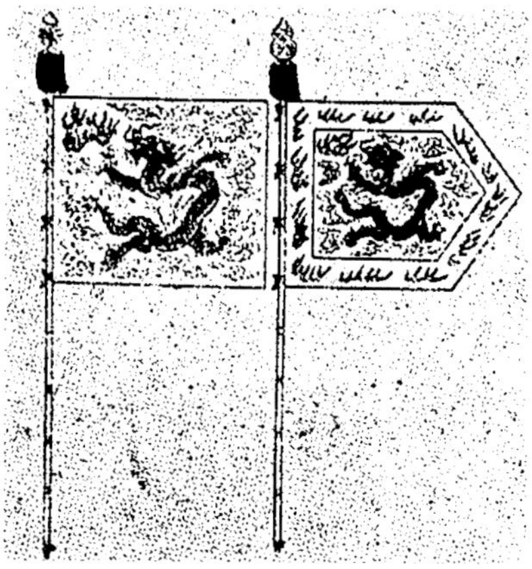

八旗都統纛圖

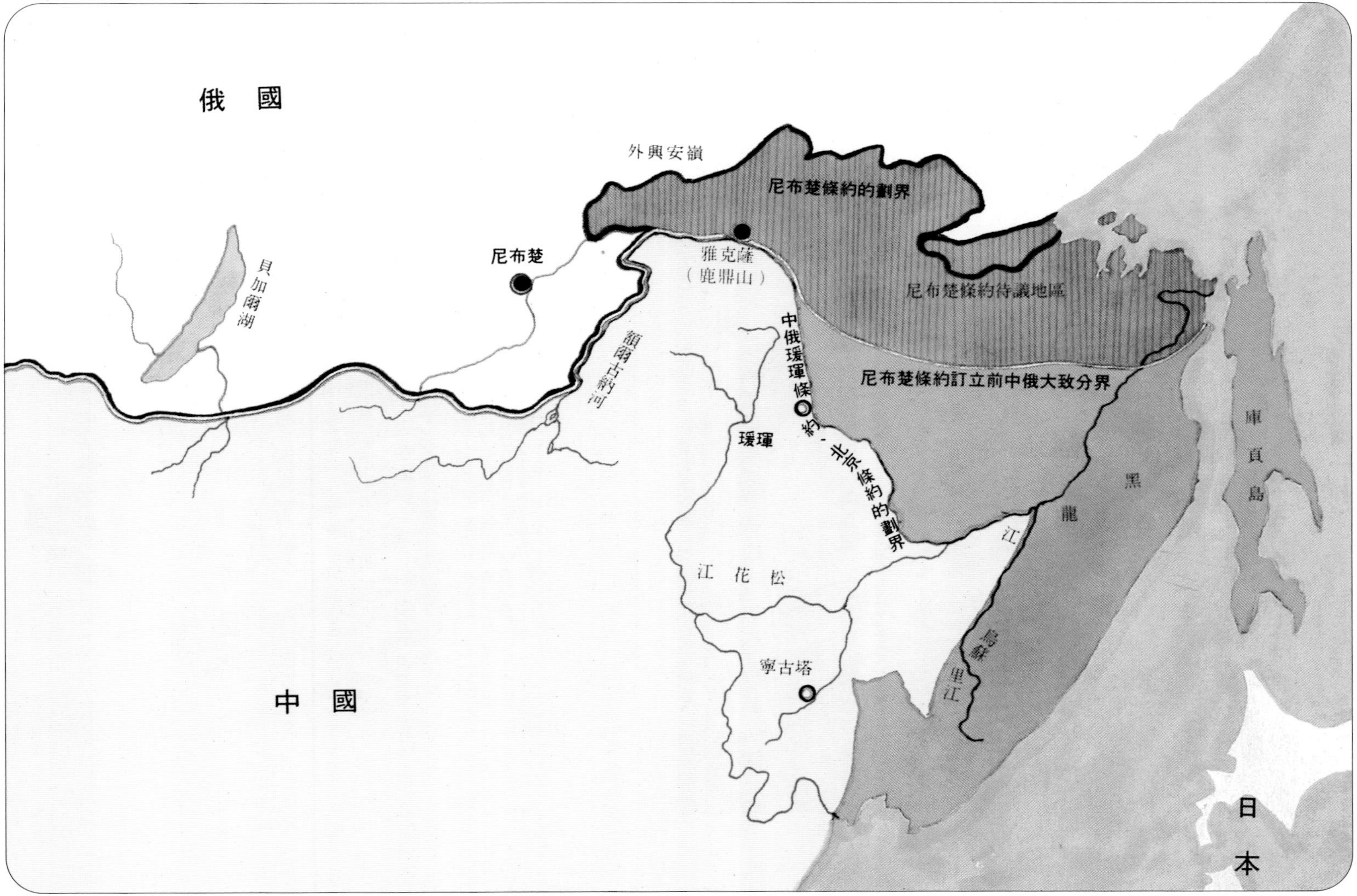

中俄分界圖——圖中有紅色直線部分，為雅克薩一戰後中俄劃界、中國所得的疆土。

清朝時沙俄軍隊侵入中國邊境，擄掠中國人民。

沙俄的反華宣傳畫，吹噓俄軍屠殺清兵的戰績。

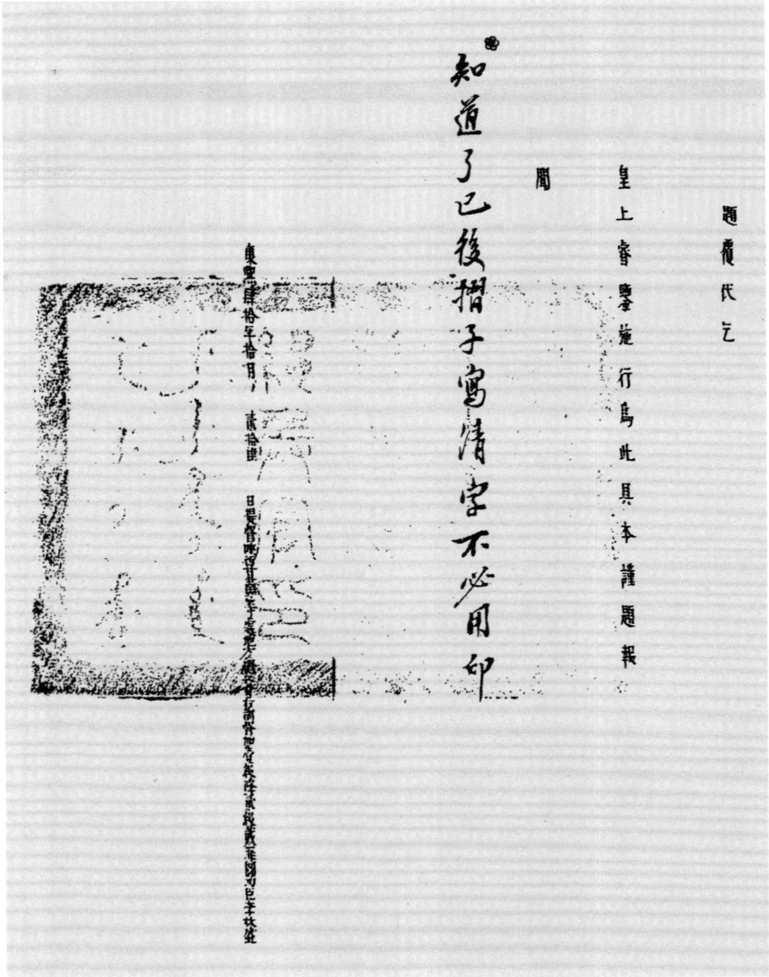
題覆代乞
皇上睿鑒施行為此具本謹題報
聞
知道了已後摺子寫清字不必用印

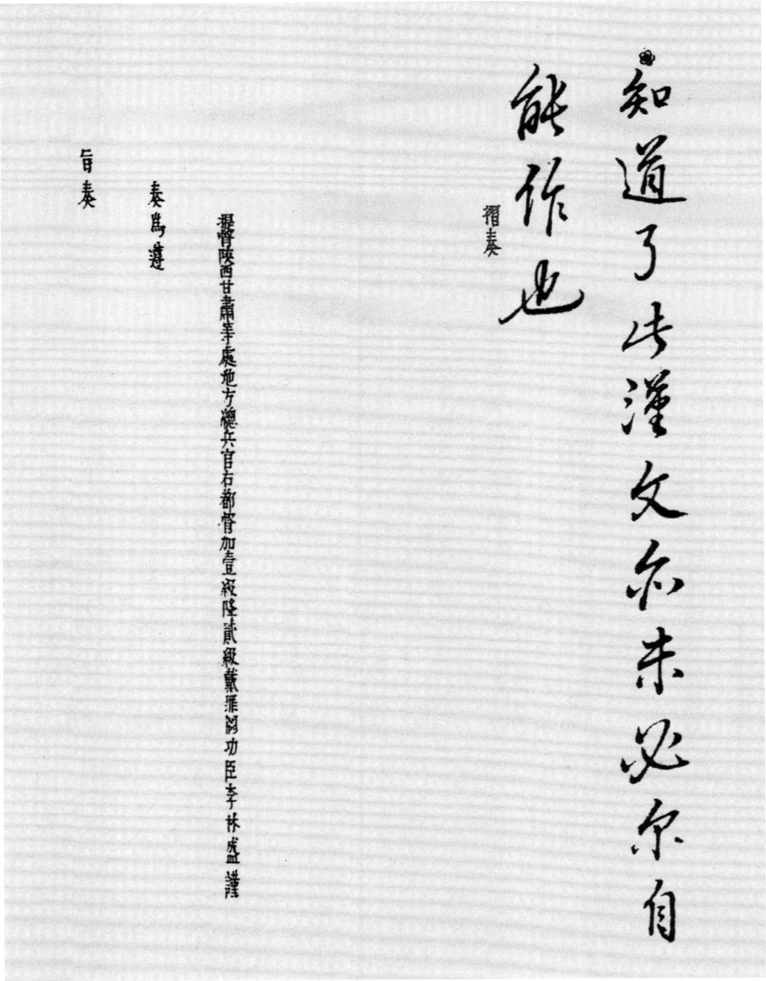
知道了得漢文爾未必爾自
能作也
摺奏
提督陜西甘肅等處地方總兵官右都督加壹級陞貳級戴罪圖功臣李林盛謹
奏為遵
旨奏

李林盛的奏摺及康熙硃批。

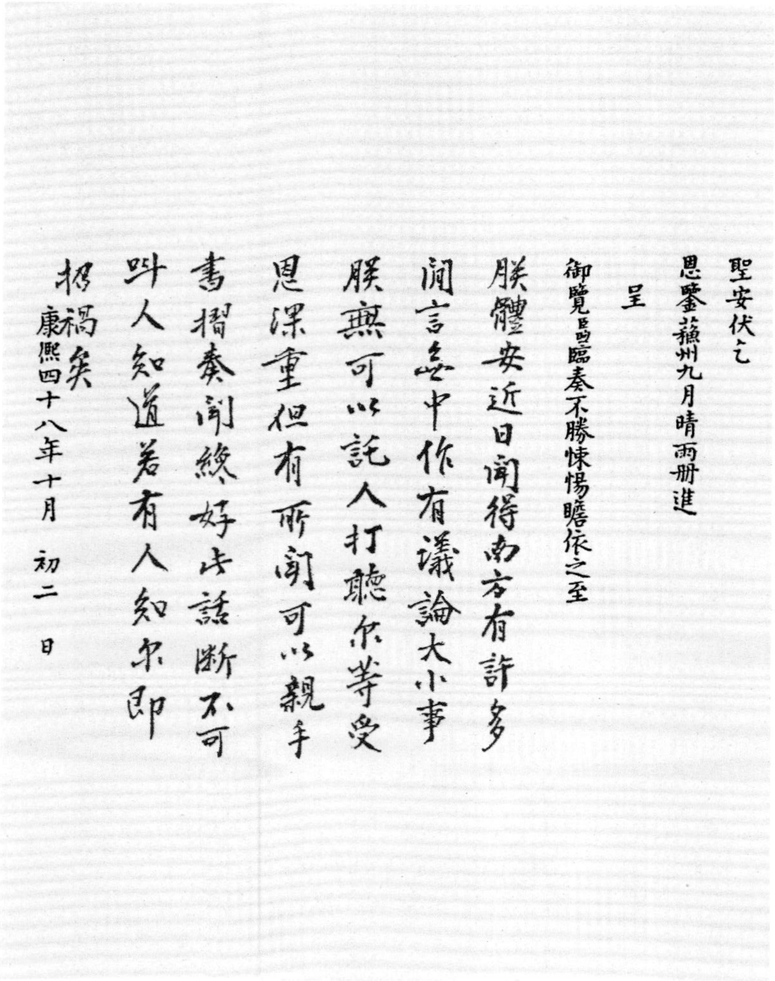

聖安伏乞
恩鑒 蘇州九月晴雨冊進
呈
御覽 臣煦臨奏不勝悚惕瞻依之至

朕體安近日聞得南方有許多
聞言無中作有議論大小事
朕無可以託人打聽爾等受
恩深重但有所聞可以親手
書摺奏聞纔好此話斷不可
叫人知道若有人知爾即
招禍矣

康熙四十八年十月 初二 日

李煦請安摺，康熙硃批。

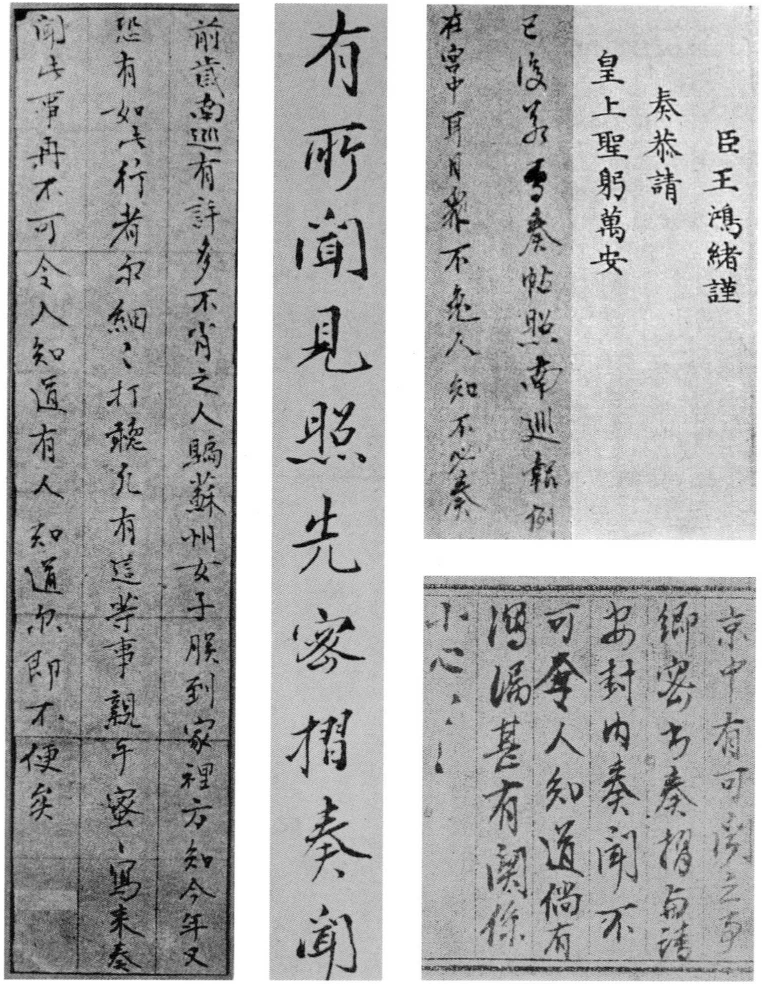

臣王鴻緒謹
奏恭請
皇上聖躬萬安

已後著可奏帖照南巡新例
在京中耳目衆不免人知不必奏

京中有可聞之事
卿密書奏摺與請
安封內奏聞不
可令人知道倘有
洩漏甚有關係
小心小心

有所聞見照先密摺奏聞

前歲南巡有許多不肖之人騙蘇州女子朕到家裡方知今年又
恐有如此行者爾細細打聽凡有這等事親手密密寫來奏
聞此事再不可令人知道有人知道爾即不便矣

康熙在王鴻緒密奏上的硃批。

大字版

鹿鼎記

金庸

⑩告老退休

大字版金庸作品集⑺

鹿鼎記 (10)告老退休 「公元2006年金庸新修版」

The Duke of the Mount Deer, Vol. 10

作　　者／金　庸

封面設計／唐壽南　內頁插畫／姜雲行

發 行 人／王　榮　文
出版・發行／遠流出版事業股份有限公司
臺北市中山北路一段11號13樓
電話／25710297　傳真／25710197　郵撥／0189456-1

□2006年10月1日　初版一刷
□2022年3月16日　二版四刷

大字版　每冊380元（本作品全十冊，共3800元）
〔另有典藏版共36冊（不分售），平裝版共36冊，新修版共36冊，新修文庫版共72冊〕

ISBN　978-957-32-8144-3（套：大字版）
ISBN　978-957-32-8143-6（第十冊：大字版）
Printed in Taiwan

YLib 遠流博識網
http://www.ylib.com　E-mail:ylib@ylib.com

目錄

「陳軍師率領水師，圍住了紅毛鬼的兩艘主力大艦，開砲猛轟，殺聲大作，海面上滿是硝煙火燄。猛地裏轟隆隆幾聲大響，紅毛鬼一艘主力艦給我軍擊沉了。」

第四十六回

千里帆檣來域外
九霄風雨過城頭

抬頭向海上看時，只見十來艘艨艟巨艦，張帆乘風，正向島上疾駛而來，韋小寶見勢頭不對，一扯之下，沒能將魚鉤扯脫，反鉤得後頸好不疼痛，當即拔步飛奔，讓那釣魚桿拖在身後，心想定是鄭克塽這小子帶兵還債來了，還債本來甚好，可是欠債的上門，先開上幾砲，來勢洶洶，必非好兆。

他還沒奔到屋前，彭參將已氣急敗壞的奔到，叫道：「韋……韋爵爺……大……大事不好，臺灣兵船打過來了。」韋小寶問道：「你怎知是臺灣兵船？」彭參將道：「卑職剛……剛才用千里鏡照過了，船……尾巴……不，不，船頭上漆著一個太陽，一個月亮，那是臺灣鄭……鄭逆的徽號，一艘船要是裝五百名兵將，兩艘一千，十三艘那就有六七千……」

韋小寶接過他手中千里鏡，對來船望去，一數之下，共有十三艘大船，再細看船頭，果然依稀畫得有太陽和月亮的徽記，喝道：「快去帶兵登防，守在岸邊，敵人坐小艇登陸，這就放箭！」彭參將連聲答應，飛奔而去。

蘇荃等都聞聲出來，只聽得來船又砰砰砰的放砲。公主道：「阿珂妹子，你去臺灣時，帶不帶虎頭同去？」阿珂頓足怒道：「你……你開甚麼玩笑？」

韋小寶更加惱怒，罵道：「讓公主這臭皮帶了她的雙雙去臺灣……」

蘇荃忽道：「咦，怎地砲彈落海，沒濺起水柱？」只聽得砰砰兩響，砲口煙霧瀰漫，卻沒砲彈打上岸來，也沒落入海中。韋小寶一怔，哈哈大笑，道：「這是禮砲，不是來跟咱們爲難的。」公主道：「先禮後兵！」韋小寶怒道：「雙雙小丫頭呢？快過來，老子要打她屁股。」公主嗔道：「好端端的爲甚麼打女兒？」韋小寶道：「誰教她的娘這麼討厭！」

來船漸近，從千里鏡中看得清楚，船上升起的竟是大清黃龍旗，並非臺灣日月旗，韋小寶又驚又喜，將千里鏡交給蘇荃道：「你瞧瞧，這可奇了。」

蘇荃看了一會，微笑道：「這是大清水師，不是臺灣的。」

韋小寶接過來又看，笑道：「對啦！果眞是大清水師。哎喲，幹甚麼？他媽的好痛！」回過頭來，原來抱在阿珂懷中的韋虎頭抓住了鈎桿，用力拉扯，魚鈎還鈎在韋小寶頸中，自然扯得他好生疼痛。阿珂忍住了笑，忙輕輕爲他把魚鉤取下，笑道：「對不住，別生氣。」韋小寶笑道：「乖兒子，年紀小小，就有姜太公的手段，了不起！」

公主哼了一聲，罵道：「偏心鬼！」

只見彭參將快速奔來，叫道：「韋爵爺，船上打的是大清旗號，只怕有詐。」韋小寶道：「不錯！只許一艘小艇載人上島，問明白了再說。」彭參將接令而去。

公主道：「定是鄭克塽這小子假打大清旗號，這些明明是臺灣船嘛！」韋小寶道：「很好，很好。公主，你近來相貌美得很啊。」公主一怔，聽丈夫稱讚自己，卻也忍不住歡喜，微笑道：「還不是一樣，有甚麼美了？」韋小寶道：「你唇紅面白，眉毛彎彎，好像月裏嫦娥下凡，鄭克塽見了一定喜愛得緊。我作價三百五十萬兩，他一定要買。」公主呸的一聲，怒道：「不賣！不賣！」

不多時來船駛近，下錨停泊，六七名水兵划了一艘小艇，駛向岸邊，彭參將指揮士兵，彎弓搭箭，對住了小艇。小艇駛到近處，艇中有人拿起話筒放在口邊，叫道：「聖旨到！水師提督施軍門向韋爵爺傳旨。」

韋小寶大喜，罵道：「他媽的，施琅這傢伙搞甚麼古怪，卻坐了臺灣的戰船來傳旨。」蘇荃道：「想是他在海上遇到了臺灣水師，打了勝仗，將臺灣的戰船捉了過來。」韋小寶道：「定是如此。荃姊姊料事如神。」

公主兀自不服氣，嘀咕道：「我猜是施琅投降了臺灣，鄭克塽派他假傳聖旨。」韋小寶心中一歡喜，也就不再斥罵，在她屁股上扭了一把，拍了一記，興匆匆地趕到沙灘上去接旨。

小艇中上來的果然是施琅。他在沙灘上一站，大聲宣旨。原來康熙派施琅攻打臺灣，澎湖一戰，鄭軍水師大敗，施琅乘勝入臺。明延平郡王鄭克塽不戰而降，臺灣就此歸於大清版圖。康熙論功行賞，以施琅當年閒居北京不用，得韋小寶保薦而立此大功，特升韋小寶為二等通吃侯，加太子太保銜，長子韋虎頭蔭一等輕車都尉。

韋小寶謝恩已畢，茫然若失，想不到臺灣居然已給施琅平了。

他和鄭克塽一見面就喝醋結怨，師父陳近南為其所害，更恨之切骨，但臺灣一平，大明天下從此更無寸土，也不禁有些惆悵。他年紀輕，從未讀書，甚麼滿漢之分、國族之仇，向來不放在心上，但在天地會日久，平日聽會中弟兄們說得多了，自然也覺滿洲人佔我漢人江山十分不該。這時聽說施琅將鄭克塽抓去了北京，並不覺得歡喜。又想師父一生竭盡心力，只盼恢復大明天下，就算這件大事做不成功，也要保住海外大明這一片孤土，那知師父遭害沒幾年，鄭克塽便即投降，師父在陰世得知，也必痛哭流涕。

韋小寶想到那日師父被害，也是因勸施琅反清復明，施琅不聽，師父心中失望，才會給鄭克塽在背後施了暗算，眼見施琅一副得意洋洋的神氣，不由得一肚子都是氣，說道：「施大人立此大功，想來定是封了大官啦。」施琅微笑道：「蒙皇上恩典，賜封卑職爲三等靖海侯。」韋小寶道：「恭喜，恭喜。」心想：「我本來是一等通吃伯，升一級是三等通吃侯，小皇帝卻連升我兩級，原來要我蓋過了施琅，免得大家都做三等侯，滋味不太好。」但想到施琅大戰平臺，何等熱鬧風光，自己卻在這荒島上發悶，既妒且惱，不由得更對他恨得牙癢癢地。

施琅請了個安，恭恭敬敬的道：「皇上召見卑職，溫言有加，著實勉勵了一番，最後說道：『施琅，你這次出師立功，可知是得了誰的栽培提拔？從前你在北京，誰都不來睬你，是誰保薦你的？』卑職回道：『回皇上：那是韋爵爺的保奏提拔，皇上加恩。』皇上說道：『你不忘本，這就是了。你即去通吃島向韋小寶宣旨，加恩晉爵，獎他有知人之明，爲朝廷立功。』是以卑職專程趕來。」

韋小寶嘆了口氣，心想：「我提拔的人個個立功，就只我自己，卻給監禁在這荒島上寸步難行。小皇帝不住加我官爵，其實我就算封了通吃王，又有甚麼希罕了？」說道：「施大人，你坐了這些臺灣的戰船到來，倒嚇了我一跳，還道是臺灣的水師打過來了呢，那想得到是你來耀武揚威。」

施琅忙請安謝罪，說道：「不敢，不敢，卑職奉了聖旨，急著要見爵爺，臺灣戰船打造得好，行駛起來快得多，因此乘了臺灣船來。」

韋小寶道：「原來臺灣戰船行駛得快，是爲了船上漆得有太陽月亮的徽號。我先前心中嘀咕，只道施大人自己想在臺灣自立爲王，可著實有些躭心呢。」

施琅大吃一驚，忙道：「卑職胡塗得緊，大人指點得是。卑職辦事疏忽，沒將臺灣戰船的徽號去了。」其實這倒不是他的疏忽，只因他打平臺灣，得意萬分，坐了俘獲的臺灣戰船北上天津，又南來通吃島，故意不鏟去船頭臺灣的徽號，好讓人見了指指點點，講述戰船的來歷，那是炫耀戰功之意。不料韋小寶卻說疑心他意欲在臺灣自立爲王，這是最大的犯忌事，不由得滿背都是冷汗；心想小皇帝對這少年始終十分恩寵，自己血戰拚命而平臺灣，他舒舒服服的在島上閒居，功勞竟然還是他大，他封了二等侯，自己卻不過是三等侯。倘若他回到北京，在皇上面前說幾句閒話，自己這可大大糟糕了。

施琅心中這一惶恐，登時收起初上岸時那副趾高氣揚的神氣，命隨同前來的屬官上前拜見。其中一人卻是韋小寶素識，是當年跟著陳近南而在柳州見過的地堂門好手林興珠。韋小寶心中一怔：「他是臺灣將領，怎會在施琅手下？」聽他自報頭銜是水師都司。

林興珠自上岸來見到韋小寶後，早就驚疑不定：「他是陳軍師的徒弟，怎麼做了朝廷大官，連施提督見了他都這般恭敬？」

施琅指著林興珠，以及一個名叫洪朝的水師守備，說道：「林都司和洪守備本來都在臺灣軍中，隨著鄭克塽爵爺和劉國軒大人歸降朝廷的。他二人熟悉海事，因此卑職這次帶同前來，讓他兩人照料臺灣的船隻。」

韋小寶「哦」了一聲，道：「原來如此。」見林興珠和洪朝都低下了頭，臉有愧色。臺灣自鄭成功開府後，和日本、呂宋、暹羅、安南各地通商，甚為殷富。施琅平臺，取得外洋珍寶異物甚多，自己一介不取，盡數呈繳朝廷。康熙命他帶了一些來賜給韋小寶。此外施琅自己也有禮物，卻是些臺灣土產，竹箱、草蓆之類，均是粗陋物事。韋小寶一見，更增氣惱，心道：「張大哥、趙二哥、王三哥、孫四哥打平吳三桂，送給我的禮物何等豐厚，你卻送些叫化子的破爛東西給我，可還把我放在眼裏嗎？」

當晚韋小寶設宴款待，自是請施琅坐了首席，此外是四名水師高級武官，以及林興珠及洪朝二人。酒過三巡，韋小寶問道：「林都司，臺灣延平郡王本來是鄭經鄭王爺，怎麼變成鄭克塽這小子了？聽說他是鄭王爺的第二個兒子，該輪不到他做王爺啊？」

林興珠道：「是。回爵爺：鄭王爺於今年正月廿八去世，遺命大公子克壓接位。大公子英明剛毅，臺灣軍民向來敬服。可是太夫人董國太卻不喜歡他，派馮錫範行刺，將他殺了，立二公子克塽接位。大公子的陳夫人去見董國太，說大公子無罪。董國太大怒，叫人趕了出來，陳夫人抱著大公子的屍體哭了一場，就上吊死了。那位陳夫人，便是陳……陳軍師的大小姐。這件事臺灣上下人心都很不服。」

韋小寶聽說師父的女兒給人逼死，想起師父，心下酸痛，一拍桌子，罵道：「他媽的，鄭克塽這小子昏庸胡塗，會做甚麼屁王爺了？」

林興珠道：「是。二公子接位後，封他岳父馮錫範爲左提督，一應政事都歸他處理。這人處事不公，很有私心。有人大膽說幾句公道話，都給他殺了，因此文武百官都敢怒不敢言。大公子和陳夫人的鬼魂又常顯靈，到四月間，董國太就給鬼魂嚇死了。」

韋小寶道：「痛快，痛快！這董國太到了陰間，國姓爺可不能放過了她。」林興珠道：「誰說不是呢。董國太給鬼魂嚇死的事一傳出來，人心大快，全臺灣從北到南，大家連放了三天爆竹，說的是趕鬼，其實是慶祝這老虔婆死得好！」韋小寶連說：「有趣，有趣！」

施琅道：「鬼魂的事也未必眞有。想來董國太殺了大孫兒、逼死大孫媳後，心中不安，老年人疑心生暗鬼，就日夜見鬼了。」韋小寶正色道：「惡鬼是當眞有的，尤其是冤死屈死之人，變了鬼後，定要討命報仇。施大人，你這次平臺殺人很多，這些臺灣戰船中，惡鬼必定不少，施大人還是小心爲妙。」施琅微微變色，隨即笑道：「上陣打仗，免不了要殺人。倘若敵人陣亡的兵將都變了鬼來討命，做武將的個個不得好死了。」

韋小寶搖頭道：「那倒不然。施大人本來是臺灣國姓爺部下的大將，回過頭來打死臺灣的兵將，死了的冤鬼自然心中不服。這可跟別的將軍不同。」

施琅默然，心下甚是恚怒。他是福建晉江人，臺灣鄭王爺的部屬十之八九也都是福建人，尤以閩南人爲多。他打平臺灣後，曾聽到不少風言風語，罵他是漢奸、閩奸，更有人匿名寫了文章、作了詩來斥罵他諷刺他的。他本就內心有愧，只是如此當面公然譏刺，韋小寶卻是第一人。他對韋小寶無可奈何，登時便遷怒於林興珠，向他瞪了一眼，心道：「一離此島，老子要你的好看。」

韋小寶說道：「施大人，你運氣也眞好，倘若陳軍師沒遭害，在臺灣保護鄭克壓，董國太、鄭克塽他們就不能篡位了。陳軍師統率軍民把守，臺灣上下一心，你未必就能成功。」

施琅默然，心想自己才能確是遠不如陳近南，此人倘若不死，局面自然大不相同。

洪朝忽然插口：「韋爵爺說得是。臺灣的兵將百姓也都這麼說。人人怨恨鄭克塽殺害忠良，自壞長城，眞是國姓爺的不肖子孫。」施琅怒道：「洪守備，你既降了大清，怎敢再說這等大逆不道的言語？」洪朝急忙站起，說道：「卑職胡塗，大人包涵。」

韋小寶道：「洪老兄，你說的是老實話，就算皇上親耳聽到了，也不能怪罪。坐下喝酒罷。」洪朝道：「是。」戰戰兢兢的坐下，捧起酒杯，雙手不住的發抖，將酒潑出了大半杯。

韋小寶道：「陳軍師給鄭克塽害死，臺灣人都知道了，是不是？」洪朝道：「是。

鄭克塽回到臺灣後，他……他說陳軍師……是……是……」向施琅瞧了一眼，不敢再說下去。韋小寶道：「只要你說的是實話，誰也不會怪你。」洪朝道：「是，是。鄭克塽和馮錫範二人帶著幾名衛士，坐了小艇在大海裏漂流，遇到漁船，將他們救回臺灣。鄭克塽說，陳軍師是給施將軍殺死的。鄭王爺得知之後，痛哭了好幾天。後來鄭克塽篡了位，自己才當衆說出來，說陳軍師是他殺的，還大吹自己武功了不起。陳軍師的部下許多人不服，去質問他陳軍師犯了甚麼罪，都給馮錫範派人抓起來殺了。」

韋小寶將酒杯在桌上重重一頓，罵道：「操他奶奶的！」忽然哈哈大笑，說道：「咱們平日罵人奶奶，這人的奶奶實在有些冤枉。只有操鄭克塽的奶奶，那才叫天造地設，丁三配二四，再配也沒有了。」

這幾句話施琅聽在耳裏，卻也十分受用。他所以得罪鄭成功、全家被殺，都因董國太而起，說道：「韋爵爺這話對極，咱們都操他奶奶的！國姓爺英雄豪傑，甚麼都好，就是娶錯了一個老婆。」

韋小寶搖頭道：「旁人都好操鄭克塽的奶奶，天下就是施將軍一個人操不得。施將軍的功名富貴，都是從這老虔婆身上而來。你父母妻兒雖然都讓她殺了，可是換了個水師提督、三等靖海侯，這筆生意還是做得過啊。」

施琅登時滿臉通紅，心中怒罵：「老子操你韋小寶的奶奶。」強自抑制怒氣，端起酒杯來大大喝了一口，可是氣息不順，酒一入喉，猛地裏劇烈咳嗽起來。

韋小寶心道：「瞧你臉色，心中自然在大操我的奶奶，可是我連爹爹是誰也不知道，奶奶是誰更加不知道，你想操我奶奶，非操錯了人不可。你心中多半還想做我老子，那麼我奶奶便是你媽，你操我奶奶，豈不是你跟自己老娘亂七八糟，一塌胡塗？」笑吟吟的瞧著他。

座上一名姓路的水師副將生怕他二人鬧將起來，說道：「韋爵爺，施軍門這次平臺，那是全憑血戰拚出來的功勞。施軍門奉了聖旨，於六月初四率領戰船六百餘號，軍士六萬餘人征臺，在海上遇到逆風，行了十一天才到澎湖，十六就和劉國軒率領的臺灣兵大戰，這一仗當眞打的昏天黑地，日月無光，連施軍門自己也掛了彩……」

韋小寶見林興珠和洪朝都低下了頭，臉有怒色，料想他兩人也曾參與澎湖之役，心想這一仗當然是施琅打了勝仗，不想聽路副將說他的得意事蹟，問道：「施將軍，當日國姓爺取臺灣，也是從澎湖攻過去的嗎？」施琅道：「正是。」韋小寶道：「那時你在國姓爺部下，不知當時打澎湖是怎麼打的？」施琅道：「紅毛鬼子沒派兵守澎湖。」

韋小寶問林興珠：「當年國姓爺跨海東征，聽說林大哥帶領籐牌兵斬鬼腳，不知怎樣斬法？」林興珠心想：「籐牌兵斬鬼腳的事，我早說給你聽過了。這時你又來問，自然是不想聽施琅平臺的臭史，要我講國姓爺和陳軍師的英雄事蹟。我自己的事是不能多說的，施琅心中一懷恨，定要對付我，還是捧捧他爲妙。」說道：「施軍門兩次攻臺灣，功勞實在大得很。當年國姓爺會集諸將，商議要不要跨海東征，很多將官都說臺灣天險難攻，海中風浪既大，紅毛鬼又砲火厲害，這件事實在危險。但陳軍師和施將軍極力贊成，終於立了大功。」施琅聽他這麼說，臉有得色。

林興珠又道：「那是永曆十五年二月……」

施琅道：「林都司，前明的年號，不能再提了，那是大清順治十八年。」

林興珠道：「是，是。這年二月國姓爺大營移駐金門城。三月初一全軍誓師祭海。初十那天，國姓爺和陳軍師統帶親軍右武衛、左右虎衛、驍騎鎮、左先鋒、中衝、後衛鎮、宣毅前後鎮、援剿後鎮各路船艦，齊集料羅灣候風。那時軍心惶惶，很多人都怕出洋，國姓爺和陳軍師、施將軍分到各鎮去激勵軍心。一直等到廿三中午，天才放晴，風浪止息，於是大軍開出，廿四下午就到了澎湖。但到了澎湖之後，大風又起，海上風浪大作，好幾天不能開船。澎湖各島沒糧食，軍中缺糧，大家只好吃蕃薯度日，軍心又慌亂起來。等到三十，實在不能再等了，國姓爺下令出發，不管大風大浪，都要東征。這天半夜一更後，國姓爺的中軍艦上豎起帥字大旗，發砲三聲，金鼓齊鳴，戰船張帆向東。當時烏雲滿天，海上波濤就像一座座小山般撲上船頭，風大雨大，人人身上都濕透了。國姓爺站在船頭，手執長劍，大叫：『盡忠報國，不怕風浪！』數萬兵將跟著齊聲大叫：『盡忠報國，不怕風浪！』喊聲幾乎把狂風巨浪的聲音也壓下去了。」

韋小寶向施琅道：「那時施將軍自然也這般大叫了？」施琅道：「那一次卑職奉命駐守廈門，沒去臺灣。」韋小寶道：「原來如此，可惜，可惜！」

路副將道：「鄭王爺到澎湖，遇到的不過是大風大浪，可是施軍門這次在澎湖這場血戰，那才驚心動魄。劉國軒統帶的水師在澎湖牛心灣、鷄籠嶼布防，沿岸二十里都築了土壘，每隔一壘便有一門大砲。大淸水師開到時，岸上大砲齊發，又有火箭、噴筒，乖乖不得了……」

韋小寶笑道：「路副將，我瞧你的膽子跟我差不多。」路副將道：「不敢，卑職怎及得上爵爺？」韋小寶問道：「你不及我？」路副將道：「自然不及。」韋小寶道：「這倒奇了。我以爲我膽小如鼠，算得是差勁之至了，原來你比我更加沒用，哈哈，奇怪，奇怪。」路副將脹紅了臉，不敢作聲。

韋小寶問林興珠：「國姓爺統帶大軍出海之後，那又怎樣？」

林興珠道：「戰船在大風浪中駛了兩個更次，到三更時分，忽然風平浪靜，烏雲消散，又過一會，更轉爲順風，衆軍歡聲雷動，都說老天保祐，此去必勝。初一早晨，戰船到了鹿耳門外，用竹篙測水，不料沙高水淺，沒法前駛。國姓爺甚是焦急，擺下香案，向天禱祝，過不多時，忽然潮水大漲，各戰船一齊湧進鹿耳門。岸上的紅毛兵開大砲轟擊。紅毛鬼在那裏築了兩座城池，一座叫做熱蘭遮城，一座叫做普羅民遮城……」

韋小寶笑道：「鬼子的地方名字也起得古裏古怪，甚麼熱來遮、冷來遮，南無波羅密多觀世音菩薩遮。」

林興珠微笑道：「當時國姓爺用千里鏡察看，見紅毛鬼有主力大艦兩艘，巡洋艦兩艘，還有夾艦和小艇等數百艘，於是傳下將令，命宣毅前鎮鎮督陳澤率領船隊，在鹿耳門島登陸，扼守住北汕尾，以防另有紅毛艦隊來援；派黃昭帶領銃手五百名，連環砲二十門，分為三隊，到鯤身尾列陣，堵住敵軍南下；派卑職帶籐牌手五百名，從鬼仔埔後繞過鯤身之左截殺；又派蕭拱宸帶快哨二十艘，一見紅毛艦隊過七鯤身攻來，便假裝登陸攻城，大聲吶喊，以為牽制。衆將得令，分頭出發，船上大砲也開砲還擊。那一邊陳軍師率領水師，圍住了紅毛鬼的兩艘主力大艦，開砲猛轟。殺聲大作，海面上滿是硝煙火燄，打了一個多時辰，轟隆隆幾聲大響，紅毛鬼一艘主力艦給我軍擊沉了，後來才知那是貝克德亞號，是紅毛鬼水師的精銳。另一艘馬利亞號受了重傷，向東邊大海中逃得不知去向。兩艘紅毛洋巡艦也退了回去。那時陳澤所帶的兄弟遇上了紅毛鬼陸軍，個個爭先，紅毛鬼槍械雖然厲害，但見我軍衝殺勇敢，嚇得沒了鬥志，敗退回城。我軍登陸赤崁，直搗普羅民遮城。」（按：鄭成功自澎湖攻臺，從今日的臺南附近登陸，當時荷蘭重兵也都駐紮在臺南一帶，本書所敘鄭成功攻臺、施琅攻臺等情形，均係史事實況。）

韋小寶斟了一杯酒，雙手捧給林興珠，道：「林大哥，打得好，我敬你一杯。」

林興珠站起來接了，謝過飲盡，續道：「我軍在赤崁登陸後，當地的中國人紛紛奔來歡迎，許多人都歡喜得哭了起來，都說：『這一下我們的救星可到了。』韋爵爺，國姓爺的老太爺鄭太師，本來是在海上做沒本錢買賣的，臺灣是他老人家的老巢。後來他老人家帶了手下弟兄回到中原，臺灣就分別給荷蘭鬼和西班牙鬼派兵佔據。荷蘭鬼在南，西班牙鬼在北。兩鬼相爭，西班牙鬼打了敗仗，臺灣全境都給荷蘭鬼佔了。島上我們中國人慘受荷蘭紅毛鬼的虐殺。鄭太師的舊部有位弟兄，叫作郭懷一，是個好漢。他留在島上不走，眼見中國人給紅毛鬼實在欺侮得狠了，暗中約集弟兄，通知各地中國人，定八月十五中秋一齊起事，殺光全島紅毛鬼。不料有個漢奸，名叫普仔，竟去向紅毛鬼告密……」

韋小寶拍桌罵道：「他奶奶的，中國人的事，就是讓漢奸壞了。」

林興珠道：「是啊。郭懷一大哥一見普仔逃走，知道事情要糟，立即率領一萬六千多名中國人攻進普羅民遮城，把紅毛鬼的官署和店鋪都放火燒了。紅毛鬼調集大軍反攻，砲火厲害。我們中國人除了有幾枝火龍槍外，都是用大刀、鐵槍、鋤頭、木棍當武器，在赤崁一直打了十五天，郭懷一大哥不幸給紅毛鬼大砲轟死……」韋小寶叫道：「哎啊，那可糟了。」林興珠道：「正是。郭大哥一死，蛇無頭不行，中國人就敗出城來，在大湖邊血戰了七天七夜，中國人在大湖邊給打死的共有四千多人，婦女孩子也寧死不屈，給殺了五百多人。凡是給紅毛鬼捉去了的，女的被迫做營妓，男的不是五馬分屍，就是用烙鐵慢慢的烙死……」

韋小寶大怒，叫道：「紅毛鬼這般殘忍，比大清兵在我們揚州屠城還要狠毒！」

施琅和路副將面面相覷，唯有苦笑，均想：「這少年說話當真不知輕重。」

林興珠道：「那是永曆六年，八月裏的事……」洪朝屈指數道：「永曆六年，就是大清順治七……八……九……順治九年。」林興珠道：「是罷？自從這一場大屠殺之後，臺灣的中國人和紅毛鬼勢不兩立，紅毛鬼一有小小的因頭，便亂殺中國人。因此大家一見國姓爺大軍，那眞是救命皇菩薩到了，男女老幼，紛紛向我們訴苦。就在這天晚上，紅毛鬼的太守揆一大敗之後，遷怒中國人，將住在一鯤身的中國人，不論老幼捉來通統殺了，一共殺了五百多人。次日國姓爺派兵攻普羅民遮城。陳軍師定下計策，練了籐牌兵著地滾過去斬鬼子兵的腳，就此將普羅民遮城攻了下來。」

韋小寶道：「這是老兄的功勞了。」林興珠道：「那全是陳軍師的妙計，卑職沒甚麼功勞。」又道：「國姓爺跟著揮兵進攻紅毛太守揆一所駐的熱蘭遮城。城上砲火猛烈，我軍傷亡很重。但馬信將軍和劉國軒將軍還是奮勇攻下了一鯤身。國姓爺見兄弟們陣亡的太多，於是在熱蘭遮城外堆土築起長圍，在圍上架起了大砲向城裏猛轟。不久我軍第二路水師左衝、前衝、智武、英兵、遊兵、殿兵各鎮的船艦也都開到，聲勢更是大振。國姓爺一面派兵開墾種田，一面加緊圍城。圍到五月間，忽然紅毛鬼的援兵從巴達維亞來到，城中紅毛鬼出來夾攻。水陸大戰，我軍奮勇衝殺，海水都給鮮血染得紅了。」

韋小寶拍桌讚嘆：「厲害，厲害！」向施琅道：「可惜施將軍那時在廈門，不然的話，能趕上這幾場大戰，殺得他媽的幾百名紅毛鬼，那才算是眞正的英雄好漢。」施琅默然。

韋小寶問洪朝：「洪大哥，那時你打的是那一路？」

洪朝道：「卑職那時是在劉國軒劉將軍的麾下，和陳澤陳將軍統領的水師合兵圍攻紅毛援兵，在北汕尾一帶大戰。紅毛鬼兵艦很大，槍砲犀利，我們槍砲的子彈打到紅毛大艦上，都給鐵甲彈了下來，傷他不得。宣毅前鎮的林進紳林將軍眼見支持不住，親身率領二百名敢死隊，身上帶了火藥包，冒死跳上紅毛鬼大艦，炸壞了艦上大砲。紅毛鬼見我們如此不怕死的猛攻，都亂了起來，我們打死了紅毛鬼一名艦長，俘獲兩艘主力艦，紅毛鬼水師潰不成軍。陸上陳軍師帶兵大戰，也大獲全勝，後來陳軍師身上一共挖出了七顆紅毛鉛彈。」

韋小寶道：「嘿，我師父不死在紅毛鬼的槍砲之下，卻死在他奶奶的鄭克塽這小子的劍下。施將軍，男子漢大丈夫，總要打外國鬼子才了不起。中國人殺中國人，殺得再多，也不算好漢。你說是不是？」施琅哼了一聲，並不作答。

林興珠道：「紅毛鬼接連打了幾個敗仗，就想來燒我軍糧食，可是每次都給陳軍師識破了，總是偷鷄不到蝕把米。紅毛太守揆一困守孤城，束手無策，便派人渡海，去和大清閩浙總督李率泰聯絡，請他派兵來救。那李大人倒也有趣，覆信請紅毛鬼先去福建，掃平國姓爺在金門、廈門一帶的駐軍，大淸兵就到臺灣來內外夾攻。那時候紅毛鬼自身難保，像烏龜般縮在熱蘭遮城裏，說甚麼派兵去打金門、廈門？」

韋小寶道：「紅毛鬼說話如同放屁，他們始終沒來攻打金門、廈門，是不是？我們大淸說過的話，卻總是算數的，後來可不是派兵攻臺灣了嗎？只不過遲了這麼二三十年，那也不打緊啊！施將軍領兵打到臺灣之時，不知有沒有紅毛鬼裏應外合？」

施琅再也忍耐不住，霍地站起，怒道：「韋爵爺，兄弟跟你一殿爲臣，做的都是大淸的官，爲甚麼你冷言冷語，總是諷刺兄弟？」

韋小寶奇道：「咦！這可奇了，我幾時敢諷刺施將軍了？施將軍沒裏通外國，那好得很啊。但如要裏通外國，我看也還來得及。施將軍手握重兵，紅毛鬼、西班牙鬼、葡萄牙鬼、羅刹鬼都會喜歡跟你結交。」

施琅心中一凜：「不好，這小鬼要是向皇上告我一狀，誣陷我裏通外國，我這一生可就毀在他手裏了。」適才一時冒火，出口無禮，不由得大是懊悔，忙陪笑道：「兄弟喝多了幾杯，多有衝撞，還請韋爵爺恕罪。」

韋小寶見他發怒，本來倒也有些害怕，待見他改顏賠禮，知他忌憚自己，便笑道：「施將軍倘若當眞想在臺灣自立爲王，還是先把兄弟殺了滅口的好，免得我向皇上告密。如果只不過是大聲嚷嚷，發發脾氣，兄弟膽子雖小，倒也是不怕的。」

施琅臉色慘白，離座深深一揖，說道：「韋爵爺，大人不記小人過，卑職荒唐，甘領責罰。不過自立爲王、裏通外國甚麼的，卑職決無此意。卑職一心一意的爲皇上出力，忠字當頭，決無二心。」

韋小寶笑道：「請坐，請坐。咱們走著瞧罷。」轉頭向林興珠道：「你說的比說書先生還好聽，這一回『國姓爺血戰臺灣，紅毛鬼屁滾尿流』後來怎樣？」

林興珠道：「這時候，國姓爺率領大軍打到臺灣的消息傳到了內地，黃梧黃大人就向朝廷獻議，提出了所謂『堅壁淸野平海五策』。」韋小寶道：「那黃梧是誰？」林興珠向施琅瞧了一眼，咳嗽幾聲，卻不立時便答。

施琅道：「這位黃大人，本來也是國姓爺麾下的，職居總兵，他歸順朝廷後，官運亨通，逝世之時，已封到一等海澄公。」韋小寶道：「嘿，原來也是個大漢……」最後一個「奸」字，終於硬生生嚥住了。施琅臉上一紅，心想：「你罵我漢奸，我瞧你這滿洲人也是假冒的，大家還不是彼此彼此。」

韋小寶道：「這黃梧有甚麼拍皇上馬屁的妙策，一下子就封到公爵？本事可不小哇！這法兒咱們可得琢磨琢磨，好生學學。」

林興珠道：「這黃梧，當年國姓爺派他防守海澄，他卻將海澄拿去投了朝廷，不肯歸降的將士都給他殺了。當時朝廷正拿國姓爺沒法子，忽然有對方這樣一員大將率領軍隊，連同城市一起歸降，朝廷十分歡喜，因此封賞特別從優。」韋小寶道：「原來如此。他獻的又是甚麼計策？」林興珠嘆了口氣，說道：「這位黃大人，害苦的百姓當眞多得很了。他這平海五策，第一條是將沿海所有百姓一概遷入內地，那麼金門、廈門和臺灣就得不到接濟。第二條是將沿海所有船隻一概燒毀，今後一寸木板也不許下海。第三條是殺了國姓爺的父親鄭太師。第四條是挖掘國姓爺祖宗的墳墓，壞了他的風水。第五條是將國姓爺舊部投誠的官兵，一概遷往內地各省墾荒，以免又生後患。」

韋小寶道：「嘿，這傢伙的計策當眞毒得很哪。」

林興珠道：「可不是嗎？那時順治皇爺剛駕崩，皇上接位，年紀幼小，鰲拜大權獨攬。鰲拜這奸賊見到黃梧的平海五策，以爲十分有理，下令從遼東經直隸、江蘇、浙江、福建、以及廣東，沿海三十里內不准有人居住，所有船隻盡數燒毀。那時沿海千千萬萬百姓，無不流離失所，過不了日子。」

施琅搖頭道：「黃梧這條計策，也實在太過份了些。直到今上親政，韋大人拿了鰲拜，禁海令方才取消。可是沿海七省的百姓，已然受盡荼毒。當時朝廷嚴令，凡是犯界的百姓，捉到了立刻斬首。許多貧民過不了日子，到海邊捉魚，不知給殺了多少。鄭太師也是那時遭難的。鰲拜還特地派遣兵部尚書蘇納海這等大官，到福建泉州府南安縣，去挖了鄭家的祖墳。」

韋小寶道：「鰲拜自稱是勇士，這樣幹法可無聊得很。有本事的，就跟國姓爺眞刀眞槍的打一仗。將沿海百姓遷入內地，不是擺明怕了人家麼？皇上愛惜百姓，黃梧的計策倘若呈到了皇上手裏，非砍了他腦袋不可。」施琅道：「正是。黃梧死得早，算是他運氣。」

林興珠道：「鄭太師逝世的消息傳到臺灣，國姓爺怕動搖軍心，說道這是謊言，不得輕信，可是據親兵說，國姓爺常常半夜裏痛哭。國姓爺又對陳軍師和幾位大將說，黃梧這幾條計策果眞毒辣厲害，幸好是東征臺灣，否則十餘萬大軍終究不能在金門、廈門立足。那時我們圍攻已久，紅毛兵幾次想突圍，都給打了回去。於是國姓爺傳令下去，過年之前定要攻下熱蘭遮城。」一轉頭問洪朝：「是十一月廿三日那天總攻，是不是？」

洪朝道：「是，那天大風大雨，我軍各處土壘的大砲一齊猛轟，打壞了城牆一角，城東城西的碉堡也給打破了。紅毛鬼拚命衝出，死了幾百人後還是退了回去。於是紅毛太守揆一豎起白旗投降。那時臺灣的中國人都要報仇，要將紅毛鬼殺得乾乾淨淨。國姓爺向衆百姓開導，我們中國是禮儀之邦，敵人投降了就不能再殺，准許紅毛太守簽署降書一十四款，率領殘兵敗將上船離臺，逃去巴達維亞。紅毛鬼自明朝天啓四年佔據臺灣，一共佔了三十八年，到這一年永曆十五年……也就是大淸順治十八年十一月廿九，臺灣重回中國版圖。」

林興珠道：「國姓爺下了將令，不許殺戮投降了的紅毛兵，但中國百姓實在氣下過，紛紛向他們唾口沫，投石子。小孩子還編了歌兒來唱。紅毛兵個個斷手斷腳，垂頭喪氣，一句鬼話也不敢說了。他們兵船開走的時候，升起了旗又降下，再放禮砲，說是向國姓爺拜謝不殺之恩。」韋小寶道：「好！我們中國人眞是大大的威風。紅毛鬼砲火這麼厲害，打下臺灣，那實在不容易，不容易！」洪朝道：「那熱蘭遮城，國姓爺改名爲安平鎭，普羅民遮城改名爲承天府，自此永爲臺灣的重鎭。」

路副將軍插嘴道：「施軍門取臺灣，走的也是當年國姓爺所走的老路，從鹿耳門進去……」韋小寶揮手攔住他的話頭，打了個大大呵欠，說道：「中國人打得紅毛鬼落海而逃，那才聽得過癮，自己人打自己人嘛，左右也不過是這麼一回事。施將軍，咱們酒也喝得差不多了，這就散了罷。」施琅站起身來，說道：「是。多謝爵爺賜飯，卑職告辭。」

韋小寶回入內堂，說起如何攔住施琅的話頭，總之是不讓他自誇取臺的戰功，六位夫人聽了都感好笑。只有阿珂默默無言，心想當年若是嫁了鄭克塽，勢須隨他一同被俘，去了北京，亡國妾婦，難免大受屈辱。當日見鄭克塽乘小艇離開通吃島，於他生死存亡就已渾不關心，此時聽到他失國降敵，更不在意下，回憶前塵，自己竟能爲他風采容貌所迷，明知此人是個沒骨頭、沒出息的紈袴子弟，自己偏生就如瞎了眼睛一般，對他一往情深，此刻想來，兀自深感羞慚。

公主道：「皇帝哥哥待人太也寬厚，鄭克塽這傢伙投降了，居然還封他個一等公，爵位還在小寶之上，可教人好生不服氣。」

韋小寶搖手道：「不打緊，不打緊。國姓爺是位大大的英雄好漢，皇上瞧在國姓爺的面上，才封他孫子做個一等公。單憑鄭克塽自己的本事，只好封個一等毛毛蟲罷了。」

次日中午，韋小寶單請林興珠、洪朝二人小宴，問起施琅取臺的經過。

原來清軍臺軍在澎湖牛心灣、鷄籠嶼血戰數日，施琅第一天打了敗仗，後來清軍水師援兵開到，又再大戰，臺灣船隻被焚大敗，將士死傷萬餘人，戰艦或沉或焚，損失三百餘艘。劉國軒率殘兵退回臺灣。

施琅率水師攻臺，鹿耳門水淺，戰船不能駛入，在海中泊了十二日，正自無計可施，忽然大霧瀰天，潮水大漲，清軍戰船一起湧入。臺灣上下無不大驚，都說：「當年國姓爺因鹿耳門潮漲而得臺，現今鹿耳門潮水又漲，天險已失，這是天意使然，再打也沒用了。」

鄭克塽得知清軍舟師開進鹿耳門，早嚇得慌了手腳，馮錫範勸他投降，自然一口答允，只是生怕施琅要報私仇，爲難鄭氏子孫，好生躊躇。當下劉國軒致書施琅，說道投降可以，但國姓爺的子孫必須保全，否則全臺軍民感念國姓爺的恩義，寧可戰至最後一人。施琅立即答覆，保證決不計較舊怨，否則天人共棄，絕子絕孫。於是鄭克塽、馮錫範、劉國軒率領臺灣文武百官投降。

明朝宗室寧靖王朱術桂自殺殉國，妻妾五人同殉死節，明祀至此而絕。

韋小寶心想：「這位明朝皇帝的末代子孫自殺殉國，有五個老婆跟著他一起死。我韋小寶如果自殺，我那七個老婆中不知有幾個相陪？雙兒是一定陪的，公主是一定不奉陪的。其餘五個，多半要擲擲骰子，再定死活了。小郡主與柔姊姊對我很有眞心，多半也自願陪死。荃姊姊待我挺好，阿珂好難說。方怡擲骰子時定要作弊，叫我這死人做羊牯。」

林興珠又說，施琅帶兵登陸後，倒也守信，並不爲難鄭氏子孫，還親自到鄭成功的延平郡王廟去致祭，痛哭了一場。洪朝道：「他祭文中有幾句話說：『自同安侯入臺，臺地始有居人。逮賜姓啓土，始爲巖疆，莫敢誰何？今琅賴天子威靈，將帥之力，克有茲土，不辭滅國之誅，所以忠朝廷而報父兄之職分也。獨琅起卒伍，與賜姓有魚水之歡，中間微嫌，釀成大戾。琅與賜姓翦為仇讎，情猶臣主。蘆中窮士，義所不為。公義私恩，如此而已。』這幾句話倒也傳誦一時。」韋小寶問：「他嘰哩咕嚕的說些甚麼？」洪朝道：「『蘆中窮士』指的是伍子胥，當年伍子胥滅了楚國，將楚平王的屍體從墳裏掘出來，鞭屍三百，以報殺父殺兄之仇。施琅說他決不幹這種事。」

韋小寶冷笑道：「哼，他敢麼？國姓爺雖已死了，他還是怕得要命。他敗了鄭家基業，只怕國姓爺的英魂找他為難，於是去國姓爺廟裏磕頭求情。這人奸猾得很，你們別上了他的當。」林洪二人齊聲稱是。

韋小寶道：「伍子胥的故事，我倒在戲文裏看過的，有一齣戲伍子胥過昭關，一夜之間把頭髮嚇得白了，是不是？」洪朝道：「是，是。爵爺記性眞好。」韋小寶很久沒聽人說故事了，當下問起伍子胥的前後事蹟。難得這洪朝當年考過秀才，雖然沒考上，肚子裏卻著實有些墨水，於是一五一十的詳細說了。韋小寶聽得津津有味，說道：「我在這荒島上，實在無聊得緊，幸虧兩位前來給我說故事解悶。最好你們多住幾天，不忙便去。」

林興珠道：「我們是臺灣降將，昨天說話中得罪了施將軍。施將軍要對付我們，便如揑死兩隻螞蟻，只須隨便加一個心懷反覆、圖謀不軌的罪名，立刻便可先斬後奏。就算斬了不奏，也不會有人追問。韋大人，請你跟施將軍說說，就留了我們兩人服侍你罷。」韋小寶大喜，問道：「洪大哥你以爲如何？」洪朝道：「昨兒晚上卑職和林大哥仔細商量，若不得韋大人救命，我二人勢必死無葬身之地。」韋小寶道：「二人跟了我，一切可得聽我的。」林洪二人一齊躬身，說道：「韋大人無論吩咐甚麼，卑職唯命是從。」

韋小寶甚喜，心想：「有了這兩個好幫手，就有法子離開這鬼地方了。」

康熙派那彭參將派兵守衛通吃島，事先曾有嚴旨，決不能讓韋小寶及其家人離島一步。彭參將腦筋並不甚靈，也沒多大本事，但對皇上的聖旨，卻是連殺他十七八次頭也不敢有絲毫違背。康熙要他牢牢的看守，他便牢牢的看守。韋小寶要取他性命，原只是舉手之勞，但就算將這五百零一名看守的兵將殺得乾乾淨淨，沒有船隻，終究不能離島。洪林二人是水師宿將，弄船航行，必有本事。

當晚又宴請施琅，這次只邀林興珠、洪朝兩人作陪。說了一些閒話，韋小寶道：「施將軍，你在這裏總還得住上一兩個月罷？」施琅道：「卑職原想多住些日子，好常常聽大人教誨。不過臺灣初定，不能離開太久，明天就要向大人告辭了。」

韋小寶道：「你說想多些日子跟我在一起，好常常聽我教誨，不知是眞話呢，還是說來討我歡喜的？」施琅道：「自然千眞萬確，是卑職打從心坎裏說出來的話。當年卑職追隨大人，兵駐通吃島，砲轟神龍教，每日裏恭聆大人教導，跟著大人一起喝酒賭錢說笑話，那樣的日子，可開心得很了。」

韋小寶笑道：「如能再過那樣的日子，你開不開心？」施琅道：「那自然開心啊。日後皇上派了大人軍國重任的大差使，卑職還是要討令跟隨大人的。」韋小寶點頭道：「那很容易，你要追隨我，聽我說笑話，半點兒也不難。咱們明天就一起去臺灣罷。」

施琅大吃一驚，站起身來，顫聲道：「這……這……這件事未奉皇上聖旨，卑職不敢奉命。還請……還請大人原諒。」

韋小寶笑道：「我又不是去臺灣想幹甚麼，只是聽你們說得熱鬧，國姓爺在臺南、臺北開疆闢土，新造了一個花花世界，我想親眼去瞧瞧。到了臺灣，你不是可以常常聽到我的教誨麼？這話是你自己親口說的。我不過看你爲人很好，從前又跟過我，咱們是老上司、老部下，交情非同尋常，這才勉強想個法子，來答允你的請求。我去臺灣玩玩，一兩個月就回來了，神不知鬼不覺的，只要你不說、我不說，皇上也不會知道。」

施琅神色極是尷尬，躬身道：「韋大人，這件事實在爲難得很了。大人有命，卑職本當遵奉，只不過倘若皇上怪罪下來，實有大大不便。卑職如不奏告，那是犯了欺君大罪，卑職是萬萬不敢的。」

韋小寶笑道：「請坐，請坐，施將軍，你既不肯，那也是小事一樁，不用再說了。」

施琅如釋重負，連聲稱是，坐回席中。韋小寶笑道：「說到欺君之罪，不瞞你說，我欺瞞皇上的事倒也作過幾椿，不過皇上寬宏大量，知道之後也不過罵上幾句，沒甚麼大不了的。」施琅道：「是，是。大家都說，皇上對待韋大人深恩厚澤，眞正是異數。君臣如此投緣，實是曠古未有。但像卑職這種沒福份的小將外臣，那是萬萬不敢跟韋大人學的。」

韋小寶微笑道：「施將軍嘴裏說得好像十分膽小，其實我瞧啊，你的膽子倒是很大的。聽說施將軍攻下臺灣後，作了一篇祭文去祭國姓爺，可是有的？」

施琅道：「回大人：『國姓爺』三字，是說不得的了，現下的國姓是愛新覺羅。咱們提到鄭成功時，要是說得客氣些，只能說是『前明賜姓』。因此卑職的那篇祭文中，只說『賜姓』二字，決計不敢大膽犯忌。」他料知不答允帶同韋小寶去臺灣，這小鬼必定雞蛋裏找骨頭，硬要尋自己的岔子。「國姓爺」三字是大家說慣了的，可是鄭成功得明朝賜姓爲朱，他的國姓是明朝的國姓，不是清朝的國姓，韋小寶倘若扣住這三個字大作文章，說他念念不忘姓朱是國姓，申報朝廷，這件事可大可小，說不定會釀成大禍，因此上搶先辯白。

其實韋小寶沒半點學問，這些字眼上的關節，他說甚麼也想不到，經施琅一辯，反而抓到了把柄，說道：「施將軍曾受明朝爵祿，念念不忘前朝賜姓，那也怪不得。倘若眞是忠於我大清，應當稱鄭成功爲『逆姓』、『僞姓』、『匪姓』、『狗姓』才是。」

施琅低頭不語，心中雖十二分的不以爲然，但覺不宜就此事和他多辯論，稱鄭成功爲「賜姓」，果然仍不免有不忘前朝之意。

韋小寶道：「施將軍那篇祭文，定是作得十分好的了，唸給我聽聽成不成？」

施琅只會帶兵打戰，那裏會作甚麼祭文，這篇祭文是他幕僚中一名師爺所作的。這師爺頗有才情，這篇祭文作得情文並茂，辭意懇切，施琅曾聽不少人讚揚，心中得意，將其中許多句子熟記在胸，向人炫耀，當下便道：「卑職胡謅了幾句，倒教韋大人見笑了。」於是將祭文中的幾段要緊文字背了出來。

韋小寶聽他背完了「獨琅起卒伍，與賜姓有魚水之歡，中間微嫌，釀成大戾。琅與賜姓翦爲仇讎，情猶臣主。蘆中窮士，義所不爲。公義私恩，如此而已。」那一段，點頭讚道：「好文章，好文章。這篇文章，別說殺了我頭也作不出來，就是人家作好了要我背上一背，只怕也得讀他十天八天。施將軍文武全才，記性極好，佩服，佩服。」

施琅臉上微微一紅，心道：「你明知我作不出，是別人作的，我讀熟了背出來的。這般譏諷於我，那也不必跟你多說。」

韋小寶道：「其中『蘆中窮士，義所不爲』這八個字，是甚麼意思？我學問差勁得很，這可不懂了。」

施琅道：「蘆中窮士，說的是伍子胥。當年他從楚國逃難去吳國，來到江邊，一個漁翁渡他過江，去拿飯給他吃，伍子胥怕追兵來捉拿，躲在江邊的蘆葦叢裏。漁翁回來，見蘆中躲得有人，便叫道：『蘆中人，蘆中人，豈非窮士乎？』後來伍子胥帶領吳兵，攻破楚國，將楚平王的屍首從墳墓裏掘了出來，鞭屍三百，以報殺他父兄之仇。賜姓……鄭成功曾殺我父兄妻兒，臺灣人怕我破臺之後，也會掘屍報仇。卑職這篇祭文中說，這種事我是決計不做的，鄭成功在天之靈可以放心，臺灣軍民也不必顧慮。」

韋小寶道：「原來如此，施將軍是在自比伍子胥。」

施琅道：「伍子胥是大英雄、大豪傑，卑職如何敢比？只不過伍子胥全家遭難，他孤身一人逃了出去，終於帶兵回來，報了大仇。這一節，跟卑職的遭遇也差不多罷了。」

韋小寶點頭道：「但願施將軍將來的結局，和伍子胥大大不同，否則可眞正不妙了。」

施琅登時想到，伍子胥在吳國立了大功，後來卻爲吳王所殺，不由得臉色大變，握著酒杯的一隻手不由得也顫抖起來。

韋小寶搖頭道：「聽說伍子胥立了大功，便驕傲起來，對吳王很不恭敬。施將軍，你自比伍子胥，實在非常不妥當。你那篇祭文，當然早已傳到了北京城裏，皇上也必見到了，要是沒人跟你向皇上分說分說，我瞧，唉，可惜，可惜，一場大功只怕要付諸於流水……」施琅忙道：「大人明鑒：卑職說的是不做伍子胥，可不敢說要做伍子胥，這……中間是完……完全不同的。」

韋小寶道：「你這篇祭文到處流傳，施將軍自比伍子胥，那是天下皆知的了。」

施琅站起身來，顫聲道：「皇上聖明，恩德如山，有功的臣子盡得保全。卑職服侍了一位好主子，比之伍子胥，運氣是好得多了。」

韋小寶道：「話是不錯的。伍子胥到底怎樣居心，我是不大明白。不過我看過戲文，吳王殺他之時，伍子胥說，將我的眼睛挖出來嵌在城門上，好讓我見到越兵打進京城來，見到吳國滅亡，後來好像吳國果然是給滅了。施將軍文武全才，必定知道這故事，是不是啊？」

施琅不由得一股涼意從背脊骨上直透下去，他起初只想到伍子胥立大功後爲吳王所殺的不祥史事，已然大爲不安，還沒想到伍子胥臨死時的那幾句話。自己那篇祭文說「蘆中窮士，義所不爲」，雖說是不做伍子胥之事，但自比伍子胥之意，卻昭昭在人耳目，祭文中提到伍子胥，說的只是「鞭屍報仇」，那料到韋小寶竟會拉扯到「詛咒亡國」這件事上去，如此大大犯忌的罪名，一給人加到了自己頭上，當眞糟不可言。韋小寶這番言語，只要傳進了皇帝耳裏，就算皇上聖明，並不加罪，心裏一定不痛快，自己再盼加官晉爵，從此再也休想了。要是皇帝的親信如韋小寶之流再火上加油、挑撥一番，說自己心存怨望，譏刺朝廷誅殺功臣，項頸上這一顆人頭，可實在難保之極。

一時思如潮湧，自恨千不該、萬不該，不該去祭鄭成功，更不該叫師爺作這篇祭文，以致給這精靈古怪的小鬼抓住了痛腳。他呆呆的站著發獃，不知說甚麼話來分辯才好。

韋小寶道：「施將軍，皇上親政之後，所做的第一件大事是甚麼？」施琅道：「是誅殺奸臣鰲拜。」韋小寶道：「是啊。鰲拜固然是奸臣，可是他是顧命大臣，當年攻城破敵，於我大清大大有功。皇上曾說：『我誅殺鰲拜，只怕有人說我不體卹功臣，說甚麼鳥、甚麼弓的。』那是甚麼話啊？我可說不上來了。」施琅道：「是鳥盡弓藏。」韋小寶道：「對了，連你也這麼說……」施琅忙道：「不，不，我不是說皇上，說的是一句成語。」韋小寶道：「你是說一句成語，來形容皇上殺鰲拜。」施琅急道：「大人問我是一句甚麼成語，卑職不過回答大人的問話，可萬萬不敢……不敢訕謗皇上。」

韋小寶雙目凝視看他，只瞧得施琅心慌意亂。

自古以來，做臣子的倘若自以爲功大賞薄，皇帝必定甚是痛恨，臣子不必口出怨言，只要「心存怨望」四字，就是殺頭的罪名。施琅心意徬徨之際，給韋小寶誘得說出了「鳥盡弓藏」四字，話一出口，立知不妙，可是已經收不回了，何況除韋小寶外，尚有林興珠、洪朝二人在側，要想抵賴，也無從賴起。

韋小寶道：「施將軍說『鳥盡弓藏』，這句話是不是訕謗皇上，我是不懂的。朝廷裏有學問的大學士、尚書、翰林很多，咱們不妨請他們去評評。不過我跟著皇上的日子不少，好像皇上愛聽人說他是鳥生魚湯，卻不愛聽人說他是鳥盡弓藏。同是兩隻鳥，這中間恐怕大不相同，一隻是好鳥，一隻是惡鳥。是不是啊？」

施琅又驚又怒，心想一不做，二不休，你如此誣陷於我，索性將你三人盡數殺了，也免得留下了禍根；言念及此，不由得眼中露出兇光。

韋小寶見他突然面目猙獰，心中不禁一寒，強笑道：「施將軍一言既出，死馬難追。你眼前有兩條路可走。第一條，立即將我跟林洪二人殺了，再將我衆夫人和兒子都殺了，然後兵發臺灣，自立爲王。只是你所帶的都是大淸官兵，不見得肯跟隨你一起造反，臺灣的軍民也未必服你。」

施琅心中正在盤算這件事，聽他一語道破，兇燄立斂，忙道：「卑職絕無此意，大人不可多疑，加重卑職的罪名。但不知大人所說的第二條路是甚麼，還請大人開恩指點。」

韋小寶聽他口氣軟了，登時心中一寬，架起了腳搖上幾搖，說道：「第二條路，那就須得兄弟和林洪二位幫個忙才成。剛才施將軍說到皇上之時，確是說了個『鳥』字，恭頌皇上鳥生魚湯，那好得很啊。兄弟日後見到皇上，定說施將軍忠字當頭，念念不忘皇恩浩蕩，閒談之中，常說伍子胥忘恩負義，吳王發兵幫他報了殺父之仇，以後差他不論幹甚麼，自該火裏火裏去，水裏水裏去，如何可以口出怨言，心懷不滿？當年施將軍倘若做了伍子胥，不但保得吳王江山萬萬年，別說西施這樣的美人能保住，連東施、南施、北施、中施，也一古腦兒都搶了來獻給吳王。伍子胥念念不忘的只是自己，施將軍念念不忘的，卻是我大淸聖明天子。好心有好報，皇上論功行賞，施將軍自然也是公侯萬代了。」

這一番話只把施琅聽得心花怒放，忙深深一揖，說道：「若得大人在皇上跟前如此美言，卑職永遠不敢忘了大人的恩德。」

韋小寶起身還禮，微笑道：「這些話說來惠而不費，要是我心情好，自然也會奏知皇上的。」

施琅心想：「若不讓你去臺灣走一遭，你這小子的心情怎會好得起來？」坐回椅中，說道：「臺灣初平，人心未定。卑職想奏明皇上，差遣一位位尊望重的大員，前去宣示聖上的德音，安撫百姓。這一位大員，自然以韋大人最爲適宜。卑職立刻拜表，奏請皇上降旨，委派大人前去臺灣宣撫。」

韋小寶搖頭道：「你拜表上京，待得皇上旨意下來，這麼一來一往，幾個月的時候拖了下來，只怕傳入皇上耳中的閒言閒語，沒有一千句，也有八百句了。這種事情，是差不得一時三刻的。最好施將軍立刻請一位皇上親信的大員，同去臺灣徹查，方能證明你絕無在臺灣自立爲王的用意。外邊傳說你連名號也定下了，叫作甚麼『大明臺灣靖海王』，是不是？」

施琅聽到「大明臺灣靖海王」七字，不由得嚇了一跳，心想你在荒島之上，聽得到甚麼流言，自然是你信口編出來的，但這話一傳到北京，朝廷定是寧可信其有，不會信其無，自己這可死無葬身之地了，忙道：「這是謠言，大人萬萬不可聽信。」

韋小寶淡淡的道：「是啊。我和你相識已久，自然是不信的。不過施將軍平臺，殺的人多，冤家一定結了不少。你的仇人要中傷你，我看也是防不勝防，難以辨白。常言道得好：朝裏無人莫做官。不知朝裏大老，那一位能不避嫌疑，肯拚了身家性命，全力來維護施將軍的？」

施琅心中更打了個突，自己在朝中並無有力之人撐腰，否則當年也不會在北京投閒置散，到處鑽營而無門路可走，眞能給自己說得了話的，也只有眼前這位韋大人，當下咬了咬牙，說道：「大人指點，卑職感激不盡。既然事勢緊迫，卑職斗膽請大人明日起程，前赴臺灣查明眞相。」

韋小寶大喜，但想是你來求我，不妨刁難刁難，說道：「憑著咱哥兒倆的交情，爲了給施將軍辨冤，辛苦一趟也沒甚麼。就是在我島上住得久了，再出海只怕會暈船。同時我的妻子兒女天天都在身邊，也不捨得跟他們分離。」

施琅肚裏暗罵：「你不知出過多少次海了，也從沒見你暈過他媽的甚麼船！」陪笑道：「大人的衆位夫人、公子和小姐，自然陪同一起前往。卑職挑選最大的海船請大人乘坐，這些日子海上並無風浪，大人儘可放心。」韋小寶皺眉道：「既然如此，兄弟也只好勉為其難，為施將軍走一遭了。」施琅連連稱謝。

次日韋小寶帶同七位夫人，兩個兒子虎頭、銅鎚，一個女兒雙雙，上了施琅的旗艦。彭參將待要阻攔，施琅當即下令，將他綁在一顆大樹之上。衆船啓碇開行。

韋小寶望著居住數年的通吃島，笑道：「莊家已經離島，這裏不能再叫通吃島了，咱們得改個名字才成。」施琅道：「正是。大人請看改甚麼名字最好？」韋小寶想了想，說道：「皇上曾派人來傳旨，說周文王有姜太公釣魚，漢光武有嚴子陵釣魚，凡是聖明天子，必有個忠臣釣魚。皇上派了我在這裏釣魚，咱們就叫它為『釣魚島』罷。」施琅鼓掌稱善，說道：「這名字取得再好也沒有了，一來恭頌皇上好比周文王、漢光武，二來顯得大人既如姜太公這般文武全才，又如嚴子陵這般清高風雅。對，對，咱們以後就叫它為釣魚島。」

韋小寶笑道：「只不過我這通吃侯要改為釣魚侯了，日後再升官晉爵，叫作甚麼釣魚公，口采就不怎麼好了。」施琅笑道：「漁翁得利，大有所獲，口采好得很啊。」韋小寶點頭道：「皇上封了我做通吃伯、通吃侯，我覺得倒也好聽，我的幾位夫人卻不大樂意。日後奏請皇上改名為釣魚侯，說不定大家都高興了。」

施琅肚裏暗暗好笑，心想：「甚麼通吃伯、通吃侯，都是皇上跟你尋開心的，只當你是個弄臣，全無尊重之意，就算改為釣魚侯，又有甚麼好聽了？」口中卻道：「自古道漁樵耕讀，漁翁排名第一，讀書人排在第四。釣魚公、釣魚王的封號，可比狀元翰林尊貴得多。」

至於這釣魚島是否就是後世的釣魚臺島，可惜史籍無從稽考。若能在島上找得韋小寶的遺跡，當知在康熙初年，該島即曾由國人長期居住，且曾派兵五百駐紮。

不一日，韋小寶乘坐施琅的旗艦，來到臺灣，在安平府上岸。沿途林興珠和洪朝指點當年鄭成功如何進兵，如何大破紅毛兵，韋小寶聽得津津有味。施琅既帶了他來臺灣，他言語之中也就不再譏諷了。

施琅在將軍府中大張筵席，隆重款待。飲酒之際，忽報京中有諭旨到來。

施琅忙出去接旨，回來臉色有異，說道：「韋大人，上諭要棄守臺灣，這可糟了。」韋小寶道：「那爲甚麼？」施琅道：「上諭令卑職籌備棄守臺灣事宜，將全臺軍民盡數遷入內地，不許留下一家一口。卑職向傳旨的使臣請問，原來朝中大臣建議，臺灣孤懸海外，易成盜賊淵藪，朝廷控制不易，若派大軍駐守，又多費糧餉，因此決意不要了。」

韋小寶沉吟半晌，問道：「施將軍可知朝中諸位大老眞正的用意是甚麼？」施琅一驚，顫聲道：「難道……難道伍子胥甚麼的話，已傳到了北京？」韋小寶微笑道：「常言道：好事不出門，惡事傳千里。朝廷躭心將軍眞要做甚麼『大明臺灣靖海王』，那也是有的。」

施琅道：「那……那怎麼辦？臺灣百姓數十萬人，在這裏安居樂業已有數十年，一古腦兒遷去內地，叫他們如何過日子？倘若勒逼遷移，必生大變。何況大清官兵一走，紅毛兵跟著又來佔了，咱們中國人辛辛苦苦經營的基業，拱手送給紅毛鬼，怎叫人甘心？」

韋小寶沉吟半晌，說道：「這件事兒，我瞧也不是全無法挽回的法子。皇上最體卹百姓的，將軍只須爲百姓請命，說不定皇上就准許了。」施琅略覺寬心，說道：「不過倘若朝廷裏已有了甚麼風言風語，卑職這般向皇上請陳，似乎不肯離臺，顯得……顯得忠誠之心有點兒不大夠。」韋小寶道：「這當兒你只有立即前赴北京，將這番情由面奏皇上。你既到了北京，甚麼意圖在臺灣自立爲王的謠言，自然再也沒人相信了。」

施琅一拍大腿，說道：「對，對！大人指教得是，卑職明天就動身。」突然靈機一動，說道：「臺灣的文武官員，就請大人暫且統帶。皇上對大人是最信任不過的，只要大人坐鎮臺灣，朝中大臣誰也不敢有半句閒話。」

韋小寶大喜，心想在臺灣過過官癮，滋味著實不錯，笑道：「你不得聖旨，擅自將兵馬大權交了給我，皇上怪罪起來，卻又如何？」

施琅一聽，又大爲躊躇，尋思：「他是陳近南的弟子，反逆天地會的同黨。皇上雖對他寵幸，這些年來卻一直將他流放在通吃島上，不給他掌權辦事。他一得兵馬大權，要是聯同天地會造反作亂，我……我這可又是死罪了。」轉念一想，已有了計較：「我只須將全部水師帶去，他就不敢動彈。他如大膽妄爲，竟敢造反，水師回過頭來，立即將他平了。」當即笑道：「兵馬大權如交給別人，說不定皇上會怪責，交給大人，那是百無禁忌的。」

當下酒筵草草而終。施琅連夜傳令，將臺灣文武大員召來參見韋小寶，由他全權指揮，便宜行事；又請師爺爲韋小寶寫一道奏章，說是憂心國事，特來臺灣暫爲坐鎮，俾朝廷無東顧之慮，請赦擅專之罪；又說臺灣百姓安居已久，以臣在臺親眼所見，似以不撤爲宜。

諸事辦畢，已是次日清晨，施琅便要上船。韋小寶問道：「有一件大事，你預備好了沒有？」施琅道：「不知是甚麼大事？」韋小寶笑道：「花差花差！」施琅不解，問道：「花差花差？」

韋小寶道：「是啊。你這次平臺功勞不小，朝中諸位大臣，每一個送了多少禮啊？」施琅一怔，道：「這是仗著天子威德，將士用命，才平了臺灣，朝中大臣可沒出甚麼力。」韋小寶搖頭道：「老施啊，你一得意，老毛病又發作了。你打平臺灣，人人都道你金山銀山，一個兒獨吞，發了大財。朝裏做官的，那一個不眼紅？」

施琅急道：「大人明鑒，施琅要是私自取了臺灣一兩銀子，這次教我上北京給皇上千刀萬剮，凌遲處死。」韋小寶道：「你自己要做清官，可不能人人跟著你做清官啊。你越清廉，人家越容易說你壞話，說你在臺灣收買人心，意圖不軌。這麼說來，你這次去北京，又是兩手空空，甚麼禮物也不帶了？」施琅道：「臺灣的土產，好比木雕、竹籃、草蓆、皮箱，那是帶了一些的。」

韋小寶哈哈大笑，只笑得施琅先是面紅耳赤，繼而恍然大悟，終於決心補過，當下向韋小寶深深一揖，說道：「多謝大人指點。卑職這次險些兒又闖了大禍。」

韋小寶召集文武官員，說道：「施將軍這次上京，是爲衆百姓請命，倘若不成功，大夥兒都要家破人亡。這請命費，難道要施將軍一個兒墊出來不成？各位老兄，大家趕緊去籌措籌措、攤派攤派罷！」

施琅居官清廉，到臺後不曾向民間取過金銀。此刻韋小寶接手，第一道命令卻便是大徵「請命費」。臺灣百姓聽到內遷的消息後，正自人心惶惶，得知施琅依了韋爵爺之計，上京爲百姓請命，求不內遷，這筆「請命費」倒是誰都出得心甘情願。好在臺灣民間富實，只半天功夫，已籌到三十餘萬兩銀子。韋小寶命官庫墊款六十餘萬，湊成一百萬兩，又指點他何人必須多送，何人不妨少送。施琅感激不盡，到當晚初更時分，這才開船。

次日韋小寶升堂，向衆官員道：「昨晚施將軍啓程赴京，這請命費算來算去，總還差了一百多萬。兄弟爲了全臺百姓著想，只好將歷年私蓄，還有七位夫人的珠寶首飾，一古腦兒又湊了一百萬兩銀子，交施將軍帶去使用打點。唉，在臺灣做官可眞不容易，兄弟只不過暫且署理，第一天便虧空了一百萬。我這可是傾家蕩產，全軍覆沒了。」

臺灣府知府躬身說道：「大人愛護百姓，爲民父母，眞是萬家生佛。除了公庫墊款六十多萬要還之外，韋大人這一百萬兩銀子，自然也是要全臺百姓奉還的。」

韋小寶點頭道：「你們每個人也都墊了銀子，個個都弄得兩袖清風甚麼的，這個我也不是不知道。你們官大的墊了成萬兩，官小的也墊了數千兩、數百兩不等，大家齊心合力，爲來爲去，都是爲了衆百姓。這些墊款，自然也是要地方上歸還的。咱們做父母官的，也不能向老百姓算利息，大家吃虧些，拿回本錢，也就算了，這叫做愛民如子！」

衆官大喜，一齊稱謝，均覺這位韋大人體貼下情，有財大家發，果然是一位好上司。韋小寶第一天署官，便刮了一百萬兩銀子，此後財源滾滾，花巧多端，不必細表。

過得數日，韋小寶吩咐備了祭品，到鄭成功祠堂去上祭，要瞧瞧這位名滿天下的國姓爺到底是怎麼一副模樣。

來到祠中，抬頭看時，只見鄭成功的塑像端坐椅中，臉形橢圓，上唇、下唇及下顎均有短短黑鬚，雙耳甚大，但眼睛細小，眉毛彎彎，頗有慈祥之意，並無威猛豪邁的英雄氣概，韋小寶頗爲失望，問從官道：「國姓爺的相貌，當眞就是這樣嗎？」林興珠道：「這塑像和國姓爺本人是挺像的。國姓爺是讀書人出身，雖然是大英雄、大豪傑，相貌卻文雅得很。」韋小寶道：「原來如此。」見塑相兩側各有一座較小塑像，左女右男，問道：「那兩個是甚麼人？」林興珠道：「女的是董太妃，男的是嗣王爺。」韋小寶道：「甚麼嗣王爺？」林興珠道：「就是國姓爺的公子，繼任爲王爺的。」韋小寶點頭道：「啊，就是鄭經了，跟鄭克塽這小子倒也有些相像。我師父陳軍師的像呢？」林興珠道：「祠堂裏陳軍師沒有像。」韋小寶道：「這董太妃壞得很，快把她拉下來，趕緊叫人去塑陳軍師的像，放在這裏陪伴國姓爺。」

林興珠大喜，親自爬入神龕，將董太妃的塑像搬了下來。韋小寶向鄭成功的神像跪下，磕了幾個頭，說道：「國姓爺，你是英雄豪傑，我向你磕頭，想來你也受得起。這老虔婆壞了你的大事，每天陪著你，你必定生氣，我幫你趕走，讓我師父陳軍師來陪你。」想到師父慘亡，不禁流下淚來。

全臺百姓對董太妃恨之入骨，而陳永華屯田辦學、興利除弊，有遺愛於民，百姓稱他爲「臺灣諸葛亮」。鄭克塽當國之時，沒人敢說董太妃一句壞話、敢說陳永華一句好話。此時韋小寶下了「除董塑陳」的命令，人心大快，又聽說他在國姓爺像前磕頭流淚，衆百姓更爲感激。雖然這位韋大人要錢未免厲害了些，但一來他是陳軍師的弟子，臺灣軍民不免推愛，二來施琅帶領清兵取臺，滅了大明留存在海外的一片江山，因此上雖然「施清韋貪」，眾百姓反覺這位韋大人和藹可親，寧可他鎮守臺灣，最好施琅永遠不要回來。

可是事與願違，過得一個多月，施琅帶了水師又回到臺灣。

韋小寶在岸邊相迎，只見施琅陪同一位身穿一品大員服色的大官從船中出來。那大官還在跳板之上，便大聲叫道：「韋兄弟，你好嗎？這可想煞做哥哥的了。」原來是索額圖。韋小寶大喜，搶上前去。兩人在跳板上拉住了手，哈哈大笑。

索額圖笑道：「兄弟，大喜，大喜。皇上降旨，要你去北京。」

韋小寶心中一喜一憂，尋思：「我如肯去北京，早就去了。小皇帝很固執，他決不會向我投降的。我不答允打天地會，他就不會見我的面。」

兩人攜手上岸。施琅在後相隨，笑嘻嘻道：「皇恩浩蕩，眞是沒得說的，皇上已答允撤銷臺民內遷的旨意。」

臺灣眾軍民這一個多月來，日日夜夜都在擔憂，生怕皇帝堅持要棄臺灣，大家都說，皇帝的口是「金口」，說過了的話，決無反悔之理。施琅這句話一出口，岸上眾官員聽到了，忍不住大聲歡呼，一齊叫了起來：「萬歲，萬歲，萬萬歲。」

消息不脛而走，到處是歡呼之聲，跟著噼噼啪啪的大放爆竹，比之過年還熱鬧得多。

索額圖傳下旨意，康熙對韋小寶頗有獎勉，命他剋日赴京，另有任用。韋小寶謝恩畢，兩人到內堂摒衆密談。

索額圖道：「兄弟，你這一次面子可實在不小，皇上怕你尚有顧慮，因此欽命我前來促駕。你可知皇上要派你個甚麼差使？」韋小寶搖頭道：「皇上的神機妙算，咱們做奴才的可萬萬猜不透了。」索額圖將嘴巴湊到他耳邊，低聲說道：「打羅刹鬼！」

韋小寶一怔之下，跳起身來，大叫：「妙極！」

索額圖道：「皇上說你得知之後，一定十分歡喜，果然不錯。兄弟，羅刹鬼自順治年間起，就佔我黑龍江一帶，勢道十分猖獗。先帝和皇上寬宏大量，不予計較。那知羅刹鬼得寸進尺，佔地越來越多。遼東是我大清的根本所在，如何能容鬼子威逼？現在三藩叛逆和臺灣鄭氏都已蕩平，天下無事，皇上就決意對羅刹用兵了。」

韋小寶在通吃島閒居數年，悶得便如推牌九連抓十副彆十，這時聽得這消息，開心得合不攏嘴來。

索額圖又道：「皇上爲了息事寧人，曾向羅刹國大汗下了幾道諭旨，對方卻始終沒答覆。後來荷蘭國使臣轉告，說羅刹國雖大，卻是蠻夷之邦，通國無一人懂得中華上國文字，接到皇上諭旨，全然莫名其妙，因此只好不答。可是羅刹兵東來佔地，始終不止。皇上說道，我中華上國講究仁義，不能對蠻夷不教而誅，總是要先令他們知錯，有個幡然悔改的機會，要是訓諭之後，仍強項不服教化，那時便只有大加誅戮了。朝中大臣精通羅刹國言語的，只韋兄弟一人。」（按：當時中俄交涉，互相言語文字不通，確爲事實。史載俄國沙皇致書康熙，有云：「皇帝在昔所賜之書，下國無通解者，未循其故。」）

韋小寶心想：「原來爲了我懂得羅刹鬼話，小皇帝才向我投降。」不禁手舞足蹈，大爲得意。

索額圖笑道：「兄弟精通羅刹話，固然十分了不起，可是還有一椿大本事，更是人所莫及。聽說羅刹國的攝政女王，是大汗的姊姊，這位女王乃是兄弟的老相好，是不是啊？」韋小寶哈哈大笑，說道：「羅刹女人全身都是金毛，這個蘇菲亞攝政女王相貌倒挺不錯，她身上的皮膚，摸上去卻粗糙得很。」索額圖笑道：「皇上就是要兄弟出馬，勉爲其難，再去摸她幾摸。」韋小寶笑著搖頭，說道：「沒胃口，沒胃口！」索額圖道：「兄弟一摸之下，兩國交好，從此免了刀兵之災，這是安邦定國的一椿奇功啊。」

韋小寶笑道：「原來皇上不是派我去帶兵打仗，是要我施展『十八摸神功』，哈哈！」嘴裏唱了起來：「一啊摸，二啊摸，摸到羅刹國女王的頭髮邊。女王的頭髮像黃金，索大哥和韋小寶花差花差哉！」兩人相對大笑。

韋小寶問起羅刹國侵佔黑龍江的詳情，索額圖細加述說。

原來在明朝萬曆年間，羅刹人便已蓄意東侵。（羅刹即俄羅斯，《清史稿·郎坦等傳》

云：「俄羅斯之爲羅刹，譯言緩急異耳。」緩讀爲俄羅斯，急讀爲羅刹。以俄語本音讀之，羅刹更爲相近。）先後在西伯利亞的托木斯克、葉尼塞斯克、雅庫次克、鄂霍次克等地築城。順治六年，羅刹人在鹿鼎山築城，稱阿爾巴青（中國則稱爲雅克薩城），同時順流東下，沿途剽掠。順治九年，滿清寧古塔都統海色率兵兩千，在黑龍江岸擊退羅刹兵。後來又在松花江口交兵，滿清都統明安達哩奮勇作戰，大破羅刹軍。羅刹兵西退，在尼布楚築城，並遣使往莫斯科乞援。使者沿途散布流言，說黑龍江一帶金銀遍地，牛馬成羣，居民房屋皆鑲嵌黃金。羅刹人夢想大發洋財，結隊東來，沿路劫掠，殘害百姓，哥薩克騎兵尤爲殘暴。滿清寧古塔都統沙爾呼達、寧古塔將軍巴海率兵禦敵，羅刹兵雖有犀利火器，但清兵作戰英勇，於順治十六年、十七年間連勝數仗，打死了羅刹兵的統軍大將，將哥薩克騎兵斬殺過半。於是羅刹人不敢再到黑龍江畔。

到康熙初年，羅刹軍民又大舉東來，以雅克薩城爲根據地。康熙年紀漸長後，知羅刹人野心極大，嚴加防守，並移吉林水師到黑龍江駐防。羅刹軍也不斷增兵，將雅克薩城建築得十分牢固，同時在通往羅刹國本部的交通要道沿途設站，決意將黑龍江一帶廣大土地席捲而有之。那時康熙正全力對付吳三桂，無力分兵抗禦羅刹的侵略，直到三藩削平，臺灣鄭氏歸降，更無後顧之憂，這才專心對付。想起韋小寶曾去過莫斯科，不但熟悉彼邦情勢，且和羅刹國掌握大權的攝政女王關係不同尋常，曾獻計助她脫困奪權，受過她封爵，這是手中的一著厲害棋子，如何不用？待收到他來到臺灣的奏報，當即命索額圖前往宣召。

韋小寶帶了妻子兒女，命伕役抬了在臺灣所發的「請命財」，兩袖金風，上船北行。臨行時向施琅要了原來臺灣鄭氏的將領何佑、林興珠、洪朝，以及五百名籐牌兵。施琅知他這次赴京，定得重用，自己在朝廷裏正要他鼎力維持，自然沒口子的答允，對他和索額圖又都送了一份重禮。

臺灣百姓知道朝廷所以撤銷舉臺內遷旨意，這位少年韋大人厥功甚偉，人人感激，萬民傘、護民旗等送了無數。韋小寶上船之際，兩名耆老脫下他的靴子，高高捧起，說是留作去思。這「脫靴」之禮，本是地方官爲官清正，百姓愛戴，才有此儀節，意爲盼望他留官不去。韋小寶這「贓官」居然也享此殊榮，非但前無古人，恐怕也後無來者了。歡送的鞭炮大放特放，更不在話下。

注：

據史籍所載，當時清廷決心棄臺，已有成議，全仗施琅力爭，大學士李霨又從中斡旋，這才決定設立官府，派置駐軍。在當時似是小事，於後世卻有莫大影響。當年施琅若不力爭，清廷平服鄭氏後即放棄臺灣，將全臺軍民盡數遷入內地，則荷蘭人勢必重來，臺灣從此不屬中國版圖。因此其時雖有人指施琅爲漢奸，但於中華民族而言，其力排棄臺之議，保全此一大片土地於中國版圖，功勞也可說極大。

施琅曾奏減臺灣地租田賦，康熙從其議，頗有惠於全臺百姓。施琅次子施世綸，居官清廉，平民百姓和官員縉紳爭執，施世綸必袒護平民，因此民間稱爲「施青天」，即後世說部「施公案」的主角。施琅第六子施世驃，爲福建水師提督，康熙六十年駐臺，史稱「八月十三，怪風暴雨相逼爲災，兵民多死。世驃終夜露立，遂病，九月，卒於軍中，下旨悼恤，贈太子太保。」此人在颶風襲臺時通宵在外指揮救災，爲風雨侵襲而病死，是個愛民好官。

我國歷來史家拘於滿漢成見，於施琅取臺之事大加攻訐，稱之爲「漢奸」，本書初作時亦據此觀念。近世史家持中華民族團結一統觀念，對施琅統一臺灣之貢獻頗爲讚揚。作者爲紀念此民族英雄，曾赴泉州施琅之故鄉觀光，目睹當地爲施琅塑像海濱，修建「靖海侯祠」，故於本書原來否定施琅處略加修正。

清軍齊聲吶喊，數千株大樹中突然都射出水來，四面八方的噴向城頭。但聽得水聲嘩嘩直響，一條條白龍般的水柱飛入城中，霎時之間，雅克薩城上空罩了一團白茫茫的大霧。

第四十七回　雲點旌旗秋出塞　風傳鼓角夜臨關

不一日船到塘沽，韋小寶、索額圖等一行人登岸陸行，經天津而至北京。韋小寶重入都門，當眞恍如隔世，心花怒放，飄飄欲仙，立刻便去謁見皇帝。

康熙在上書房傳見。韋小寶走到康熙跟前，跪下磕頭，還沒站直身子，心下猛地裏悲喜交集，忍不住伏在地下放聲大哭。

康熙見韋小寶到來，心中有一大半歡喜，也有一小半惱怒，心想：「這小子無法無天，竟敢一再違旨。這次雖派他差使，卻也要好好懲戒他一番，免得這小子恃寵而驕，再也管束他不住。」豈知韋小寶一見面竟會大哭，康熙心腸卻也軟了，笑道：「他媽的，你這小子見了老子，怎地哭將起來？」

韋小寶哭道：「奴才只道這一輩子，再也見不著皇上了。今日終於得見，實在歡喜得緊。」康熙笑道：「起來，起來！讓我瞧瞧你。」韋小寶爬起身來，滿臉的眼淚鼻涕，嘴角邊卻已露著微笑。

康熙笑道：「他媽的，你這小子倒也長高了。」童心忽起，走下御座，說道：「咱們比比，到底是你高還是我高。」走過去和他貼背而立。韋小寶眼見跟他身高相若，但皇上要比高矮，豈能高過了皇上，當即微微彎膝。

康熙伸手在兩人頭上一比，自己高了約莫一寸，笑道：「咱們一般的高矮。」轉身走開幾步，笑問：「小桂子，這幾年來，你生了幾個兒子女兒？」韋小寶道：「奴才不中用，只生了兩個兒子、一個女兒。」康熙哈哈大笑，說道：「這件事我可比你行了。我已有四個兒子、三個女兒。」韋小寶道：「皇上雄才大略，自然……自然這個了不起。」康熙笑道：「幾年不見，你學問還是沒半點長進。生兒女的事，跟雄才大略有甚麼干係？」

韋小寶道：「從前周文王有一百個兒子，凡是好皇帝，兒子也必定多的。」康熙笑問：「你又怎麼知道了？」韋小寶道：「皇上派奴才去釣魚，咱倆個好比周文王和姜太公。周文王的事，奴才自然要問問清楚，免得見到皇上之時，回不上話。」

這幾年來康熙忙於跟吳三桂打仗，晝夜辛勞，策劃國事，身邊少了韋小寶這個少年臣子說笑話解悶，有時著實無聊，此時君臣重逢，甚是開心，說了好一會閒話，問了他在通吃島上的生涯，又問起臺灣的風土民情。

韋小寶道：「臺灣土地肥美，氣候溫暖，出產很多，百姓日子過得挺快活，得知皇上准許他們在臺灣住下去，個個感激皇恩浩蕩，都說皇上是不折不扣的鳥生魚湯。」

康熙點頭道：「施政以不擾民為先。百姓既然在臺灣安居樂業，強要他們遷入內地，實是大大擾民。朝中大臣不明臺灣實情，妄發議論，險些誤了大事。你和施琅力加勸諫，功勞不小。」

韋小寶噗的一聲跪倒，磕頭道：「奴才多次違旨，殺十七八次頭都是應該的，不論有甚麼功勞，皇上都不必放在心上。只求皇上開恩，饒了奴才性命，准許我在你身邊服侍。」

康熙微笑道：「你也知道殺十七八次頭也是該的，就可惜你沒十八顆腦袋，否則的話，我定要砍下十七顆來。」韋小寶道：「是，是。奴才腦袋也不要多，只要留得一顆，有張嘴巴說話吃飯，也就心滿意足了。」康熙道：「這顆腦袋留不留，那得瞧你今後忠心不忠心，是不是還敢違旨。」

韋小寶道：「奴才忠字當頭，忠心耿耿，赤膽忠心，盡忠報國。」康熙笑道：「你這忠字的成語，心裏記得倒多，還有沒有？」韋小寶道：「奴才心裏只有一個忠字，自然記得多些，還有……還有忠君愛國，忠臣不怕死，怕死不忠臣，還有忠厚老實……」

康熙道：「起來罷！你如忠厚老實，天下就沒一個刁頑狡猾之徒了。」

韋小寶站起身來，說道：「回皇上：我只對你一個人忠心。對於別人，就不那麼忠了，有時說不定還奸他一奸。奴才的性子是有點小滑頭的，這個皇上也明白得很。不過我對皇上講究『忠心』，對朋友講究『義氣』，忠義不能兩全之時，奴才只好縮頭縮腦，在通吃島上釣魚了。」

康熙道：「你不用躭心，把話兒說在前頭，我可沒要你去打天地會。」負手背後，踱了幾步，緩緩的道：「你對朋友講義氣，那是美德，我也不來怪你。聖人講究忠恕之道，這個忠字，也不單是指事君而言，對任何人盡心竭力，那都是忠。忠義二字，本來是一而二、二而一的。你寧死不肯負友，不肯爲了富貴榮華而出賣朋友，也算十分難得，很有古人之風。你既不肯負友，自然也不會負我了。小桂子，我赦免你的罪愆，不全是爲了你以前的功勞，不全是爲了你我兩個自幼兒十分投緣，也爲了你重視義氣，並非壞事。」

韋小寶感激涕零，哽咽道：「奴才……奴才是甚麼都不懂的，只覺得別人眞心待我好，實在……實在不能……不能對他們不住。」

康熙點點頭，說道：「那羅剎國的攝政女王，對你也挺不錯啊。我派你去打她，卻又怎樣？」

韋小寶嗤的一聲，笑了出來，說道：「她給人關了起來，險些兒性命不保，奴才教她鼓動火槍手作亂，奪到了大位，也算對得住她了。她派兵想來奪皇上的錦繡江山，那就萬萬容她不得。這女人水性楊花，今天勾搭這個男人，明天勾搭那個，都是當不得眞的。就可惜羅剎國實在太遠，否則奴才帶一支兵去，把這女王擒了來給皇上瞧瞧，倒也有趣。」

康熙道：「『羅剎國太遠』，這五個字很要緊，只憑著這五個字，咱們這一戰可操必勝。羅剎國雖然火器犀利，騎兵驍勇，但他們遠，咱們近。他們萬里迢迢的東來，兵員、馬匹、火器、彈藥、糧草、被服，甚麼接濟都不容易。現下我已派了戶部尚書伊桑阿前赴寧古塔，構築璦琿、呼瑪爾二城，廣積糧草彈藥，又設置了十個驛站，使得軍需糧餉供應暢通，源源不絕。日前又傳旨蒙古，不許跟羅剎人貿易。再派黑龍江將軍薩布素廣遣騎兵，見到羅剎人的糧草車輛，就放火燒他媽的，見到羅剎兵的馬匹，立刻就宰他媽的。」

韋小寶大喜，說道：「皇上如此調派，當眞是甚麼甚麼之中，甚麼千里之外，這一戰已經勝了七八成。」

康熙道：「那也不然，羅剎是大國，據南懷仁說，幅員還大過了我們中國，決計不可輕敵。我們如打了敗仗，遼東一失，國本動搖。他們敗了卻無關大局，只不過向西退他媽的幾百里、幾千里而已。因此這一戰只許勝不許敗。你倘若敗了，我就領兵出關親征。第一件事，便是砍你的腦袋。」說這句話時聲色俱厲。

韋小寶道：「皇上望安。奴才項上人頭倘若不保，那也是給羅剎兵砍下來的，決不能讓皇上來砍。」康熙道：「你明白這一節便好。兵凶戰危，誰也難保必勝。我只是要你萬萬不可輕忽，打仗可不是油腔滑調之事。」韋小寶恭恭敬敬的道：「是。奴才油滑成性，但對皇上吩咐的事，半兩油也不敢加。」

康熙又道：「倘若單是行軍打仗，本來也不用你去。不過這次跟羅剎國開仗，並不是想滅了他，只是要他知難而退，不敢來侵我疆土，也就是了。因此須得恩威並濟，要他們感恩戴德，兩國永遠和好。如一味殺戮，羅剎國君主老羞成怒，傾國來攻，我們就算得勝，那也是兵禍連結，得不償失。能和則和，不戰而屈人之兵，才算上上大吉。你如能說得羅剎國攝政女王下令退兵，兩國講和，才是大大的功勞。」

韋小寶道：「奴才見到羅剎兵的將軍之後，將皇上的聖諭向他們開導，再要他們帶話去給羅剎國攝政女王。」

康熙道：「我曾傳了好幾名西洋傳教士來，詳細詢問羅剎國的歷朝故實、風土地理、軍政人事……」韋小寶道：「對，對。皇上這是知他又知自己，百戰百勝。」康熙微微一笑，說道：「那些教士都說，世上有兩個國家，出了名的欺善怕惡，一是日本，二是羅剎，如一味跟羅剎人說好話，他們得寸進尺，越來越兇，須得顯點顏色，讓他們知道咱們不好惹。因此咱們一面出動大軍，諸事齊備，要打就打，另一面卻又顯得咱們是禮義之邦，中華上國，並不隨便逞強欺人。」

韋小寶道：「奴才理會得。咱們有時扮紅臉，拔刀子幹他媽的，有時又扮白臉，笑嘻嘻的摸他幾下。就好比諸葛亮七擒孟獲，要叫他輸得服服貼貼，從此不敢造反。」

康熙嘿嘿一笑，道：「這就是了。」韋小寶見他笑容古怪，一轉念間，已明其理，笑道：「就好比萬歲爺七擒小桂子，叫奴才又感激又害怕，從此再也不敢玩甚麼花樣。小桂子又好比是孫悟空，雖然頑皮，總之是跳不出萬歲爺這如來佛的手掌心。」

康熙笑道：「你年紀大了幾歲，可越來越謙了。你若要跳出我的手掌心，我可還眞抓你不住。」韋小寶道：「奴才在皇上的手掌心裏舒舒服服，又何必跳出去？」

康熙一笑，說道：「平吳三桂的事，說來你功勞也是不小，那一趟事你沒能趕上，很是可惜。現下我派你統帶水陸三軍，出征羅剎，讓你連升兩級。雅克薩城築於鹿鼎山，我封你爲三等鹿鼎公、撫遠大將軍。武的由都統朋春、黑龍江將軍薩布素、寧古塔將軍巴海助你，文的由索額圖助你。咱們先出馬步四萬，水師五千，倘若不夠，再要多少有多少。一應馬匹軍需，都已齊備。璦琿、寧古塔所積軍糧，可支大軍三年之用。野戰砲有三百五十門，攻城砲五十門。這可夠了嗎？」

康熙說一句，韋小寶謝一句恩，待他說完，忙跪下連連磕頭。

康熙道：「羅剎國在雅克薩和尼布楚的騎兵步兵不過六千。咱們以七八倍兵力去對付，那是雷霆萬鈞之勢了，只盼你別墮了我堂堂中華的國威才好。」韋小寶道：「這一仗是奴才代著皇上去打的，咱們只消有一點小小挫折，也讓羅剎國人給小看了。皇上儘管放心。」康熙道：「很好。你還有甚麼需用沒有？」韋小寶道：「奴才從臺灣帶來了五百名籐牌兵來京，他們曾跟紅毛兵開過仗，善於抵禦火器，奴才想一併帶去進剿羅剎。」

康熙喜道：「那好得很啊。鄭成功的舊部打敗過荷蘭紅毛兵，你帶了去打羅剎兵，咱們又多了三分把握。我本來躭心羅剎兵火器厲害，只怕我軍將士傷亡太多。」韋小寶道：「籐牌能擋住鳥槍子彈，這些籐牌兵著地滾將過去，用大刀斬鬼子兵的鬼腳。」康熙大喜，連稱：「妙得很，妙得很！」

韋小寶道：「奴才有個小妾，當年隨著同去莫斯科，精通羅剎鬼話，又會武功。想請皇上恩准，讓她隨軍辦事。」清朝規定，出師時軍中攜家帶眷，乃是大罪，因此須得先行陳請。

康熙點了點頭，道：「知道了。我的妹子建寧公主跟了你，你叫我做便宜大舅子，這件事也不來計較了。你須得立場大功，方能折過，否則咱們不能算完。我妹子是你正妻，可不能做小妾！」韋小寶磕頭道：「這個自然！」

韋小寶七個妻子，只論年紀，不分大小，建寧公主是御妹之尊，總不能做妾，雖非韋小寶所最愛，卻順為正妻。

韋小寶磕頭辭出，退到門口時，康熙問道：「聽說你的師父陳永華，是給鄭克塽殺的，是不是？」韋小寶一怔，應道：「是。」康熙道：「鄭克塽已歸降朝廷。我答允過他，鄭氏子孫一體保全。你別去跟他為難。」韋小寶只得答應。

他此番來京，早就預擬去尋鄭克塽的晦氣，那知康熙先行料到，如此吩咐下來，倘若再去動他，那便是違旨了，尋思：「難道這小子害死我師父的大仇，就此罷休不成？」低了頭緩步走出，忽聽得有人說道：「韋兄弟，恭喜你啊。」

韋小寶聽得聲音好熟，抬起頭來，只見眼前一人身高膀寬，笑吟吟的望著自己，正是御前侍衛總管多隆。這一驚當眞非同小可。那日他逃出宮去，明明在自己屋中已將多隆一劍刺死，這可不是他鬼魂索命來嗎？霎時之間，只嚇得全身發抖，既想轉身奔逃，又想跪下哀求饒命，可是兩條腿便如釘在地下一般，再也難以移動半步，下身前後俱急，只差這麼一點兒便要屎尿齊流。

多隆走近身來，拉住了他手，笑道：「好兄弟，多年不見，做哥哥的想念得緊，別來想必諸事如意。聽說你在通吃島上為皇上釣魚，皇上時時升你的官爵，我聽了也是歡喜。」

韋小寶覺得他的手甚是溫暖，日光照進走廊，他身旁也有影子，似乎不是鬼魂，驚怖之念稍減，喃喃應道：「是，是。」又怕他念著前仇，要算那筆舊帳，只是那一匕首明明對準了他心臟戳入他背心，如何會得不死，慌亂之際，那裏想得明白？

多隆又道：「那日在兄弟屋裏，做哥哥的中了暗算，幸蒙兄弟趕走刺客，我這條命才得保全。這件事一直沒能親口向你道謝，心中可常常記著。你卻又託施琅從臺灣帶禮物來給我，當眞生受不起。」

韋小寶見他神色誠摯，當不是在說反話，心想：「他是御前侍衛總管，皇上身邊的近臣。施琅這次來送禮，自然有他的份。想來他向施琅問起了我，施琅便賣個順水人情，說禮物之中有一部分是我送的，以便顯得他跟我交情很深，別人衝著我的面子，不會跟他爲難。只是怎麼說我趕走了刺客，這件事可弄不懂了。」

多隆見他臉色白裏泛青，一副神不守舍的模樣，只道他是受了康熙的斥責，安慰他道：「皇上近來脾氣有時不大好，多半是爲了羅刹國欺人太甚，兄弟不必耽心。待會下了班，咱們去好好的吃他一頓，敘上一敘。」韋小寶道：「皇上恩德天高地厚，剛才又升了我的官。兄弟心中感激，眞不知怎樣才報得了君恩。」多隆笑道：「恭喜，恭喜。兄弟辦事能幹，能給皇上分憂，加官進爵，那是理所當然。」艷羨之意見於顏色。

韋小寶見他語氣和神色之間，對自己又親熱，又羨慕，素知他是直爽漢子，不會作僞，心中驚懼之意盡去，笑道：「多大哥，請你等一等，兄弟尿急得很。皇上傳見，吩咐叮囑的話很多，兄弟忍尿忍到這時候，可實在忍不住了。」

多隆哈哈大笑，知道皇上召見臣子，若不示意召見已畢，臣子決不敢告退。做臣子的當眞尿急起來，倒是一件大大的難事。只不過也只有像韋小寶這等寵臣，皇上才會跟他說話這麼久。別的大臣三言兩語，即命起去，也輪不到他尿急屎急。多隆和韋小寶向來親厚，今日久別重逢，心中著實高興，當即拉著他手，送他到茅房門口，站在門口等他解完了手出來。

那日韋小寶爲了要救師父及天地會衆兄弟性命，無可奈何，劍刺多隆，想起平日他對自己很不錯，內心也著實歉仄，想不到他居然沒死，對自己又沒絲毫見怪之意，這一泡尿就撒得加倍痛快，出得茅房來，便以言語套問當日情形。

多隆說道：「那日我醒轉來時，已在床上躺了三日四夜。關太醫說，幸虧我的心生得偏了，刺客這一刀只刺傷了我的肺，沒傷到心。他說像我這種心生偏了的人，十萬個人中也沒一個。」韋小寶心道：「慚愧，原來如此。」笑道：「我一向只道大哥是個直心腸的好漢，那知大哥是個偏心人。大哥偏心，是特別寵愛小姨太呢，還是對小兒子偏心？」多隆一楞，笑道：「兄弟不提，我倒也沒想起。我對第八房小妾加意寵愛些，想來便是偏心之故了。」

兩人笑了一陣。韋小寶笑道：「這刺客武功很高，他來暗算大哥，兄弟事先竟也沒察覺。」多隆道：「是啊。」壓低了聲音道：「剛巧那時建寧公主殿下來瞧兄弟。這種事情，咱們做奴才的是不敢多問一句的。我養了三個月的傷，這才痊愈。皇上諭示，是韋兄弟奮勇救了我的性命，親手格斃了刺客。這中間的詳細經過，兄弟也不必提了，總而言之，做哥哥的極承你的情。」

韋小寶的臉皮之厚，在康熙年間也算得是數一數二，但聽了這幾句話，臉上居然也不禁爲之一紅，才知還是皇帝爲自己隱瞞了。一來是皇上親口說的，多隆自然信之不疑；二來其中涉及公主的隱私，宮中人人明白，這種事越少過問越好，便有天大疑竇，也只好深藏心底。若非如此，要編造一套謊話來掩飾過去，倒也須煞費苦心。

韋小寶內心有愧，覺得對這忠厚老實之人須得好好補報一番，說道：「兄弟在臺灣帶了些土儀，回頭差人送到大哥府上。」多隆連連搖手，道：「不用了，不用了。咱們自己人，何必再鬧這一套？上次施琅帶來了兄弟的禮物，那已經太多了。」

韋小寶突然想起一事：「這件事倒惠而不費，皇上就算知道了，也不能怪我違旨。」問道：「多大哥，鄭克塽這小子歸降之後，在北京怎麼樣？」多隆道：「皇上待他很不差，封了他一個一等公。這小子甚麼都不成，託了祖宗的福，居然爵位比你兄弟還高。」

韋小寶道：「那日咱們鬧著玩兒，誣賴他欠了衆侍衛一萬兩銀子，由兄弟拿出來歸還。這件事大哥還記得嗎？」多隆哈哈大笑，說道：「記得，記得。兄弟那個相好的姑娘，後來怎樣了？倘若仍跟著鄭克塽，咱們這就去奪她回來。」韋小寶微笑道：「這姑娘早已做了我老婆，兒子也生下了。」

多隆笑道：「恭喜，恭喜！否則的話，鄭克塽這小子在京師之中，管他是一等公、二等公，終究是個無權無勢的空頭爵爺，咱們要欺上門去，諒這小子屁也不敢多放一個。這種投降歸順的藩王，整日裏戰戰兢兢，生怕皇上疑心他心中不服，又要造反。」

韋小寶道：「咱們也不用欺侮他。只不過殺人償命，欠債還錢，那是天公地道的事。別說他不過是個一等公，就算是親王貝勒，也不能欠了債賴著不還哪。」

多隆道：「對，對，那日他欠了兄弟一萬兩銀子，我們御前侍衛不少人都是見證，咱們討債去。」韋小寶微笑道：「這小子可不長進得很。單是一萬兩銀子，那是小意思。他後來陸陸續續又向我借了不少債，有親筆借據在我手裏。他鄭家三代在臺灣做王爺，積下的金銀財寶還少得了？必定都帶來了北京。鄭成功和鄭經是好人，料想不會太搜刮百姓，可是鄭克塽這小子難道還會客氣麼？他做一天王爺，少說也刮上一百萬，兩天就是二百萬，三天三百萬。他一共做了幾天王爺，你倒給算算這筆帳看！」多隆張口結舌，說道：「厲害，厲害！」

韋小寶道：「兄弟回頭將借據送來給大哥，這一筆錢，兄弟自己是不要的了……」

多隆忙道：「這個萬萬不可，做哥哥的給你包討債，保管你少不了一錢銀子。我帶了手下的侍衞去登門坐討，他便有天大的膽子，也不敢不還。」

韋小寶道：「這筆債是大了些，這小子當年花天酒地，花銀子就像流水一般。一下子要還淸，還眞不容易。這樣罷，大哥帶人去討，他要是十天八天還不出，就讓他化整爲零，分寫借據，債主兒都寫成侍衞兄弟們的名字。每張借據一千兩一張也好，二千兩一張也好。那一個侍衞討到了手，就是他的。」

多隆道：「那不成！衆侍衞個個是你的老部下，給老上司辦一點討債小事，還能要賞，那算甚麼話？」韋小寶道：「他們都是我老部下，是好兄弟、好朋友。這幾年來，兄弟快馬加鞭的加官進爵，可一直沒甚麼好處給大家，想想也不好意思。這幾百萬兩銀子，大哥和衆位侍衞兄弟們就分了罷。」

多隆大吃一驚，顫聲道：「甚……甚麼有幾……幾百萬兩銀子？」韋小寶微笑道：「本錢嘛，也沒這許多，其中有些是花帳，有些是虛頭，利上加利的滾上去，數目就不小了。這一筆錢，大哥自己多分幾成。」

多隆兀自不信，喃喃的道：「幾百萬兩？這……這未免太多了罷？」韋小寶道：「所以啊，要他分開來寫借據，討起來方便些。」壓低了嗓子道：「這件事可別牽扯我在內。倘若給御史們知道了，奏上一本，說兄弟交結外藩，放債圖利，不大不小也是個罪名。但如御前侍衛們向他討賭債，每人一千二千銀子的事，那就全不相干。大哥要是怕御前侍衛獨吃，干係太大，不妨約些驍騎營的軍官同去。他們也都是我的老部下，也該分得些好處。」多隆連聲稱是，打定了主意，這筆債討了來，至少有一大半要還給韋小寶，他雖慷慨大方，可不能讓他血本無歸。

韋小寶十分得意，暗想多隆帶了這羣如狼似虎的御前侍衛和驍騎營軍官去討債，鄭克塽這下子可有得頭痛了。雖礙於皇上吩咐在先，不能親自去跟鄭克塽爲難，以報殺師大仇，但這麼一搞，少說也得敗了他一半家產。這件事鄭克塽多半還是啞子吃黃蓮，不敢聲張，就算給人知道了，那也是御前侍衛和驍騎營軍官追討賭債的私事，別人只會說鄭克塽是紈袴子弟，立身不謹，來到京師，仍賭博胡鬧，誰也不會怪到他韋小寶頭上。

出得宮來，康親王傑書、李霨、明珠、索額圖、勒德洪、杜立德、馮溥、圖海、王熙、黃機、吳正治、宗德宜等滿漢大臣都候在宮門外，紛紛上前道喜，擁著他前去銅帽兒胡同。

來到巷前，只見一座宏偉的府第聳立當地，比之先前的伯爵府更大了許多。大門上一塊朱漆的匾額，卻空蕩蕩地並無一字。韋小寶識得的字，西瓜大的還沒一擔，但匾上有沒有字終究還分得出來，不禁一怔。

康親王笑道：「韋兄弟，皇上對你的恩澤，眞是天高地厚。那一年你伯爵府失火焚毀，你又不在京裏，皇上得知之後，便派做哥哥的給你另起一座府第。聖旨中沒吩咐花多少錢，只說一應費用，內庫具領。這是皇上賞你的，做哥哥的何必給皇上省銀子？自然是從寬裏花錢。兄弟，你瞧瞧，這可還合意嗎？」說著拎鬚微笑。

韋小寶急忙道謝。從大門進去，果然是美輪美奐，跟康親王府也差不了多少，衆官嘖嘖稱讚，盡皆艷羨。

康親王道：「這座府第起好很久，一直等著兄弟你來住。只不知皇上如何加恩，要封你甚麼官爵，因此府上那一塊匾額便空著不寫。這『鹿鼎公府』四個字，便請咱們的李大學士大筆一揮罷。」

李霨是保和殿大學士兼戶部尙書，各大學士中資歷最深，是爲首輔，當下也不推辭，提筆恭楷寫了「鹿鼎公府」四個大字。從吏捧了下去，命工匠鑄成金字，鑲在匾上。

當晚鹿鼎公府中大張筵席，款待前來賀喜的親貴大臣。鄭克塽、馮錫範等臺灣降人也送了禮來，卻沒親身道賀。

送走賓客後，韋小寶又開家宴，七位夫人把盞慶賀。韋小寶說起要帶雙兒隨同北征，其餘六位夫人一齊不依，說他太過偏心。韋小寶只得花言巧語，說是皇上降旨，知道雙兒到過羅刹國，懂得羅刹言語，是以派她隨軍效力。六位夫人只得罷了。好在雙兒爲人溫柔謙和，和六位夫人個個情誼甚好，大家也不妒忌於她。建寧公主自忖以皇上御妹的身分，金枝玉葉，雖由皇上金口頒旨，爲韋小寶的正妻，比其餘六女高了一級，卻還及不上一個出身微賤的小丫頭得丈夫寵愛，心中著實氣惱。不過七位夫人平時若有紛爭，其餘六人一定聯盟對付公主。建寧公主人孤勢單，韋小寶又不對她迴護，近年來氣燄已大爲收斂，輕易不敢啓釁。

次日韋小寶命雙兒取出鄭克塽當年在通吃島上血書的借據，請了多隆來，交給了他。多隆大喜，說道：「既有親筆借據，咱們石頭裏也要榨出他油來。鄭克塽這小子要是膽敢賴債不還，咱們御前侍衛和驍騎營軍官也不用在京裏混了。」

此後數日之中，康熙接連宣召韋小寶進宮，給了他一張極大的地圖，如何進軍、如何接仗、如何圍城、如何打援，一一詳細指示，用朱筆在圖上分別繪明。

韋小寶道：「這一仗是皇上親自帶兵打的，奴才甚麼也不敢自作主張，總之是遵照皇上的吩咐辦事就是。否則的話，就算打了勝仗，皇上也不歡喜。」

康熙微笑點頭，韋小寶這一番話深合他心意。他小時學了武藝，沒法施展，只有與韋小寶扭打爲樂，其後不斷派遣韋小寶出外辦事，在內心深處，都是以他爲自己替身之意。韋小寶年紀比自己小，武功智謀、學問見識，沒一樣及得上自己，他能辦得成功，自己自然更游刃有餘。明朝正德皇帝自封為威武大將軍鎮國公，親自領兵出征，也只是不甘寂寞、要一顯身手而已。康熙作事自不會如正德皇帝這般胡鬧，卻從派遣韋小寶辦事之中，內心得到了滿足。當年吳三桂造反，他是身經百戰的猛將，非同小可，必須以大臣宿將對付，倘若讓韋小寶領兵，必定敗事。這一仗打了數年，康熙雖不親赴前敵，但每一場戰役都詢問詳明，其中利弊得失，無不瞭如指掌，於實戰之中學會了兵法。他於兵法之中，得知於千里之外遙控戰局，乃打敗仗的不二法門，因之每一場戰役如何處理，從不對統兵大將有所干預。張勇、趙良棟、王進寶、孫思克等立功，他也只下旨嘉獎，垂詢過程而已。此時和羅剎國開仗，事無巨細，均已籌劃妥善，大軍未出都門，便已料到此戰必勝，比之當年對付吳三桂時的戰戰兢兢，那是不可同日而語了。

韋小寶出征在即，不敢再去招惹天地會的兄弟，心想：「皇上不叫我去滅天地會，那是他向我投降，已給足了我面子。我如不識相，又去跟李力世、徐天川他們聚會，給皇上知道了，難免引得他舊事重提，這是韋小寶搬了石頭來砸自己的腳，做人既蠢笨無比，又太不光棍。」

欽天監擇定了黃道吉日，大軍北征。是日康熙在太和門賜宴。午門外具鹵簿，陛下張黃幄，設御座，陳敕印，王公百官會集。康熙升座。撫遠大將軍鹿鼎公韋小寶率出征官朋春、薩布素、郎坦、何佑、林興珠等，運糧官索額圖等上前跪倒。內院大臣奉宣滿蒙漢三體敕書，授大將軍敕印，頒賜衣馬弓刀。出征將官分坐金水橋北，左右奏樂，陳百戲。康熙命大將軍進至御前，面授方略，親賜御酒。大將軍跪受叩飲，都統、副都統等繼進，皇帝命侍衛賜飲，然後命百官遍飲衆軍，賜金錢布疋。百官衆軍謝恩，大軍開拔。康熙親送出午門。大將軍及衆官跪請回駕。然後水陸大軍首途北征。

衆大臣眼見韋小寶身穿戎裝，嬉皮笑臉，那裏有半分大軍統帥的威武模樣？素知此人不學無術，是個市井無賴，領兵出征，多半要壞了大事，損辱國家體面，但知康熙對他寵幸，又有誰敢進諫半句？不少王公大臣滿臉堆歡，心下暗嘆。正是：

丞相魚魚工擁笏
將軍躍躍儼登壇

韋小寶奉皇帝之命辦事，從來沒此次這般風光，心中的得意，那也不用說了，知道這一次事關重大，在軍中強自收斂，居然不敢開賭，途中無聊之際，也不過邀了幾名大將來擲幾把骰子，輸了喝酒而已。

不一日，大軍出山海關，北赴遼東。這是韋小寶舊遊之地，只是當年和雙兒在森林中捕鹿爲食，東躲西藏，狼狽不堪，那有今日出關北征的威風？

其時秋高氣爽，晴空萬里，大軍漸行漸北，朔風日勁。這一日離雅克薩城尚有百餘里，前鋒何佑至大營稟報：斥堠兵得當地百姓告知，羅刹兵四出擾民，殺人放火，姦淫擄掠，無惡不作，每過十餘日便來一次，預料再過數日，又會出來劫掠。

韋小寶早得康熙指示機宜，吩咐大軍紮營不進，命何佑統率十個百人隊，在離雅克薩城三十里外分頭埋伏。如羅刹軍大隊到來，便深伏不出，避不交兵，遇到小隊敵軍，則或殺或捉，盡數殲滅，一個都不許放了回城。何佑接令而去。

過得數日，這天上午，隱隱聽得遠處有火槍轟擊之聲，此起彼伏，良久不絕，料得先鋒已在和羅刹兵交戰。到得下午，何佑派人至大營報捷，說道殲滅羅刹兵二十五人，俘虜十二名。韋小寶得報大喜。傍晚時分，前鋒將所俘虜的十二名羅刹兵送到大營來。

韋小寶升帳，親自審問。那十二名羅刹兵聽得韋小寶居然會說羅刹話，大爲駭異，然而人人都十分倔強，說道中了埋伏，清兵人多，勝得毫不光采。

韋小寶大怒，叫過兩名羅刹兵來，從懷中取出骰子，說道：「你們兩個擲骰子！」這擲骰之戲，西洋自古便有，埃及古墓中所發掘出來的骰子，和中國的形式全無分別，羅刹兵倒也是玩慣了的。兩名羅刹兵相顧愕然，不知這清兵的少年將軍搞甚麼花樣，便依言擲骰。兩粒骰子，一個擲了七點，一個擲了五點。

韋小寶指著那擲了五點的羅刹兵道：「你輸了，死蠻基！」羅刹語中，「死蠻基」是「死亡」之意。他轉頭吩咐親兵：「拉出去砍了！」四名親兵將那羅刹兵押到帳口，一刀殺死，呈上首級。餘下十一名羅刹兵一見，無不臉色大變。

韋小寶指著另外兩名羅剎兵道：「你們兩個來擲骰子。」那兩名那裏還肯擲骰，不約而同的道：「我不擲！」韋小寶道：「好，你們不擲。」對親兵道：「兩個都拉出去砍了！」頃刻間又殺了兩人。

韋小寶又指著兩名羅剎兵道：「你們兩個來擲。」兩人知道倘若不擲，立時便死，擲一把骰子，倒還有一半逃生的機會。一人戰戰兢兢的拿起骰子，正待要擲，另一名羅剎兵伸手搶了過去，對韋小寶道：「我跟你擲！」神色極爲傲慢。

韋小寶笑道：「好啊，你竟膽敢向我挑戰。你先擲。」那兵擲了個七點，韋小寶作弊擲了十點，笑問：「怎麼樣？」那兵神色慘然，說道：「我運氣不好，沒甚麼好說。」韋小寶道：「你來到我們中國，殺過多少中國人？」那兵昂然道：「記不清了，少說也有十七八個。你殺我好了，我反正也不吃虧。」韋小寶吩咐將他砍了，指著另一名羅剎兵道：「你來擲。」

那兵拿了骰子，手臂只發抖，兩粒骰子一先一後跌在桌上，竟是十一點，贏面已很大。韋小寶想玩花樣擲個十二點，那知疏於練習，手法不靈，兩粒骰子的六點不是向上，卻一齊向下，變成只有兩點。他一怔之下，哈哈大笑，說道：「我贏了！」那兵忙道：「我是十一點，你只兩點，怎麼是你贏？」韋小寶道：「這次點子小的贏，點子大的輸。」那兵不服，說道：「自然是點子大的贏，我們羅剎國向來的規矩是這樣的。」

韋小寶板起了臉，說道：「這裏是中國地方，還是羅刹地方？」那兵道：「是……中國地方。」韋小寶道：「既然是中國地方，當然照中國規矩。誰叫你們到中國來的？下次我到羅刹地方，再跟你擲骰子，就照羅刹規矩好了。你死蠻基！」轉頭對親兵說：「拉出去砍了！」

他又叫了一名羅刹兵出來。那兵倒也精細，先要問個明白：「按照中國規矩，這一次是點子大的贏，還是點子小的贏？」韋小寶道：「按照中國規矩，是中國人贏。中國人的點子大，就算大的贏；中國人點子小，就算小的贏。」那兵氣忿忿的道：「你橫蠻得很，不講道理。」韋小寶道：「你們羅刹兵到中國來，殺人搶劫，不是我們中國人到羅刹來殺人搶劫。到底是羅刹人橫蠻呢，還是中國人橫蠻？」那兵默然。韋小寶道：「快擲，快擲！」那兵道：「反正是我輸，還擲甚麼？」韋小寶道：「不擲，死蠻基！」

殺了那羅刹兵後，他再叫一名羅刹兵出來。那兵身材魁梧，長了滿臉鬍子，大聲道：「中國小子，你不用玩鬼花樣，爽爽快快將我殺了便是。這一次你們人多，埋伏在雪地裏，突然擁將出來，贏了也不光采。我們羅刹國大兵到來，將你們一個個都殺了。」韋小寶道：「你給我們捉住，輸得不服，是不是？」那兵道：「自然不服！」韋小寶道：「倘若咱們人數一樣，面對面的交鋒打仗，你們一定贏的，是不是？」

那兵傲然道：「這個自然。我們羅剎人一個打得贏五個中國人，否則的話，我們也不到中國來了。我跟你賭，你們派五個人出來跟我打。你們贏了，就殺我的頭，倘若我贏，立刻放了我。」這人是羅剎軍中著名的勇士，生具神力，眼見韋小寶帳中的將軍親兵個個比他至少要矮一個頭，以一敵五，自己贏面也是甚高。

雙兒一直坐在一旁，這時聽得他言語傲慢，便道：「羅剎人，沒用。中國女人，也勝了你。」說著走過來，站在韋小寶身邊。那兵見她身材纖小，容貌美麗，忍不住笑了出來，說道：「你要跟我比武？」韋小寶吩咐親兵割斷綁住他雙手的繩索，微笑道：「好雙兒，叫他見識見識中國女人的厲害。」那兵道：「中國女人，會講羅剎話，很好，很好！」

雙兒的羅剎話比之韋小寶差得遠，說起來辭不達意，不願跟他多講，左手揮出，向他臉上虛晃一掌。那兵急忙仰頭，伸手來格。雙兒右腿飛出，啪的一聲，踢中了他小腹。那兵吃痛，大吼一聲，雙拳連發。他是羅剎國的拳擊好手，出拳迅速，沉重有力。雙兒看出厲害，閃身躍到他背後，一招「左右逢源」，啪啪兩聲，在他左右腰眼裏各踢一腳。那兵痛得蹲下來，叫道：「你用腳，犯規，犯規！」原來羅剎人比拳，規定不得出腳。

韋小寶笑道：「這是中國地方，打架也講中國規矩。」

雙兒叫道：「羅刹的，我也贏。」閃身轉到那兵身前，右拳往他小腹擊去。那兵伸手擋格。雙兒這一拳乃是虛招，不等他擋到，右拳縮回，左拳已擊向他胸口。那兵又伸臂來格。雙兒左一拳、右一拳，連發十二拳，拳拳皆是虛招，這在中國武術中有個名目，叫作「海市蜃樓」，意謂盡皆虛幻。只因每一招既不打實，又不用老，自比平常拳法快了數倍。

那兵連擋數下，都擋了個空，哈哈大笑，說道：「女孩子的玩意，不中用……」一言未畢，啪啪兩聲，左右雙頰已連吃了兩掌。那兵大聲叫喊，雙臂直上直下的猛攻過來。雙兒側身避過，右手食指倏出，已點中那兵右邊太陽穴。那兵一陣暈眩，晃了兩晃。雙兒躍身起來，手掌斬出，已中那兵後腦的「玉枕穴」，這是人身大穴，那兵雖然粗壯，卻也支持不住，撲地倒下，再也爬不起來。

韋小寶大喜，攜住雙兒的手，在那兵腦門上踢了一腳，問道：「你服不服了？」那兵迷迷糊糊的道：「中國女人……使妖法……是女巫……」韋小寶罵道：「臭豬，甚麼妖法？拉出去砍了！你們這些羅刹兵，那一個不服的，再出來比武？」

餘下五名羅刹兵面面相覷，眼見這大力士都已輸了，自己絕非對手，誰都不敢說話。韋小寶道：「你們認輸投降，就饒了不殺，否則就來跟我擲骰子。大家按照中國規矩，贏得我的就活，輸了的就死蹺蹺！」說著右手一揮，作個砍頭手勢。五兵均想：

「按照中國規矩，不管擲出甚麼點子都是你贏。」便有一兵躬身道：「投降！」韋小寶喜道：「很好！拿酒肉來，賞他吃。」親兵去後帳端出一大碗酒、一大碗肉，鬆開了那兵綁縛，讓他吃喝。

羅剎國氣候嚴寒，人人好酒。韋小寶雖不喜飲，軍中所備卻是極品高粱，一端出來便滿帳皆香。餘下四名羅剎兵一聞到酒香，早已饞涎欲滴，待見那兵喝得眉花眼笑，更加心癢難搔，一個個說道：「投降，投降！要喝酒。」

韋小寶吩咐鬆了四兵綁縛，令親兵取出四份酒肉分給他們。羅剎兵吃喝過後，猶未饜足，韋小寶吩咐各人再賞一份。五名羅剎兵喝得醉醺醺地，手挽著手唱起歌來，唱了一會，想到死裏逃生之餘，居然有此大吃大喝之樂，都向韋小寶躬身道謝。

此後數日，先鋒何佑不斷解來虜獲的羅剎兵，多則十六七名，少則一兩名。這些俘虜和最先投降的五名晤談之後，得知若和大清將軍擲骰子必死無疑，投降了卻有酒肉款待，當下人人降服。這些羅剎兵來本都是亡命無賴，不是小偷盜賊，便是遭判流刑的罪犯，十之八九是無惡不作之徒，東來冒險，誰都不存好心。初時殺害中國平民，十分順利，便均存了鄙視華人之意，是以雖然被俘，仍傲慢自大。直到韋小寶斬了數兵立威，其餘的才知道厲害。這些蠻橫之輩欺善怕惡，眼見對方更蠻更惡，便乖乖的投降了。

這時總督高里津已奉蘇菲亞公主之召，回莫斯科升任高職。雅克薩的統兵大將名叫圖爾布青（Alexi Tolbusin）。羅剎兵小隊出外劫掠，連日不知所蹤。圖爾布青派人打探，始終不見回報，情知不妙，當下點起城中一半兵馬，共二千餘衆，親自率領，出來察看。

圖爾布青一路行來，不見敵蹤，見到中國人的農舍住宅，便下令燒毀，男女百姓，一概殺了。行出二十餘里，忽聽得馬蹄聲響，一隊軍馬衝來。

圖爾布青喝令隊伍散開，只見一隊清軍騎兵縱馬奔到，約有五百來人，紛紛放箭。圖爾布青哈哈大笑，說道：「中國蠻子只會放箭，怎敵得我們羅剎人的火槍厲害？」一聲令下，衆槍齊發，十餘名清兵摔下馬來。

清軍中鑼聲響起，清軍掉轉馬頭，向南奔馳。圖爾布青下令追趕，這隊清軍騎兵所乘的都是精選良馬，奔行甚速，一時追趕不上。追出七八里，只見前面樹林旁豎立一面黃龍旗，羅剎兵疾追過去，見是清軍的七八座營帳。羅剎兵火槍轟擊，營帳中逃出數十名清軍，射了幾箭，便騎馬向南。羅剎兵前鋒衝入營帳，見清軍已逃得乾乾淨淨。

圖爾布青下馬入帳，只見桌上擺著酒肉菜餚，兀自熱氣騰騰，地下拋滿了金錠、銀錠、錦衣、珠寶。圖爾布青大喜，說道：「這是中國蠻子的大將，匆匆忙忙逃走，連金銀也不及盡數攜帶。大家上馬快追！捉到蠻子大將，重重有賞。蠻子大將身邊攜帶的金銀珠寶一定極多，大家去搶啊！」

眾兵將見了金銀珠寶，便即你搶我奪，有的拿起桌上酒肉便吃，聽得主帥下令，大聲歡呼，擁出帳外，紛紛上馬，循著蹄印向東南方追去，沿途只見金錠、銀錠、刀槍、弓箭散在道旁。眾兵都說中國兵見到羅刹大軍到來，已嚇得屁滾尿流，連兵器也都拋下不要了。

又追一陣，只見道上棄著幾雙靴子，幾頂紅纓帽。圖爾布青叫道：「中國蠻子的元帥將軍改裝逃命，多半扮成了小兵。可別讓他們瞞過了。」隨從道：「將軍料事如神，定是如此。」圖爾布青吩咐收起靴帽，說道：「抓到了中國蠻子，不管他是小兵還是火伕，叫他們都來試戴帽子，試穿靴子，試得合式的，多半便是大將。」部屬又一齊稱讚將軍聰明智慧，人所莫及。

再追出數里，又奪到清軍一座營帳，只見地下除了金銀兵器之外，更有許多紅紅綠綠的女子衣裙，顏色鮮艷，營帳邊又有胭脂水粉、手帕釵環等女子飾物。眾兵將色心大動，齊叫：「快追，快追，中國蠻子帶著女人。」

如此一路追去，連奪七座營帳，均有財物酒肉，隱隱聽得前面呼喊驚叫之聲大起。圖爾布青站上馬鞍，取出千里鏡望去，只見數里外一隊中國兵正狼狽奔逃，旗幟散亂，隊伍不整。圖爾布青大喜，叫道：「追到了！」拔出馬刀，在空中接連虛劈，叫道：「衝啊！殺啊！」帶領兵將，疾衝而前，沿途見二十餘匹清軍馬匹倒斃在路。眾兵將喜叫：「蠻子的坐騎沒力氣逃了！」拚命催馬，愈追愈近，眼見清兵從兩山間的一條窄道中逃了進去。

圖爾布青追到山口，見地勢險惡，微微一怔：「敵人若在此處設伏，那可不妙。」忽聽得前面山谷中有人以羅刹話叫道：「中國蠻子，你們投降了，很好，很好！」又有人叫道：「哈哈，這次中國蠻子可敗得慘啦。」正是本國官兵的語音。圖爾布青大喜，當下更無疑慮，縱馬直入，後面二千餘名騎兵跟進山谷。圖爾布青叫道：「前面是那一隊的？你們在那裏？」只聽得山壁後十餘人齊聲應道：「我們在這裏！中國蠻子兵投降啦！」圖爾布青叫道：「好極！」剛一提馬韁，猛聽得背後槍聲砰砰大作。

圖爾布青吃了一驚，轉過身來，只見山谷口煙霧瀰漫，左右兩邊山壁樹林中火光閃動，火槍一排排的放將出來。眾羅刹官兵齊聲驚呼。圖爾布青叫道：「掉轉馬頭，退出山谷。」

只聽得兩旁山壁上數千人大聲吶喊：「羅刹兵，投降，投降！」無數大石、擂木滾落，頃刻間便將山道塞住了。羅刹官兵擠在一條窄窄的山道之中，你推我擁，人喧馬嘶，亂成一團。清兵居高臨下，弩箭火槍，不住發射。

圖爾布青暗暗叫苦，知道已中了敵人詭計，眼見後路已斷，只得拉轉馬頭，叫道：「大夥兒向前衝！」只衝出數丈，忽聽得砰砰巨響，砲彈轟將過來，打死了十餘名士兵。圖爾布青只嚇得魂飛天外，那料到清兵火器如此犀利，而在這崎嶇的山道中又竟伏得有大砲。他急躍下馬，叫道：「棄了坐騎，集中火力，從來路衝出去。」

羅剎兵紛紛下馬，從阻住山口的巨石大木上爬過去，後隊便向兩邊山壁放槍掩護。羅剎兵火槍的火力犀利，射程又遠，倒也打死了不少清兵。但清兵大砲不住轟來，勢道猛烈。

數百名羅剎兵將要爬出阻道的山石，突然轟隆一聲巨響，地雷爆炸，從地底炸了上來，數百名兵將有的彈上十餘丈，有的斷首折肢，血肉橫飛，僥倖不死的慌忙爬回。

圖爾布青見前後均無退路，束手無策。一名軍官極是勇悍，率領了數十名敢死隊從北邊山壁上爬去，企圖殺出一條通路。但山壁陡削，又光溜溜地無容足之處，只爬上數丈，有數十餘名士兵摔將下來，非死即傷。山頂上清兵投擲石塊，將餘下數十人盡數打落。那軍官摔得腦漿迸裂，立時斃命。這時清軍大砲又不住轟來，山壁間盡是羅剎兵慘呼之聲。

眼見再過得一會，勢將全軍覆沒，圖爾布青叫道：「不打了，停火，停火！」但砲聲和衆兵將的呼叫將他聲音淹沒了。他身旁官兵齊聲大叫：「停火，停火！」餘兵跟著叫喚。

清軍停了砲火，有人以羅剎話叫道：「拋下火槍、刀劍，全身衣服脫光！」圖爾布青大怒，叫道：「只拋武器，不脫衣服！」清軍中有人叫道：「拋下火槍、刀劍，全身衣服脫光的，赫拉笑！出來喝酒。不脫衣服的，死蠻基！」圖爾布青叫道：「不脫衣服！」

這句話一出口，隆隆聲響，清軍大砲又轟了過來。羅剎兵中有些怕死的，當即紛紛拋下刀槍，開始脫衣。圖爾布青舉起短銃，射死了一名正在脫衣的士兵，喝道：「脫衣服的處死！」但在清軍猛烈砲火轟擊之下，將軍的嚴令也只得不理了，十餘名士兵全身脫得赤條條地，從阻路的山石上爬過去。兩邊山上清軍拍手大笑，大呼：「快脫衣服！」脫衣逃生的士兵越來越多，圖爾布青短銃連發，又打死了兩人，卻怎阻止得住？

清軍大砲暫止，山壁頂上有人叫道：「要性命的，快快脫光衣服過來。」這時羅剎兵將那裏還有鬥志，十之八九都在解扣除靴。

圖爾布青長嘆一聲，舉起短銃對準了自己太陽穴，便欲自殺。他身旁的副官夾手將他短銃搶下，說道：「將軍，不可以，老鷹留下翅膀，才可飛越高山。」這句羅剎成語，便是中國話中「留得青山在，不怕沒柴燒」之意。

只聽得清軍中有人以羅剎話叫道：「大家把圖爾布青的衣服脫光了，一起出來，否則又要開砲了。」這句羅剎話說得字正腔圓，正是投降了的羅剎兵被脅迫而說的。

圖爾布青怒不可抑，但見數名部屬瞪眼瞧著自己，顯然是不懷好意，伸手便去拔腰間佩刀。他手指剛碰到刀柄，背後一兵撲將上來，摟住他頭頸，五六名士兵一齊擁上，將他按倒在地，七手八腳，登時把他全身衣服剝得乾淨，抬了出去。

羅剎兵將每出去一名，便有兩名清兵上來，將他雙手反綁在背後，押著行出數里，來到一片空曠的平地上。這一役，二千餘名羅剎官兵，除了打死和重傷的六七百人之外，其餘一千八百餘名都雙手反綁，赤條條的列成了隊伍，秋風吹來，不禁簌簌發抖。

清軍將圖爾布青押在羅剎兵隊伍之前站定。羅剎衆兵將本來人人垂頭喪氣、心驚膽戰，突然間見到這位平素威嚴苛酷的將軍變成這般模樣，都覺好笑，其中數十人見到主將光溜溜的屁股，忍不住笑了出來。笑聲越來越響，不多時千餘官兵齊聲大笑。

圖爾布青大怒，轉過身來，大聲喝道：「立——正！笑甚麼？」他身上一絲不掛，兀自裝出這副威嚴神態，更是滑稽無比。衆官兵平日雖對他極爲畏懼，這時卻又如何忍得住笑？

大笑聲中，突然砲銃砰砰的響了八下，號鼓齊奏，一隊清兵從後山出來，打著黃旗，列於南方，跟著又有三隊清兵，分打紅、白、藍三色旗號，分列東、西、北三方，將羅剎官兵圍在其間。羅剎官兵見清兵或執長槍、或持大刀、或彎弓搭箭、或平端火槍，盔甲鮮明，兵器犀利，自己身上光無寸縷，更感到敵軍武器的脅迫，人人不再發笑，心中大感恐懼。

清軍列隊已定，後山大砲開了三砲，絲竹悠揚聲中，兩面大旗招展而出，左面大旗上寫著「撫遠大將軍韋」，右面大旗上寫著「大清鹿鼎公韋」，數百名砍刀手擁著一位少年將軍騎馬而出。這位將軍頭戴水晶頂，身穿黃馬褂，眉花眼笑，賊忒兮兮，左手輕搖羽扇，宛若諸葛之亮，右手倒拖大刀，儼然關雲之長，正乃韋公小寶是也。

他縱馬出隊，「哈哈哈」仰天大笑三聲，學足了戲文中曹操的模樣，只可惜旁邊少了個湊趣的，沒人問一句：「將軍爲何發笑？」

其時圖爾布青滿腔憤怒，無可發洩，早已橫了心，將生死置之度外，大聲罵道：「中國小鬼，你使詭計捉住了我，不算英雄。要殺便殺，幹麼這般侮辱我？」韋小寶笑道：「我怎麼侮辱你了？」圖爾布青怒道：「我……我如此模樣，難道……難道還不是侮辱？」韋小寶笑問：「你的褲子，是誰脫下的？」

圖爾布青登時語塞，自己的衣服褲子都是給部屬硬剝下來的，似乎不能怪在這小鬼將軍頭上。他狂怒之下，滿臉脹得通紅，疾衝而上，便要和韋小寶拚命。韋小寶身邊四名親兵搶出，挺起長槍，明晃晃的槍尖對準了他下身。圖爾布青只得停步，不自禁的雙手擋在自己下體之前，雙方官兵眼見之下，笑聲大作。

韋小寶道：「你既已投降，便當歸順大清，這就到北京去向中國皇帝磕頭罷！」圖爾布青道：「不降，把我斬成肉醬，我也不降。」韋小寶提高聲音，問衆羅刹官兵：「你們投不投降？」衆官兵都低頭不語。韋小寶指著西邊的白旗，叫道：「投降的軍官士兵，站到那邊去！」眾官兵呆立不動，有些官兵心下想降，但見無人過去，便也不敢先去。

韋小寶道：「好，你們誰都不降。廚子出來！」親兵隊後走出十名廚子，上身赤膊，手執尖刀鐵籤，上前躬身聽命。韋小寶對圖爾布青道：「你們羅剎國有一味菜『霞舒尼克』，當年我在莫斯科吃過，滋味很不錯，現下我又想吃了！」轉頭對十名廚子道：「做『霞舒尼克』！」十名廚子應道：「得令！」便有二十名士兵推了十隻大鐵爐出來，爐中炭火燒得通紅。羅剎官兵面面相覷，不知這中國將軍搗甚麼鬼。

韋小寶手一揮，便有二十名親兵過去拉了十名羅剎兵過來。韋小寶以羅剎話喝道：「割下他們身上的肉來，燒『霞舒尼克』！」

「霞舒尼克」是以鐵籤穿了牛肉條，在火上燒烤，是羅剎國的第一名菜。

十名廚子走到十名羅剎兵身前，將手中閃亮的尖刀高高舉起，落將下來。十名羅剎兵齊聲慘叫。親兵將那十名羅剎兵拉到山坡之後，但見地下鮮血淋漓。十名廚子左手的鐵籤上這時已串上一條條肉條，拿到炭爐上燒烤起來。羅剎官兵相顧駭然，一片寂靜之中，但聽得炭火必剝作響，肉上脂油滴入火中，發出嗤嗤之聲。

韋小寶叫道：「再拉十名羅剎兵過來，做『霞舒尼克』！」二十名親兵又過去拉人。被拉到的十名羅剎兵中，有四人叫了起來：「投降，投降！」韋小寶道：「好，投降的拉到那邊。」親兵將降兵拉到白旗之下，便有人送上酒肉。親兵又去隊裏另拉四名。那四兵眼見投降的有酒肉享受，不降的身上給割下肉來，燒成「霞舒尼克」，雖沒見到所割的是何部位，但見清兵的眼光老是在自己的下體瞄來瞄去，徵兆不佳之至，心驚膽戰之下，不由得也大呼：「投降！」先前倔強不屈的六兵這時氣勢也餒了，都叫：「投降。」

既有人帶頭投降，餘下眾兵也就不敢再逞剛勇，有的不等親兵來拉，便走到白旗之下。片刻之間，一千八百餘名羅剎官兵都降了，只剩下圖爾布青一人，直挺挺的站在當地。

韋小寶道：「你降是不降？」圖爾布青道：「寧死不降！」韋小寶道：「好！我放你回雅克薩。」吩咐洪朝率兵五百，護送他回雅克薩城。圖爾布青只道自己如此倔強，這清軍將軍必定要殺，居然肯予釋放，大出意料之外，說道：「你既放我，還了我衣服！」韋小寶笑道：「衣服是不能還的。」吩咐洪朝：「你將他送到雅克薩城下，傳我將令，暫停攻城，牽了這光屁股的羅剎將軍繞著城牆走上三圈，再放他入城。」洪朝接了將令，於清軍眾兵將呼喝笑鬧聲中，帶兵押著全身赤條條的圖爾布青而去。

林興珠道：「請問大帥，既捉了這羅剎將軍，爲何又放了他？這中間奧妙，還請大帥開導。」韋小寶笑道：「今日咱們打了這大勝仗，你可知用的甚麼計策？」林興珠道：「那是大帥的神機妙算，屬下佩服得五體投地。」韋小寶搖頭道：「這不是我的神機妙算，是皇上安排下的巧計。皇上說道，當年諸葛亮七擒孟獲，計策很好，吩咐我學上一學。你看過『七擒孟獲』的戲沒有？就算沒看過戲，總聽過說書罷？諸葛亮叫魏延出戰，只許敗，不許勝，連敗一十五陣，讓孟獲奪了七座營寨，引他衝進盤蛇谷，然後火燒籐甲兵。咱們今日使的，就是諸葛亮的計策。」諸將盡皆欽服。

韋小寶又道：「皇上心地仁慈，說諸葛亮火燒籐甲兵太過殘忍，以致折了壽算。羅刹兵倘若投降，就饒了他們性命。」副都統郎坦道：「若不是大帥使那『霞舒尼克』之計，割了十名羅刹兵的肉來燒烤，嚇得他們魂飛魄散，否則這些羅刹兵強悍之極，只怕也不肯投降。這條計策，可勝過諸葛亮了。」

韋小寶笑道：「十名廚子身上早藏好了十條生牛肉，只不過在十名羅刹兵大腿上割了幾刀，割得他們大叫大嚷。炭爐子裏燒烤的卻是上等牛肉，滋味如何，衆位不妨嚐嚐。」衆將縱聲大笑。韋小寶吩咐廚子呈上十條牛肉「霞舒尼克」，割切分食，果然又香又嫩，甚是美味，再佐以高粱美酒，衆將大悅。

衆將又問：「大帥既已捉到敵酋，卻又放他回去，是不是也要七擒七縱，叫他從此不敢再反？」韋小寶道：「那倒不是。這件事我在北京時也請問過皇上。我說皇上是鳥生魚湯，寬大爲懷，咱們要不要也學諸葛亮，捉到了羅刹元帥，放他七次？皇上說道：

這就不對了。學諸葛亮須得活學活用，不能死學死用。孟獲是蠻子的酋長，他說不反，就永遠不反了。咱們捉到的只是羅剎元帥將軍，他說不反，是不管用的。羅剎國的沙皇和攝政女王又會另派元帥，提兵再來犯我疆界。」眾將點頭稱是。

韋小寶道：「雅克薩守兵兇悍，砲火厲害。咱們倘若殺了羅剎元帥，城中官兵會另推統帥，更加狠打。現下咱們剝光了這羅剎元帥，牽著他繞城三周，城裏的羅剎兵從此瞧他不起。他沒了威風，以後發號施令，就不大靈光了。」

諸將齊聲稱是。林興珠問：「是皇上吩咐，要剝光了那敵酋的衣服褲子嗎？」

韋小寶哈哈大笑，說道：「皇上那能這麼胡鬧？皇上只要我想法子長咱們自己官兵的志氣，滅羅剎兵的威風。皇上說道：羅剎兵生得又高又大，全身是毛，好似野人一般，火器又十分犀利。上陣交鋒之時，我軍見到他們的蠻樣，多半心中害怕，銳氣一失，打勝仗就難了。皇上說：『小桂子，你花樣多，總之要我軍上下，大家瞧不起蠻子兵。』我想來想去，也沒甚麼好法子，有一晚，忽然想到了我小時候賭錢的事。」

諸將均想：「你小時候賭錢，怎地跟羅剎兵有關了？」

韋小寶微笑道：「我小時候在揚州跟人家賭錢，賭品不好，贏了銀子落袋，輸了只管混賴，要打架就打，我也不怕。有一次卻給人整得慘了，那贏家捉住了我，剝下我褲子抵數，讓我光著屁股回家，大街之上人人拍手嘻笑。從此以後，我的賭品便長進了不少。」諸將一齊大笑。韋小寶笑道：「皇上說，打仗之道要靈活變化，皇上只能指示方略大計，眞的幹起來要我自己動腦筋。我想當年我小小年紀，也怕人家剝褲子，這些羅刹兵豈有不怕之理？果然褲子一剝，大家都乖乖的投降了。」諸將齊聲稱讚，大爲佩服。有的人心想：「這剝褲子的法子，連『孫子兵法』中也沒有的。這一條『韋子兵法』，倒也厲害。」

當下韋小寶命羅刹降兵穿戴淸兵衣帽，派一名參將帶領兩千淸兵，押解降兵到北京去向皇帝獻俘。營中留下二十名大嗓子降兵，以備喊話之用。大營中的師爺寫了一道表章，說道撫遠大將軍韋小寶遵依皇上御授方略，旗開得勝，羅刹兵仰慕中華上國，洗心歸順，實乃我皇聖德格天，化及蠻夷云云。

當晚韋小寶大犒三軍。次晨親率諸軍，來到雅克薩城。但見城頭煙火瀰漫，城內城外雙方軍士喊聲震天，槍砲聲隆隆不絕。

攻城主將朋春入營稟報：城中砲火猛烈，我軍攻城士卒傷亡不少。韋小寶道：「咱們架起大砲，轟他媽的。」朋春傳下令去，不多時東南西北砲聲齊響，一砲砲打進城去。但羅刹人經營雅克薩已久，工事構築十分堅固，兵將都躲在堅壘之中。淸軍大砲雖多，砲火轟坍了不少房屋，然羅刹兵堅守不出，倒也奈何他們不得。

攻得數日，何佑率領一千勇士，迫近爬城，城頭上火槍一排排打將下來，淸兵登時給打死了三四百人。朋春眼見不利，鳴金收兵。羅刹兵站在城頭拍手大笑，更有數十名羅刹兵拉開褲子向城下射尿，極盡傲慢。

黑龍江將軍薩布素大怒，親自率軍攻城。城頭上一排槍射下，薩布素中槍落馬，淸軍登時亂了。城門開處，數百名羅刹兵衝將出來。林興珠率領籐牌手滾地而前，大刀揮舞。羅刹兵忙縱躍閃避。這隊籐牌兵是林興珠親手教練的，練熟了「地堂刀法」，在地下滾動而前，左手以籐牌擋住敵人的火槍鉛子，右手大刀將羅刹兵的腿一條條斬將下來。圖爾布青見情勢不妙，忙下令收兵。林興珠將薩布素救了回來。薩布素右額中彈，幸好並未深入頭腦，受傷雖重，性命無礙。這一仗雙方各有損折，還是淸軍死傷較多。

韋小寶帶了軍醫，親去薩布素帳中慰問療傷，又重賞林興珠。下令退軍五里安營，當晚在帳中會聚諸將，商議攻城之法。

諸將有的說籐牌兵今日立了大功，明日再誘鬼子兵出城，以籐牌兵砍其鬼腳；有的說鬼子兵折了銳氣，只怕不敢出戰，不如築起長壘，四下圍困，將他們活活餓死；更有人說大可挖掘地道，從地底進攻。

地道攻城原是中國古法，這句話卻提醒了韋小寶，想起雅薩克城本有地道，當年自己便曾在地道之中，抱住赤裸裸的蘇菲亞公主，如今她已貴爲攝政女王，執掌羅刹國軍政大權，自己卻在這裏跟她部下的兵馬打仗。又想：「倘若這時候她在雅克薩城中親自指揮，我從地道裏鑽進城去，爬上她床，一呀摸，二呀摸，摸得她全身酸軟，這騷貨非大叫投降不可。」

衆將眼見韋小寶沉吟不語，臉露微笑，只道他已有妙計，當即住口，靜候大帥吩咐，那料得到他此時卻在想像如何撫摸蘇菲亞公主全身金毛的肌膚。只見他雙目似閉非閉，喃喃道：「騷得很，有勁，吃她不消。」衆將面面相覷，又聽大帥道：「他媽的，一腳把我從床上踢了下來。」衆將更摸不著頭腦，只聽他又道：「這羅剎騷貨雖然厲害，老子總有對付她的法子。」

朋春道：「大帥說得是。羅剎鬼子再厲害，咱們總有對付的法子。」

韋小寶一怔，睜開眼來，奇道：「咱們，你也來摸？」隨即哈哈大笑，說道：「對啦，對！那地道太窄，只能容一個人爬進去，出口又在將軍房裏，料來這時候也早給堵死了。咱們須得另外挖過。」衆將更不知所云。韋小寶站起身來，說道：「衆位將軍的計策都很妙，咱們青龍、白虎、天門通吃。明兒一早，大家分別去築長圍、挖地道，同時又放大砲，誘他們出戰，派籐牌兵去斬鬼腳。」衆將見自己所建議的計策都爲大帥採納，欣然出帳。

次晨拂曉，衆將各領部屬，分頭辦事。朋春督兵挑土築圍，郎坦指揮放砲，巴海挖掘地道。洪朝率領五百士卒，向羅剎降兵學了些罵人的言語，在城下大聲叫罵。只可惜羅剎人鄙陋無文，罵人的辭句有限，衆兵叫罵聲雖響，含義卻殊平庸，翻來覆去也不過幾句「你是臭豬」、「你吃糞便」之類，那及我中華上國罵辭的多釆多姿，變化無窮？韋小寶聽了一會，學了幾句，甚感無聊。

羅剎兵昨日吃了斬腳的苦頭，眼見淸兵勢盛，堅守不出，躱在城頭土牆之後回罵。淸軍大砲的砲彈射入城中，卻也損傷不大。當時的大砲火藥裝於砲筒之中，點火燃放，只是將鐵彈鉛彈射出，直接命中固能打得人筋折骨斷，但如落在地下，便不足爲患。

附近百姓十多年來慘遭羅剎兵虐殺，家破人亡的不知凡幾，得知皇上發兵，來打羅剎鬼子，無不大喜若狂，這時有的提了酒食來慰問官軍，有的拿了鋤頭扁擔，相助構築土圍。訊息傳將出去，連數百里外的百姓也有人前來助攻。

圖爾布青在城頭上望將下來，但見人頭如蟻，紛紛挑土築圍，城外一條長圍越築越高，其勢已非遭困死不可，只盼西方尼布楚城中的羅剎兵前來援救，內外夾攻，才有勝望。他那知康熙早料到了這一著，已另遣一隊騎兵向尼布楚的羅剎兵佯攻，作爲牽制。尼布楚城的守將堅守城池，每日裏也只盼望圖爾布青帶兵來援。

羅剎兵槍砲可以及遠，淸兵不敢逼近攻城。雅克薩是羅剎經營東方的基地，羅剎人野心勃勃，準擬佔了黑龍江、松花江一帶廣大土地後，更向南侵，將整個中國都收歸版圖，要千千萬萬人盡皆臣服，成爲農奴，因此雅克薩城牆堅厚，城中彈藥充足，糧草堆積如山，就是困守三年五載，也不虞匱乏。城中開鑿深井，飲水無缺。圖爾布青怕城裏的中國人作亂內應，將中國男人都拉到城牆上殺了，將屍首拋下城來。城外中國軍民見了，無不憤恨叫罵。

這時地道已漸漸掘到城邊。韋小寶心想鹿鼎山是皇帝的龍脈所在，要是掘斷龍脈，害死了康熙，可大大不妥，下令地道不可掘進城中，只須在地牆下埋藏炸藥，炸毀城牆，大軍便可衝入。這一日城中幾口井忽然水涸，圖爾布青善於用兵，得報後凝神一想，料知敵軍在挖掘地道，以致地下水源從地道中流了出去，當下測定了方位，在淸兵地道上施放炸藥，轟的一聲大響，將挖掘地道的淸兵炸死了百餘人，地道也即堵死。

雅克薩城一時攻打不下，天氣卻一天冷似一天。這極北苦寒之地，一至秋深，便已冷得非同小可，到得冬季，更是滴水成冰，稍一防護欠周，鼻子耳朵往往便凍得掉了下來，至於指頭僵落、手腳凍腐，尤爲常事。下得數天大雪，助攻的衆百姓已然抵受不住，紛向官兵告別，說道明年初夏開凍，再來助攻，又勸官軍南退，以免凍僵在冰天雪地之中。

薩布素、巴海等軍官久駐北地，均知入冬之後局面十分凶險，倘若晚間遇上寒潮侵襲，一夜之間官兵凍死一半也非奇事。羅剎兵住在房屋之中，牆垣擋得住寒氣，淸軍卻宿於野外營帳，縱然生火，也無濟於事。於是向韋小寶建議暫行南退避寒。

韋小寶心想皇上派我出征，連一個城池也攻不下，卻要退兵，未免太過膿包，猶疑得數天，始終拿不定主意。部將來報，有數十名傷卒受不住寒冷而凍死了。韋小寶正自氣沮，忽有聖旨到來。康熙上諭說道：

「撫遠大將軍韋小寶出師得利，殊堪嘉尚。今已遣羅剎降將奉領大清敕書，前赴莫斯科宣諭羅剎君主，囑其罷兵退師，兩國永遠和好。比來天時嚴寒，兵將勞苦，露宿冰雪，朕心惻然。韋小寶可率師南退，暫駐璦琿、呼瑪爾二城休卒養士，來春羅剎兵如仍頑抗，不服王化，再行進軍，一舉蕩平。茲賜撫遠大將軍暨所屬將軍、都統、副都統以下官兵衣被、金銀、酒食有差。諸統兵將軍須遵體朕意，愛護士卒，不圖速功。王師北征，原爲護民，而兵亦民也。欽此。」

韋小寶和諸將接旨謝恩。諸將都說萬歲爺愛惜將士，皇恩浩蕩，只是想到這一撤圍，不免前功盡棄，又都感可惜。傳旨的欽差到各營去宣旨頒賞，士卒歡聲雷動。

次日韋小寶下令薩布素率兵先退，又令巴海、郎坦與林興珠率軍斷後，羅剎兵如敢出城來追，便殺他個落花流水。

羅剎兵見淸兵撤退，城中歡呼之聲大作，千餘名羅剎兵站在城頭，向下射尿。韋小寶大怒，下令衆軍一齊向著城頭小便。淸軍萬尿齊發，倒也壯觀。城上城下，轟笑聲叫罵聲響成一片。只是羅刹兵居高臨下，尿水能射到城下，清軍卻射不上去，這一場尿仗卻是輸了。城下遍地是尿，寒風一吹，頃刻間結成一層黃澄澄的尿冰。

韋小寶這口氣嚥不下去，指著城頭大罵。前來宣旨的欽差勸道：「羅刹兵野獸一般，大帥不必跟他們一般見識。」韋小寶道：「不行，輸得太失面子！」吩咐取水龍來。那水龍是救火之具，軍中防備失火，行軍紮營，必定攜帶。親兵拉了十餘架水龍到來，韋小寶吩咐拖上土壘，其時江水結冰，無水可用，於是下令火伕在大鍋中燒融冰雪，將熱水倒入水龍。韋小寶拉開褲子，在熱水中撒了一泡尿，喝令親兵：「向城頭射去！」

衆親兵見主帥想出了這條妙計，俱都雀躍，一齊奮勇，扳動水龍上的槓桿，一放一壓，水管中的熱水便筆直向城頭射去。衆親兵大叫：「韋大帥賜羅刹鬼子喝尿！」

熱水沖到，羅刹兵紛紛叫罵閃避。諸將有的暗叫：「胡鬧。」有的要討好大帥，在旁大聲叱喝助威。只是天時實在太冷，水龍中的熱水過不多時便結成了冰，又得再加熱水。

韋小寶興高采烈，自誇自讚：「諸葛亮火燒盤蛇谷，韋小寶尿射鹿鼎山。那是一般的威風！」副都統郎坦在旁讚道：「大帥這一泡尿，大大折了羅刹鬼子的銳氣。」

韋小寶突然一怔，雙目瞪視，呆呆的出神，「哇」的一聲大叫，跳了起來，哈哈大笑，叫道：「妙極，妙極！」

韋小寶吩咐擊鼓升帳，聚集諸將，問道：「咱們營裏共有多少水龍？」掌管軍需的參將稟道：「啓稟大帥：共有一十八架。」韋小寶皺眉道：「太少，太少！怎不多帶一些？」那參將道：「是！」心想：「軍營失火，並非常有，一十八架水龍也已夠了。」韋小寶道：「我要一千架水龍應用，即刻差人去附近城鎮徵調，幾時可以齊備？」

當地是極北邊陲，地廣人稀，最近的城鎮也在數百里外，每處城鎮寥寥數百戶人家，居民貧窮困乏，未必就有水龍，要徵集一千架水龍，決計無法辦到。那參將臉有難色，說道：「啓稟大帥：一千架水龍，在關外恐怕找不到，得進關去，到北京、天津趕運過來。」韋小寶怒道：「放屁！去北京、天津調運水龍，那得多少時候？打仗的事，半天也躭擱不起！」那參將喏喏連聲，臉色大變，心想：「這一下我的腦袋可要搬家了。」

那欽差坐在一旁，忍不住勸道：「大帥，你的貴尿已經射上了羅刹人城頭。這個……這個貴精不貴多，咱們這一仗已然贏了。以兄弟淺見，似乎可以窮寇……窮寇莫射了。」

韋小寶搖頭道：「不成！沒一千架水龍，辦不了這件大事。」那欽差心想：「你這大帥忒也胡鬧，這射尿鬥氣之事，偶一爲之，開開玩笑，那也無傷大雅，豈能大張旗鼓的來幹？少年皇帝愛用少年將軍，他們君臣投緣，旁人也不敢多嘴。但如鬧得太過不成體統，未免貽笑天下。」欲待再勸，卻聽韋小寶道：「衆位將軍，那一位能想出妙計，即刻調到一兩千架水龍，那是莫大的功勞。」

朋春道：「請問大帥，要這一千架水龍，是用來……用來射尿上城嗎？」韋小寶笑道：「咱們有了一千架水龍，如用來射尿上城，又怎有這許多人來拉尿？一百萬兵也不夠啊。」朋春道：「正是。屬下愚蠢得緊，要請大帥指點。」

韋小寶道：「剛才我見本帥的貴尿射上城頭，立即便結成了冰。倘若咱們用一兩千架水龍，連日連夜的將熱水射進城去，那便如何？」

眾將一怔之下，腦筋較靈的數人先歡呼了起來，跟著旁人也都明白了，大帳之中，歡聲如雷。眾將齊叫：「妙計，妙計！水漫雅克薩，冰凍鹿鼎山！」

過得片刻，歡聲漸止，有人便道：「就算要到北京、天津去調，那一千架水龍也要連夜趕運過來。」當時便有數名副將、佐領自告奮勇，討令去徵集水龍。韋小寶覺得未免曠日持久，皺眉不語。

洪朝職位低微，排班站在最後，這時躬身說道：「啓稟主帥：末將有個淺見，請主帥定奪。」韋小寶道：「你說罷！」洪朝道：「末將是福建人，家鄉地方很窮，造不起水龍，鄉村中失了火，大家便用竹筒水槍救火。那竹筒水槍，是用一根毛竹打通了，末端一節不打通，卻開一個銅錢大的小孔，另一端用一條木頭活塞插在竹筒之中。救火之時，將水槍的小孔浸入水裏，活塞後拉，竹筒裏便吸滿了水，再用力推動活塞，水槍裏的水就射出去了。」

韋小寶嗯了一聲，凝思這水槍之法。

何佑道：「啓稟主帥：這水槍可大可小。卑職小時候跟同伴玩耍，用小水槍射人，倒也有趣。就可惜這一帶沒大毛竹，要做大水槍，這等大竹筒也得過了長江才有。」

韋小寶問洪朝：「你有甚麼法子？」洪朝道：「末將心想，這一帶大毛竹是沒有的，大松樹、大杉樹卻多得很。咱們將大樹砍了下來，把中間剜空了，就可做成大水槍。」韋小寶道：「要剜空大松樹的心子，可不大容易罷？」

一名姓班的參將是山西木匠出身，說道：「啓稟主帥：這事倒不難辦。先將大木材鋸成兩個半爿，每一爿中間挖成半圓的形狀，打磨光滑，然後將兩個半爿合了起來，木材中間就是一個空心的圓洞了。兩個半爿拼湊之時，若要考究，就用榫頭，如是粗功夫，那麼用大鐵釘釘起來也成了。」

韋小寶大喜，叫道：「妙極！做這麼一枝大水槍，要多少時候？」班參將道：「小將自己動手，一天可造得一枝，再趕夜工，可造得兩枝。」韋小寶皺眉道：「太慢，太慢。你到各營去挑選幫手，一起來幹，你做師父，即刻便教徒弟。這是粗活，既不是新娘子的紅漆馬桶，也不是財主家的楠木棺材。水槍外的樹皮也不用剝去，只要能射水入城，那就行了。衆將官，馬上動手，伐木造水槍去者！」

衆將得令，分帶所屬士兵，即時出發，去林中砍伐木材。同時分遣快馬，去向百姓徵借斧鑿鋸刨等木工用具。

關外遍地都是松杉，額爾古納河一帶處處森林，百年以上的參天喬木也不計其數。清軍大軍出動，不到半天便伐下了數千株大木材。軍中士兵本來做過木匠的有一百多人，班參將調集在一起，再找了四五百名手藝靈巧的士兵相助，連夜開工，趕造水槍。

班參將先造一枝示範，那水槍徑長二尺，槍筒有一丈來長，活塞末端裝了一條橫木，六名士兵分站左右，握住橫木一齊拉推，水槍口較細，水勢逼緊了射出時可以及遠。從水槍口倒入熱水後，班參將一聲令下，六名士兵出力推動活塞，熱水從水槍中激射而出，直射到二百餘步之外。

韋小寶看了試演，連聲喝采，說道：「這不是水槍，是水砲，咱們給取個好聽的名字，叫作……叫作小白龍水砲。」取出金銀，犒賞班參將和造砲官兵，吩咐連日連夜在營後林中趕造，以免羅刹軍望見。

圖爾布青見清軍退而復回，站在城頭瞭望，見清軍營中堆積了無數木材，心想：「中國蠻子砍伐木材，要生火取暖，如此看來，那是要圍城不去了。哼，再過得半個月，大風雪颳來，可有得你們受的了，火燒得再旺，也擋不了這地獄裏出來的陰風寒氣。」他下得城來，命親兵燒旺了室中爐火，斟上羅刹烈酒，叫兩名虜掠而來的中國少女服侍飲酒。

朋春、何佑等分遣騎兵，將數百里方圓內百姓的鐵鑊鐵鍋都調入大營，掘地為灶，木柴堆、冰雪堆如一座座小山相似，一尊尊造好的小白龍水砲上都蓋了樹枝，以免給羅剎士兵發覺。

過得幾日，班參將稟報三千尊小白龍水砲已然造就。次日是黃道吉日，韋小寶卯時升帳，擊鼓聚將，下令將水砲抬上長壘，砲口對準城中。軍中鼓角齊鳴，號砲砰砰砰的連發九下。各營將士一齊動手，將冰雪鏟入鐵鑊鐵鍋，燒將起來。

圖爾布青正在熱被窩中沉沉大睡，忽聽得城外砲聲大作，急忙跳起，匆匆穿上衣服，披上貂裘，到城頭察看。其時風雪正大，天色昏暗，朦朧中見到清軍長壘上擺滿了一棵棵大樹，正疑惑間，猛聽得清軍齊聲吶喊，有如山崩地裂一般，數千株大樹中突然都射出水來，四面八方的噴射入城。

圖爾布青大驚，只叫得一聲：「啊喲！」一股熱水當胸射到。總算天時實在太冷，熱水射到時已不甚燙，卻衝得他立足不牢，一個踉蹌，倒在城頭，身旁親兵急忙扶起。但聽得四下裏都是喊聲，頭頂水聲嘩嘩直響，一條條白龍般的水柱飛入城中。霎時之間，雅克薩城上空罩了一團白茫茫的大霧，卻是水汽遇冷凝結而成。

圖爾布青心中亂成一團，叫道：「中國蠻子又使妖法！」大樹中竟會噴出水來，自然是妖法無疑。他惶急之下，大叫：「大家放槍，別讓中國蠻子衝上城來。」

自從那日他讓清軍剝光衣褲、牽著繞城三匝之後，威信大失，發出來的號令，部屬已不如先前之凜遵不誤。只清軍圍城甚急，羅刹兵將俱恐城破後無一倖免，這才勉力守禦，這時忽見巨變陡起，數千股水柱射入城來，衆兵將四散奔逃，那裏還有人理睬他。

幸喜清軍只是射水，倒不乘機攻城。羅刹兵亂了一陣，驚魂甫定，但見地下積水成冰，頭頂一條條水柱兀自如注如灌，潑將下來。

雅克薩城內中國男子早已給殺得淸光，只剩一些年輕女子，作爲營妓，供其淫樂。城中除了羅刹兵將外，尚有莫斯科派來的文職官員，傳教的教士，隨軍做買賣的商人，企圖到東方來乘機搶劫的無賴亡命、小偷大盜。頃刻之間，人人身上淋得落湯鷄相似，初時水尚溫熱，不多時濕衣漸冷，又過一會，濕衣開始結冰。衆人大駭，紛紛脫下衣褲皮靴，各人均知濕衣一經結冰，黏連肌膚，那時手指僵硬，再也沒法解脫，就算有人相助，往往將皮膚連著衣褲鞋襪一齊撕下，委實危險不過。

地下積水漸高，慢慢凝固，變成稀粥一般，羅刹人赤腳踏於其中，冰冷徹骨，忍不住雙腳亂跳，大叫：「凍死啦，凍死啦！」衆人紛紛搶到高處，有些人索性爬上了屋頂。

人叢中有人叫了起來：「投降，投降！再不投降，大夥兒都凍死啦。」

圖爾布靑身披貂裘，左手撐傘，騎著一匹高頭大馬來回巡視，聽得有人大叫「投降」，大聲怒喝：「誰在這裏擾亂軍心？奸細！拉出來槍斃！」

眾人見他貂裘可以防水，身上溫暖，在這裏呼喝叱罵，旁人卻都凍得死去活來，人人心中不忿，當下便有人拾起冰塊雪團，向他投去。圖爾布青舉起短銃，轟隆一聲，向人叢中射去，登時打死了兩人。餘人向他亂擲冰塊雪團，更有人撲了上去，將他拉下馬來。衛兵舞刀砍殺，卻那裏止得住。

正大亂間，一小隊騎兵奔到，羅剎亂民才一鬨而散。圖爾布青從地下爬起，恰好頭頂兩股水柱淋下，登時將他全身潑濕。他雙腳亂跳，大聲咒罵，只得命衛兵相助脫衣除靴。

清軍望見城中羅剎兵狼狽的情狀，土壘上歡聲雷動，南腔北調，大唱俚歌，其中自也少不了韋小寶那「一呀摸，二呀摸，我摸到羅剎鬼子的屁股邊！」

朋春等軍官忙碌指揮。班參將所帶的木匠隊加緊修理壞砲。燒水隊加柴燒火，將冰雪鏟入鍋中，運水隊將熱水一桶桶的自砲口倒入。砲筒中水一倒滿，「一、二、三，放！」六名砲手奮力向前推動活塞，一股水箭從砲口衝出，射入城中。

清軍水砲中射出熱水時筆直成柱，有的到了城頭上空便散作水珠，如大雨般紛紛洒下，有的射得較低，卻凝聚不散，對準了人身直衝。水砲精粗不一，有的力道甚大，可以及遠，有的卻射程甚近，更有許多射得幾次便砲筒散裂，反而燙傷了不少清軍「砲手」。也幸好其時未到最冷時刻，若在嚴寒之時，熱水剛出砲口便凝結成冰，韋小寶這條妙計便沒法施行了。

三千尊水砲射了一個多時辰，已壞了六七百尊。同時燒煮冰雪而成熱水，不及水砲發射之快，「彈藥」到後來已然接濟不上。又射得大半個時辰，壞砲愈多，熱水更缺，只剩下八九百尊水砲還在發射，威力大減。

韋小寶正感沮喪，忽見城門大開，數百名羅刹兵擁了出來，大叫：「投降，投降！」薩布素其時頭上槍傷已好了大半，當即率領一千騎兵上前，喝道：「降人坐在地下！」羅刹人面面相覷，不明其意。一名清軍把總往地下一坐，叫道：「坐下，坐下！」便在此時，城門又閉，城頭上幾排槍射了下來，將羅刹降人射死了數十人。其餘羅刹降人四散奔逃。清軍水砲瞄準城上放槍的羅刹兵將，水柱激射過去，羅刹兵紛紛摔下城頭。

這時候城內積水二尺有餘，都已結成了冰，若要將全城灌滿了水，凍成一座大冰城，至少也得十天半月。但羅刹兵無衣無履，又生不了火，人人凍得發抖，臉色發青。有的數兵摟抱在一起，互藉體溫取暖。

圖爾布青兀自在大聲叱喝，督促衆兵將守城。衆兵都轉過了頭，不加理睬。圖爾布青大怒，伸掌去打一名軍官。那軍官轉身避開，圖爾布青追將過去，忽然腳下在冰上一滑，摔倒在地。旁邊一名士兵伸手一推，將他推入地下一個積水的窟窿之中。圖爾布青出力掙扎，但手足麻木，爬不上來，大叫：「救我，救我！」衆兵將人人臉現鄙夷之色，只聚在那水窟旁圍觀。過不多時，窟中積水凝結成冰，將圖爾布青活活的凍結在內，他上身在冰窟之外，兀自喘氣不已，胸膛以下卻陷在冰內，便似活埋了一般。

這時人人心意相同，打開城門，大叫：「投降！」蜂擁而出。

韋小寶狂喜之下，手舞足蹈，胡言亂語，所發的號令早已全然莫名其妙。好在清軍帶兵將領均是久經戰陣的宿將，口中大叫：「得令！」卻自行去辦理受降、入城、繳械、清理諸般手續，一切井井有條，卻和韋大帥所發的號令全不相干。

先前射水入城，唯恐不多，此刻要將城中積冰燒融，化水流出城外，卻也難以辦到，只好順其自然。郎坦督率眾兵，先將總督府清理妥善，請韋小寶、索額圖和欽差住入，然後再去將火藥庫、槍械庫、金銀庫等要地一一封存，派兵看守。其時清朝國勢方強，軍中紀律森嚴。大官如韋小寶、索額圖等不免乘機大發橫財，軍官士兵卻一物不敢妄取。

城內城外殺牛宰羊，大舉慶祝。索額圖等自是諛詞潮湧，說韋大帥用兵如神，古時孫吳復生，也所不及。那欽差道：「兄弟這次出京，皇上一再囑咐，要韋大帥不可殺傷太多。今日韋大帥攻克堅城，固是奇功，更加難得的是，居然刀槍劍戟、弓箭火器，一概不用，我軍竟沒一兵一卒陣亡。一日之內摧大敵，克名城，而不損一名將士，古往今來，唯韋大帥一人而已。這不但空前，也一定是絕後了。」

韋小寶得意洋洋，大吹牛皮：「要打破雅克薩城，本來也非難事。難在皇恩浩蕩，體惜將士，不能傷亡太大。因此上兄弟要等到今天，才使這條計策，好讓欽差大臣親眼見到。咱們給皇上辦事，打場勝仗，那也罷了，人人都會的，不算希奇。總是要仰尊皇上聖意，打勝仗而不死人，這就比較上難一些了。」

衆將均覺他雖自吹自擂，有些大言不慚，但眞要打一場大勝仗而己方不死一人，也確是天大的難事，當下人人點頭。

索額圖道：「這是皇上的洪福，韋大帥的奇才。」韋小寶道：「今日自上到下，人人都有很大功勞。若不是欽差大人和索大人親臨前敵，奮勇督戰，咱們也不能勝得這麼容易。」欽差和索額圖聽了大喜，感激無比，適才對陣之時，他二人躱得遠遠地，唯恐受了火器矢石之傷，那有半點「親臨前敵，奮勇督戰」之事？但韋小寶旣這麼說，在報捷的摺子之中，自也有自己的一份大功了。滿淸軍功之賞，最是豐厚，遠非其他功勞之可比。

常言道：「花花轎子人抬人」。韋小寶深通做官之道，奉送欽差這一份大功，自己惠而不費，一無所損。欽差這一回到北京，在皇帝面前一定會替自己大加吹噓，將五分功勞說成了十分，自己在軍中便有甚麼逾規越份之事，欽差和索額圖也必盡力包瞞，守口如瓶。

眾人吃喝了一會，薩布素的部下得羅刹兵舉報，將圖爾布青從冰窟中挖了出來，抬到階下。這時圖爾布青早已凍斃，全身發青。韋小寶嘆道：「這人的名字取得不好，倘若不叫圖爾布青，叫作圖爾布財，那就不會發青，只會發財了。」命人取棺木將他收殮。

待得降兵人數、城中財物器械等大致查點就緒，韋小寶與索額圖、欽差三人聯名上奏，遣飛騎馳往北京，向皇帝報捷。

注：此次出征，副都統郎坦為名將吳拜之子，吳拜本封精奇尼哈番（即子爵），朗坦在雅克薩立功後，更有封賞。

清兵籐牌手使開地堂刀法，籐牌護身，在地下滾將過去。頃刻間哥薩克騎兵也已衝到，兩軍相遇。籐牌手利刃揮出，只是往馬腳上斬去。衆馬悲嘶，紛紛摔倒。

第四十八回　都護玉門關不設　將軍銅柱界重標

當晚韋小寶和雙兒在總督府的臥房中就寢，爐火生得甚旺，狐被貂褥，一室皆春。這是他的舊遊之地，掀開床邊大木箱的蓋子一看，箱中放的都是軍服和槍械。雙兒微笑道：「相公盼望箱子裏又鑽出個羅剎公主來，是不是？」韋小寶笑道：「你是中國公主，比羅剎公主好得多。」雙兒笑道：「可惜你的中國公主在北京，不在這裏。」韋小寶道：「在我心裏，一千個中國公主，也比不上我的半個雙兒。好雙兒，咱們今日算不算『大功告成』？」雙兒嫣然一笑，雙頰暈紅。她雖和韋小寶做夫妻已久，聽得丈夫調笑，卻仍有羞澀之意。她也清楚知道，天下所有的女子，丈夫最心愛自己，即令阿珂也及不上。

韋小寶摟住了她腰，兩人並坐床沿。韋小寶道：「你拼湊地圖，花了不少心血，咱們終於拿到了鹿鼎山，皇上封我為鹿鼎公，這座城池，多半是讓我管了。這山底下藏得有無數金珠寶貝，咱們慢慢掘了出來，我韋小寶可得改名，叫做『韋多寶』。」

雙兒道：「相公已有了許多金子銀子，幾輩子也使不完啦，珠寶再多，也是無用。我瞧還是做韋小寶的好。」

韋小寶在她臉上輕輕一吻，說道：「對，對！這些日來，我一直拿不定主意，要是掘寶罷，只怕挖斷滿洲龍脈，害死了皇帝。不掘寶罷，又覺可惜。這麼著，咱們暫且不掘這寶藏，等到皇上御駕升天，咱們又窮得要餓飯了，那時候再掘不遲。」

剛說到這裏，忽聽得木箱中輕輕喀的一響。兩人使個眼色，注視木箱，過了好一會，卻更無動靜。韋小寶雙掌輕輕拍了三下，雙兒過去開了房門，守在門外的四名親兵躬身聽令。韋小寶指著木箱，低聲道：「裏面有人！」

四名親兵吃了一驚，搶到箱邊，揭開箱蓋，卻見箱中盛滿了衣物。韋小寶打個手勢，親兵搬開衣物，揭開箱底，露出一個大洞，便在此時，砰的一聲巨響，洞中放了一槍出來。一名親兵「啊」的一聲，肩頭中彈，向後便倒。

雙兒忙將韋小寶一拉，扯到了自己身後。韋小寶指指炭爐，作個傾倒的手勢。一名親兵過去端起炭爐，便往洞中倒了下去。

只聽得洞中有人以羅剎話大叫：「別倒火，投降！」跟著咳嗽不止。韋小寶以羅剎話叫道：「先把火槍拋上來，再爬出來。」洞中拋出一桿短銃，跟著一名羅刹兵探頭出來。一名親兵抓住他頭髮一拉，另一名親兵伸刀架在他頸中，那兵鬍子著了火，兀自未熄，只痛得哇哇大叫，狼狽異常的爬了出來。韋小寶問道：「下面還有人沒有？」洞內有人叫道：「還有一個！投降！投降！」韋小寶喝道：「拋槍上來！」洞口白光一閃，拋上來一柄馬刀，跟著一團火燒了出來，原來這名羅刹兵燒著了頭髮。

在門外守衛的親兵聽得大帥房中有警，又奔進數人。七八名親兵揪住了兩名羅刹兵，撲滅了兩人頭髮鬍子上的火燄，反綁了縛住。

韋小寶突然指著一名羅刹兵叫道：「咦，你是王八死鷄。」那兵臉露喜色，道：「是，是，中國小孩大人，我是華伯斯基。」另一名羅刹兵也叫了起來：「中國小孩大人，我……我是齊洛諾夫。」韋小寶向他凝視半晌，見他鬍子燒得七零八落，臉上也燙得又紅又腫，但終於認了出來，笑道：「對啦！你是豬玀懦夫！」齊洛諾夫大喜，叫道：「對，對！中國小孩大人，我是你的老朋友。」

華伯斯基和齊洛諾夫都是蘇菲亞公主的衛士。當年在雅克薩城和韋小寶同去莫斯科。兩人在獵宮隨同火槍手造反，著實立了些功勞。蘇菲亞公主掌執國政後，酬庸從龍之士，將身邊衛士都升了隊長。其中四人東來想立功劫掠。當兵敗城破之時，一人戰死，一人凍死。餘下這兩人悄悄躲入地道，想出城逃走，不料城外地道出口早給堵死，兩人進退不得，終於形跡敗露。當年韋小寶分別叫他們爲「王八死鷄」和「豬玀懦夫」。兩人不知其意，只道中國小孩發音不正，便即答應。聽公主叫他爲「中國小孩」，初時也跟著一般稱呼，待得韋小寶立功，公主封了他爵位，衆衛士便稱之爲「中國小孩大人」。

韋小寶問明來歷，命親兵鬆綁，帶出去取酒食款待。

衆親兵生怕地道中尚有奸細，鑽進去搜索了一番，查知房中此外更無地道複壁，這才退出。親兵隊長心下惶恐，連聲告罪，心想眞是僥天之倖，倘若這兩名羅刹兵半夜裏從地道中鑽將出來，刺死了韋大帥，自己非滿門抄斬不可。

次日韋小寶叫來華伯斯基和齊洛諾夫二人，問起蘇菲亞公主的近況。二人說公主殿下總理朝政，羅刹全國的王公大臣、將軍主教，誰也不敢違抗，兩位沙皇年紀幼小，一切也都聽姊姊的。齊洛諾夫道：「公主殿下很想念中國小孩大人，吩咐我們來打聽你的消息，要我們見到你後，請你再去莫斯科玩玩，公主重重有賞。」華伯斯基道：「公主殿下不知道是中國小孩大人帶兵來打仗，否則的話，大家是親愛的甜心，是好朋友，這仗也不用打了。」韋小寶道：「你們胡說八道，騙人！」兩人賭咒發誓，說道千眞萬確，決計不假。

韋小寶尋思：「皇上本要我設法跟羅刹國講和，不妨便叫這兩個傢伙去跟蘇菲亞公主說說。」說道：「我要寫一封信，你們送去給公主，不過我不會寫羅刹蚯蚓字，你們代我寫罷。」華伯斯基和齊洛諾夫面面相覷，均有難色，他二人只會騎馬放槍，說到提筆寫字，卻也一竅不通。齊洛諾夫道：「中國小孩大人要寫情書，我們兩個是幹不來的。我們……我們去找個教士來寫。」韋小寶答允了，命親兵帶二人去羅剎降人中找尋。

過不多時，兩人帶來一名大鬍子教士到來。其時羅剎軍人大都不識字，隨軍教士除了祈禱上帝、激勵士氣之外，還有一門重要職司，便是爲兵將代寫家書。那教士穿了清兵裝束，衣服太小，緊緊繃在身上，顯得十分可笑。他嚇得戰戰兢兢，隨著兩名隊長參見韋小寶，說道：「上帝賜福中國大將軍、大爵爺，願中國大將軍一家平安。」

韋小寶要他坐下，說道：「你給我寫封信，給你們的蘇菲亞公主。」那教士連聲答應。親兵早已在桌上擺好了文房四寶。那教士手執毛筆，鋪開宣紙，彎彎曲曲的寫起羅剎字來，但覺那毛筆柔軟無比，筆劃忽粗忽細，說不出的別扭，卻不敢有半句話評論中國筆墨，只怕惹得這位中國將軍生氣。

韋小寶道：「你這麼寫：自從分別之後，常常想念公主，只盼娶了公主做老婆……」那教士嚇了一跳，手一顫，毛筆在紙上塗了一團墨跡。齊洛諾夫道：「這位中國小孩大人，是蘇菲亞公主殿下的甜心。公主殿下很愛他的，常說中國情人勝過羅剎情人一百倍。」他要討好韋小寶，不免張大其詞。那教士喏喏連聲，道：「是，是，勝過一百倍，一百倍。」他心神不定，文思窒滯，卻又不敢執筆沉吟，只得將平日用慣的陳腔濫調都寫了上去，盡是羅刹士兵寫給故鄉妻子、情人的肉麻辭句，甚麼「親親好甜心」、「我昨晚又夢見了你」、「吻你一萬次」之類，不一而足。

韋小寶見他走筆如飛，大爲滿意，說道：「你們羅刹兵來佔我中國地方，殺了許多中國百姓。中國大皇帝十分生氣，派我帶兵前來，把你們的兵將都捉住了。我要將他們割成一條一條，都燒成『霞舒尼克』……」那教士大吃了一驚，「啊」的一聲，說道：「我的上帝！」韋小寶續道：「不過瞧在你公主的面上，暫時不割不燒。如你答允以後羅刹兵再也不來犯我中國疆界，中國和羅刹國就永遠是好朋友。要是你不聽話，我派兵來殺光你們的羅刹男人，你就再也沒有羅刹男人陪著睡覺了。你要男人陪著睡覺，天下只有中國男人了。」

那教士心中大不以爲然，暗道：「天下除了羅刹男人，並非只有中國男人，這句話太也沒道理。」又覺這種無禮的言語決不能對公主說，決意改寫幾句既恭謹又親密的話，料想這中國將軍也不識得。但他爲人謹細，深怕給瞧出了破綻，將這幾行文字都寫成了拉丁文，寫畢之後，不由得臉露微笑。

韋小寶又道：「現下我差王八死鷄和豬玀懦夫送這封信給你，又送給你禮物。你願意做我情人，還是敵人，你自己決定罷。」

那教士又將這句話改得極盡恭敬，寫道：「中國小臣思慕殿下厚恩，謹獻貢物，以表忠忱。小臣有生之年，皆殿下不二之臣也。企盼兩國和好，俾羅刹被俘軍民重歸故國，實出殿下無量恩德。」最後這句話卻是出於他的私心，料想兩國倘若和議不成，自己和其餘的羅刹降人勢必客死異鄉，永遠不得歸國。

韋小寶待他寫完，道：「完了。你唸一遍給我聽聽。」那教士雙手捧起信箋誦讀，唸到自己改寫之處，卻仍照韋小寶的原義讀出。韋小寶會講的羅刹話本就頗爲有限，聽來似乎大致不錯，那料得他竟敢任意竄改？便點點頭，道：「很好！」取出「撫遠大將軍韋之印」的黃金印信，在信箋上蓋了朱印。這封情書不像情書、公文不似公文的東西就搞成了。

韋小寶命那教士下去領賞，吩咐大營的師爺將信封入封套，在封套上用中國文字寫上蘇菲亞公主的名字。那師爺磨得墨濃，蘸得筆飽，第一行寫道：「大清國撫遠大將軍鹿鼎公韋奉書」，第二行寫道：「鄂羅斯國攝政女王蘇飛霞固倫長公主殿下」。「羅刹」兩字，於佛經意爲「魔鬼」，以之稱呼「俄國」，頗含輕侮，文書之中便稱之爲「鄂羅斯」。那師爺又覺「蘇菲亞」三字不甚雅馴，這個「菲」字令人想起「芳草菲菲」，似乎譏諷她全身是毛，於是寫作了「蘇飛霞」，既合「落霞與孤鶩齊飛」之典，又有「飛霞撲面」之美；「固倫長公主」是清朝公主最尊貴的封號，皇帝的姊妹是長公主，皇帝的女兒是公主，此女貴爲攝政，又是兩位並肩沙皇的姊姊，自然是頭等公主了。待聽得韋小寶笑道：「這個羅剎公主跟我是有一手的，幾年不見，不知她怎樣了？」那師爺在封套上又寫上兩行字：「夫和戎狄，國之福也。如樂之和，無所不諧，請與子樂之。」心想這是《左傳》中的話，只可惜羅剎乃戎狄之邦，未必能懂得中華上國的經傳，其中雙關之意，更必不解，俏眉眼做給瞎子看，難免有「明珠暗投」之嘆了。

其實不但「鄂羅斯國固倫長公主蘇飛霞」決計不懂這幾個中國字的含義，連「大清國撫遠大將軍鹿鼎公韋」，除了識得自己的姓氏和兩個「大」字之外，也是隻字不識，見那師爺在封套正反面都寫了字，說道：「夠了，夠了。你的字寫得很好，勝過羅剎大鬍子。」

他吩咐師爺備就一批貴重禮物，好在都是從雅克薩城中俘獲而得，不用花他分文本錢。再將華伯斯基、齊洛諾夫兩名隊長傳來，叫他兩人從羅剎降兵中挑選一百人作爲衛隊，立即前往莫斯科送信。兩名隊長大喜過望，不住鞠躬稱謝，又拿起韋小寶的手，在他手背上連連親吻。韋小寶的手背給二人的鬍子擦得酸癢，忍不住哈哈大笑。

雅克薩城小，容不下大軍駐紮，當下韋小寶和欽差及索額圖商議了，派郎坦、林興珠二人率兵二千，在城中防守，大軍南旋，分駐璦琿、呼瑪爾二城候旨。韋小寶臨行之際，鄭重叮嚀郎坦、林興珠二人，決不可在雅克薩城開鑿水井、挖掘地道。

大軍南行。韋小寶、索額圖、朋春等駐在璦琿，薩布素另率一軍，駐在呼瑪爾。韋小寶命羅刹降兵改穿清軍裝束，派人教授華語，命他們將「我皇萬歲萬萬歲」、「聖天子萬壽無疆」、「中國皇帝德被四海、皇恩浩蕩」等句子背得爛熟，然後派兵押向北京，要他們在京師大街上一路高呼，朝見康熙時更須大聲吶喊，說道越喊得有勁，皇上賞賜越厚。

過得二十多天，康熙頒來詔書，對出征將士大加嘉獎，韋小寶升爲二等鹿鼎公，其餘將士各有升賞。傳旨的欽差將一隻用火漆印封住的錦盒交給韋小寶，乃皇上御賜。韋小寶磕頭謝恩，打開錦盒，不禁一呆。盒裏是一隻黃金飯碗。碗中刻著「公忠體國」四字，依稀便是當年施琅送給他的，只是花紋字跡俱有破損，卻又重行修補完整。

韋小寶記得當年這隻金飯碗放在銅帽兒胡同伯爵府中，那晚倉皇逃走，並未攜出，一凝思間，已明其理。定是那晚砲轟伯爵府後，前鋒營軍士將府中殘損的剩物開具清單，呈交皇帝。康熙命匠人修補了，重行賜給他，意思自然是說：你這隻金飯碗已打爛了一次，這一次可得好好捧住，別再打爛了。韋小寶心想：「小皇帝對我倒講義氣，咱們有來有往，我也不掘他的龍脈。」當晚大宴欽差，諸將相陪，宴後開賭。

再過月餘，康熙又有上諭到來，這一次卻大加申斥，說韋小寶行事胡鬧，要羅刹降兵大呼「萬壽無疆」，殊屬無聊。上諭中說道：

「爲人君守牧者，當上體天心，愛護黎民。羅刹雖蠻夷化外之邦，其小民亦人也，既已降服歸順，不應復侮弄屈辱之。卿爲大臣，須諫君以仁明愛民之道。朕若有惠於衆，雖不壽亦爲明君，若驕妄殘虐，則萬壽無疆，徒苦天下而已。大臣諂諛邪佞，致君於不德，其罪最大，切宜爲誡。」

韋小寶這次馬屁拍在馬腳上，碰了一鼻子灰，好在臉皮甚厚，也不以爲意，對著傳旨的欽差大罵自己該死，心想：「天下那有人不愛戴高帽的？定是這些羅剎兵中國話說得不好，讓皇上聽得胡裏胡塗，惹得他生氣。」將教授羅剎兵華語的幾名師爺叫來，痛罵一頓。罵完之後，拉開桌子便和他們賭錢，擲得幾把骰子，早將康熙的訓誡拋到九霄雲外。

匆匆數月，冬盡春來。韋小寶在瑷琿雖住得舒服，卻記掛著阿珂、蘇荃等妻子和虎頭等兒女，曾連遣親兵，送物回家。六位夫人也各有衣物用品送來，大家知他不識字，家書卻兩免了，只命親兵帶個口信，說家中大小平安，盼望大帥早日凱旋歸來。

這日京中又有上諭頒來，欽命韋小寶和索額圖爲議和大臣，與羅剎國議訂和約，又派來鑲黃旗漢軍都統一等公佟國綱、護軍統領馬喇、尙書阿爾尼、左都御史馬齊四人相助。

佟國綱宣讀上諭已畢，又取出一通公文宣讀，卻是羅剎國兩位沙皇給康熙的國書，這時已由在北京的荷蘭國傳教士譯成了漢文。國書中說道：

「謹奉上撫御華夏、洋溢寰宇、率賢臣共圖治理、分任疆土、滿漢兼統、聲名遠播、大聖皇帝曰：向者皇父阿列克賽米汗羅爲汗，曾使尼果來等賚書至天朝通好，以不諳中國典禮，語言舉止，陋鄙無文，望寬宥之。至頌揚　皇帝，舛謬失禮，亦因地處荒遠，典禮素昧所致，幸無見罪。　皇帝在昔所賜之書，下國無通解者，未循其故。及尼果來等歸問之，但述天朝大臣以不還逋逃人根特木爾等、並騷擾邊境爲詞。近聞　皇帝興師，辱臨境上，有失通好之意。如下國邊民構釁作亂，天朝遣使明示，自當嚴治其罪，何煩動輒干戈？今奉詔旨，始悉端委，遂令下國所發將士，到時切勿交兵。恭請明察我國作亂之人，發回正法，除嗣遣使臣議定邊界外，先令末起、佛兒魏牛高、宜番、法俄羅瓦等星馳賚書以行。乞撤雅克薩之圍，仍詳悉作書，曉諭下國。則諸事皆寢，永遠輯睦矣。上國大臣韋小寶閣下，昔年曾見知於我皇姊攝政女王蘇菲亞殿下，遠臨我京師莫斯科，撥亂反正，有大功於下國，此上國之惠也，下國君臣，不敢有忘。謹奉重禮，獻於大聖　皇帝陛下，以次重禮奉於韋小寶大臣閣下，以示下國誠信修睦之衷。」（按：此通俄羅斯國國書錄自史籍，正確無誤，惟最後一段關於韋小寶者，恐係小說家言，或未可盡信云。）

佟國綱讀了國書後，師爺將書中意思向韋小寶及衆將詳細解釋。這是軍中通例，文書來往，文字有時頗爲艱深，帶兵將官不識字者固多，就算讀過幾年書的，所識也頗有限，軍中來文去件關涉軍機大事，如有誤解，干係重大，因此滿洲軍制有師爺解釋文書的規定。

佟國綱笑道：「這位羅刹國攝政女王，對韋大帥頗念舊情，送來的禮物著實不少。皇上吩咐兄弟一併帶了來，交韋大帥收納。」韋小寶拱手道：「多謝，多謝。」又道：「羅刹人粗魯得緊，不說自己的禮物輕陋，卻自吹自擂，說禮物很重，送給皇上的是重禮，送給我的是甚麼次重禮，也不怕人笑話。」

佟國綱道：「是。韋大帥獻到京城去的羅刹降人，皇上親加審訊，發現小兵之中，混有一個羅刹大官……」韋小寶「啊」的一聲，叫道：「有這等事？」佟國綱道：「這人十分狡猾，混在小兵之中，絲毫不動聲色。那日皇上逐批審訊降人，一名荷蘭傳敎士做通譯，審到後來，皇上對那傳敎士說了幾句拉丁話。羅刹降人中有一名小兵，忽然臉露詫異神色。皇上問他是不是懂得拉丁話，那小兵不住搖頭。皇上便用拉丁話說道：『將這小兵拉出去砍頭。』那小兵臉色大變，跪下求饒，供認懂得拉丁話。」

韋小寶問道：「拉丁話是甚麼話？他們羅刹人拉壯丁之時說的話，皇上怎麼會說？」佟國綱道：「皇上聰明智慧，無所不曉。羅刹人拉壯丁時說的話，也會說的。」韋小寶問道：「爲甚麼羅刹人平時說的話，皇上不懂，拉壯丁時說的話，卻又會說？」

佟國綱無法回答，笑道：「這中間的道理，咱們可都不懂了。下次大帥朝見皇上之時，自己磕頭請問罷。」韋小寶點點頭，問道：「那羅刹人後來怎樣？」佟國綱道：

「皇上細細審問，那人終於無法隱瞞，一點點吐露了出來。原來這人名叫亞爾青斯基，是尼布楚、雅克薩兩城的都總督。」

衆人一聽，都不自禁的「啊」的一聲。韋小寶道：「這傢伙的官可不小哪。」佟國綱道：「可不是嗎？羅剎國派在東方的官兒，以他爲最大。雅克薩城破之日，定是他改穿了小兵的服色，以致給他瞞過了。」韋小寶搖頭笑道：「攻破雅克薩城那天，羅剎的將軍、小兵、大官、小官，個個脫得精光，瞧來瞧去，每個人都是這麼一回事，實在沒甚麼分別。不見得官做得大了，那話兒也大些。兄弟的也……這個大官認他不出，倒也不是我們的錯處。」

衆將哈哈大笑，向佟國綱解說當日攻破雅克薩城的情景。

佟國綱笑道：「原來如此，這也難怪。皇上說道：韋小寶擒獲羅剎國尼布楚、雅克薩二城都總管，功勞不小，不過他以爲此人只是尋常小兵，辦事太也胡塗，將功折罪，此事無賞無罰。」韋小寶站起身來，恭恭敬敬的道：「謝皇上恩典，奴才感激之至。」

佟國綱道：「皇上審問這亞爾青斯基，接連問了六天，羅剎國的軍政大事，疆域物產，甚麼都盤問備細。皇上當眞是天縱英明，又從這亞爾青斯基身上，發見了一個秘密。依韋大帥說，這人被擒之時，身上一絲不掛，那知他竟有法子暗藏秘密文件。」

韋小寶罵道：「他奶奶的，這阿二掀死鷄實在鬼計多端，下次見到了他，非要他的好看不可。這秘密文件，又藏在甚麼地方？難道藏在屁……屁……」

佟國綱道：「羅刹降人朝見皇上之前，自然全身都給御前侍衛仔細搜過，頭髮、鬍子都要摸過，褲子和靴子更要脫下來瞧過明白。番邦之人心懷叵測，倘若身懷利器，那還了得？這亞爾青斯基當然也曾細細搜過，身上更無別物。可是皇上洞察入微，見他右肩上凸起了一塊，又時時斜眼去瞧，便問他手臂上是甚麼東西。亞爾青斯基拉起袖子，手臂上綁了厚厚的綳帶，說是在雅克薩城受的傷。皇上叫他走上前來，用力在他手臂上捏了一把。亞爾青斯基『唉唷』一聲叫，聲音中卻不顯得如何疼痛。」

韋小寶笑道：「有趣，有趣！這羅刹鬼受傷是假的。」

佟國綱道：「可不是嗎？皇上當即吩咐侍衛，將他手臂上的綳帶解下。亞爾青斯基面如土色，只嚇得全身發抖。韋大帥你猜綳帶之中，藏著些甚麼？」韋小寶道：「你剛才說秘密文件，難道就是這調調兒嗎？」佟國綱拍手笑道：「正是。難怪皇上時時讚你聰明，果然一猜便著。那亞爾青斯基綳帶中所藏的，赫然是一份文件，是羅刹國沙皇給他的密諭。皇上叫荷蘭傳教士譯了出來，抄得有副本在此。」從封套中取出一份公文，大聲讀了出來：

「汝應向中國皇帝說知：領有全部大俄羅斯、小俄羅斯、白俄羅斯獨裁大君主皇帝及大王兼多國之俄皇陛下，皇威遠居，已有多國君王歸依大皇帝陛下最高統治之下。彼中國皇帝亦應求得領有全部大俄羅斯、小俄羅斯、白俄羅斯獨裁大君主皇帝陛下恩惠，歸依大皇帝陛下最高統治之下。大皇帝陛下必將愛護中國皇帝於其皇恩浩蕩之中，並保護之，使免於敵人之侵害，彼中國皇帝可獨得歸依大君主陛下，處於俄皇陛下最高統治之下，永久不渝，並向大君主納入貢賦，大君主皇帝陛下所屬人等，應准在中國及兩境內自由營商，爲此彼中國皇帝應准將大皇帝陛下之使臣放行無阻，並向大皇帝陛下致書答覆。」（按：此爲眞實文件，當年康熙逮捕俄國使臣，將其監禁半月後遞解回國，沒收此文件，存於宮中檔案。原件攝影見《故宮俄文史料》。）

佟國綱讀一句，韋小寶罵一聲：「放屁！」待他讀完，韋小寶已罵了幾十句「放屁」。

佟國綱道：「皇上聖諭：羅剎人野心勃勃，無禮已極。下這道密諭的羅剎皇帝，是現今兩位沙皇的父親，已經死了。那時他還不知道我們中國人的厲害。現下羅剎人吃了苦頭，想來已不敢像從前那麼放肆了。不過跟他們議和之時，還得軟硬兼施，不能輕忽。」韋小寶道：「正是。皇上吩咐了的，咱們狠狠的打他們幾個嘴巴，踢他們幾腳，又在他們肩上拍拍，背上摸摸。」佟國綱道：「那個甚麼攝政女王就狡猾得很，她假裝不知雅克薩已經給我們攻下，說已下令羅剎兵不可跟我們交鋒。可是國書之中卻又露出了馬腳，請皇上將抓住的羅剎人發回給他們正法。」韋小寶笑道：「那有這麼便宜的事？她送給我幾張貂皮、幾塊寶石的次重禮，就想我們放了她的官兵。」

佟國綱道：「皇上吩咐：羅刹人既然求和，跟他們議和倒也不妨，不過咱們須得帶了大軍過去，跟他們訂個城下之盟。」韋小寶問道：「甚麼叫作城下之盟？」佟國綱道：「兩國交兵，咱們大軍圍了番邦的城池，番邦求和，在他城下訂立和約，那就叫作城下之盟。這番邦雖然不算投降，總也是認輸了。」韋小寶道：「原來如此。其實咱們出兵去把尼布楚拿了下來，也不是甚麼難事。」

佟國綱道：「皇上聖諭：再打幾個勝仗，本來也挺有把握。不過羅刹是當世大國，屬下統轄的小國很多。他們在東方如敗得一塌胡塗，威風大失，屬下各小國就要不服。這樣一來，羅刹非點起大軍來報仇不可，那就兵連禍結，不知打到何年何月方了。皇上盤問了那亞爾青斯基，得知羅刹國西方另有一個大國，叫做瑞典，和羅刹國之間的大戰有一觸即發之勢。羅刹倘若東西兩邊同時打仗，就很頭痛。咱們乘此機會跟他訂立和約，定可大佔便宜，至少可以保得北疆一百年太平。」

韋小寶大勝之餘，頗想一鼓作氣，連尼布楚也攻了下來，聽得皇上答允羅刹求和，很覺沒癮，但這是皇上的決策，他要搞甚麼甚麼之中，甚麼千里之外，自也難以違旨，轉念又想：「你是皇上的舅舅，也是我老婆的舅舅，排起來算是我的長輩。你是一等公，我只是剛升的二等公。這次跟羅刹人議和，皇上卻派你來做我副手，皇上給我的面子可也不小了。」

佟國綱的父親佟圖賴，是康熙之母孝康皇后的父親，乃是漢人，因此康熙的血統是半滿半漢。佟圖賴此時已死，佟國綱襲封為一等公。佟圖賴早年在關外便歸附滿清，屬鑲黃旗，佟氏改為佟佳氏，軍功甚著，名氣很大。韋小寶卻覺得他父親的名字太也差勁，圖賴、圖賴，話明賭輸了想賴，堂堂國丈，算甚麼玩意兒？當晚張宴接風之後，衆大臣在韋大帥倡議之下，賭了幾手。佟國綱果然輸了，但六百兩銀票推了出去，漫不在乎，毫無圖賴之意。韋小寶見他輸得爽快，並無父風，不禁頗為詫異，回到房中，上床睡下，這才恍然大悟：「他名叫佟骨光，話明要在骨牌上輸清光。此人賭品極好，可以跟他交個朋友。」

次日韋小寶和衆大臣商議，大家說既要和對方訂城下之盟，不妨就此將大軍開去，以逸待勞。韋小寶點頭稱是，傳下將令，璦琿和呼瑪爾城兩軍齊發，到尼布楚城下會師。其時已是初夏，天暖雪融，軍行甚便。

這日行至海拉爾河畔，前鋒來報，有羅刹兵一小隊，帶兵隊長求見大帥。韋小寶傳見隊長，原來是華伯斯基和齊洛諾夫二人。韋小寶喜道：「很好，很好！原來是王八死鷄和豬玀懦夫。」兩人躬身行禮，呈上蘇菲亞公主的覆書。

那名羅刹傳教士這時仍留在清軍大營，以備需用。康熙為了議和簽訂文書，又遣來一名荷蘭傳教士相助。韋小寶傳兩名教士入帳，吩咐他們傳譯公主的覆信。

那羅剎教士那日竄改韋小寶的情書原意，這時心中大爲惴惴，惟恐公主的回信中露出了馬腳，忙取過信來看了一遍，這才放心。那荷蘭傳教士當下將羅剎文字譯成華語。

信中說道：分別以來，時時思念，盼和約簽成之後，韋小寶赴莫斯科一行，以敘故人之情。韋小寶得兩國君主寵愛，須當從中說明種種誤會，消除隔閡，樹立兩國萬世和好之基。信中又說：中華和羅剎分居東西，爲並世大國，聯手結盟，即可宰制天下，任何國家均不能抗。若和議不成，長期戰爭，不免兩敗俱傷。因此盼望韋小寶促成此事，於中華固爲建立大功，羅剎國亦必另有重酬。又請韋小寶向中國皇帝進言，放還被俘的羅剎國將士，俾得和其家人甜心相聚云云。

荷蘭教士傳譯已畢，韋小寶見華伯斯基和齊洛諾夫二人連使眼色，知另有別情，於是命兩名傳教士退出，問道：「你們還有甚麼話說？」華伯斯基道：「公主殿下要我們對中國小孩大人說，公主殿下很想念你，羅剎男人不夠好，中國小孩大人天下第一，一定要請你去莫斯科。」韋小寶哼了一下，心道：「這是羅剎迷湯，可萬萬信不得。」

齊洛諾夫道：「公主殿下另外有幾件事，要請中國小孩大人辦理。這是公主殿下送給你的。」說著從項頸中取下一條銅鏈，鏈條下繫著一隻革囊。華伯斯基也是如此。想是二人長途跋涉，怕有失落，因此用銅鏈繫在頸中。兩隻革囊的囊口都用銅鎖鎖住。華伯斯基又從腰帶解下一枚鑰匙，去開了齊洛諾夫的銅鎖。齊洛諾夫也用自己的鑰匙，去開了華伯斯基所攜革囊的銅鎖。兩人恭恭敬敬的將兩隻革囊放在韋小寶面前桌上。

韋小寶倒轉革囊，玎璫聲響，傾出數十顆寶石，彩色繽紛，燦爛輝煌，都是極大的紅寶石、藍寶石、黃寶石。另一隻革囊中盛的則是鑽石和翡翠。登時滿帳寶光，耀眼生花。

韋小寶生平珠寶見過無數，但這許許多多大顆寶石聚在一起，卻也從未所見，笑道：「公主送給我這樣的重禮，可當眞受不起。」（按：據《燕京學報》廿五期劉選民著〈中俄早期貿易考〉，俄國派大使費要多羅．果羅文和中國談判分疆修好、通商事務。果羅文東來途中，又接獲朝廷秘密訓令，鄭重指示：「如能獲得中國通商之利，雅克薩城不妨讓與中國，並在不損俄皇威嚴範圍內，可秘密予中國代表以相當禮物賄賂。」）

華伯斯基道：「公主殿下說，如果中國小孩大人辦成大事，還有更貴重的禮物送給你；又有大俄羅斯、小俄羅斯、白俄羅斯、哥薩克、韃靼、瑞典、波斯、波蘭、日耳曼、丹麥十國美女，每國一名，個個年輕貌美，都是處女，決非寡婦，一齊送給中國小孩大人。」

韋小寶哈哈大笑，說道：「我七個老婆已經應付不了，再有十個美女，中國小孩大人立刻就一命嗚呼了。」華伯斯基連稱：「不會的，不會的。這十個美貌的處女，公主殿下已經預備好，我們親眼見過，個個像玫瑰花一樣的相貌，牛奶一樣的皮膚，夜鶯一樣的聲音。」韋小寶怦然心動，問道：「公主殿下要我辦甚麼事？」

齊洛諾夫道：「第一件，兩國和好，公平劃定疆界，從此不再交兵。」

韋小寶心想：「小皇帝正要如此，這一件辦得到。」說道：「你們羅剎國西邊，有一個瑞……瑞甚麼國的，派來了使者，要和我們一起出兵，東西夾攻羅剎，把你們的國家平分了。那時候甚麼大俄羅斯、小俄羅斯、不大不小中俄羅斯、黑俄羅斯、白俄羅斯、五顏六色花俄羅斯，各種美女要多少，有多少，也不用你們公主殿下送了。何況每樣只送一名，太也寒蠢小氣！」

兩名羅剎隊長聽了，都大吃一驚。其時瑞典國王查理十一世在位，也是個英明有爲的少年君主，整軍經武，頗有意東征羅剎，日來大隊兵馬源源向東開拔。莫斯科朝廷中文武大臣正以此爲憂，不料瑞典竟會設法和中國聯盟。羅剎雖強，但如腹背受敵，那就大勢去矣。

韋小寶見了兩人臉色，知自己虛晃一招，已然生效，便道：「可是我和公主殿下是甜心好朋友，怎能答應瑞甚麼國的蠻子？現下我們中國皇帝還沒拿定主意，如羅剎國確然誠心求好，我可以趕瑞甚麼國的使者回去。」

兩名隊長大喜，連稱：「羅剎國十分誠意，半點不假。請中國小孩大人快快把瑞典國的使者趕出去，最好是一刀砍了他的頭。」

韋小寶搖頭道：「使者的頭是砍不得的。何況他已送了我許多寶石、十幾個美女，這一刀也砍不下去啊，是不是？」兩位隊長連聲稱是，心想：「原來瑞典國加意遷就，先送貨，後收錢，這一手可比我們漂亮了。」又想：「幸虧中國小孩大人是我們公主的甜心，否則的話，這件事當眞大大的糟糕。」

韋小寶問道：「公主殿下還要我辦甚麼事？」華伯斯基微笑道：「公主殿下眞正想要中國小孩大人辦的事，是要請你去莫斯科克里姆林宮公主寢室裏去辦的。」韋小寶嘿的一聲，心道：「這是羅刹迷湯，簡稱羅刹湯，可喝不可信。」笑道：「原來你們羅刹男人都不中用。」齊洛諾夫道：「也不是羅刹男人不中用，不過公主殿下特別想念中國小孩大人。」韋小寶心道：「又是一碗羅刹湯。」說道：「既是這樣，公主沒別的事了？」

華伯斯基道：「公主殿下要請中國皇帝陛下准許，兩國商人可以來往兩國國境，自由通商。」齊洛諾夫道：「兩國商人來往密了，公主就時時可以寫信送禮給大人。」韋小寶心道：「他媽的，又是一碗。」說道：「這麼說來，兩國通商，公主是爲私不爲公？」齊洛諾夫道：「是，是，完全是爲了中國小孩大人。」

韋小寶道：「現下我不是小孩子了，你們不可再叫甚麼中國小孩大人。」兩人一齊深深鞠躬，說道：「是，是！中國大人閣下。」韋小寶微微一笑，道：「好了，你們下去休息。我們要去尼布楚，你們隨著同去便是。」

兩人都是一驚，相互瞧了一眼，心想：「中國大軍到尼布楚去幹甚麼？難道是去攻城嗎？」韋小寶道：「你們放心。我答應了公主，兩國和好，不再打仗就是了。」兩人又一齊鞠躬，說道：「多謝中國小……不……大人閣下。」

華伯斯基又道：「公主聽說中國的橋樑造得很好，不論多寬的大江大河，都可以用大石頭造橋，下面不用石柱橋墩。公主心愛中國大人閣下，也愛上了中國的東西，因此請大人派幾名造橋的工匠技師去莫斯科，造幾座中國的神奇石橋。公主殿下天天見到中國石橋，在橋上走來走去散步，就好像天天見到大人閣下一般。」

韋小寶心想：「羅刹湯一碗一碗的灌來，再喝下去我可要嘔了。公主特別看中了我們中國的石橋，那是甚麼緣故？其中必有古怪，可不能上這個羅刹狐狸精的當。」說道：「公主想念我，石橋是不用造了，工程太大。我送她幾條中國絲棉被、幾個中國枕頭便是，讓她抱住了睡覺，又輕又暖，就好像每天晚上有中國大人閣下陪著她。」

兩名羅刹隊長對望一眼，臉上均有尷尬之色。齊洛諾夫道：「這個……好像……」華伯斯基腦筋較靈，說道：「大人閣下的主意極高，中國絲棉被、中國枕頭就由我們帶去，公主抱不到中國大人閣下，抱一抱中國絲棉被、中國枕頭也是好的。不過抱得多了，絲棉被、枕頭過得幾年就破爛了，不及石橋牢固，因此建造石橋的技師，還是請大人派去。」

韋小寶聽他二人口氣，羅剎朝廷對造橋技師需求殷切，料想必有陰謀詭計。他不知中國造橋技術當時甲於天下，外國人來到中國，一見到建構宏偉的石橋，必定嘖嘖稱異，讚賞不止，何以拱橋能橫越江面，其下不需支柱，更覺神奇莫測。羅剎人盼望學到這門造橋方法，倒是出於艷羨中國科學技術之心，並無其他陰謀。（按：康熙十五年，俄國派斯巴塔雷 N. G. Spatnary 爲欽差，率同寶石專家、藥材專家來北京，提出多項要求，其中一條爲：「中國准許俄國借用築橋技師。」該欽差因不肯向康熙磕頭，爲清廷驅逐回國。）

韋小寶心想：「你們越想要的東西，老子越不能給你。」說道：「知道了，下去罷！」兩名隊長不敢再說，行禮退出。

不一日，羅剎欽差大臣費要多羅在尼布楚城得報清軍大至，忙差人送信，請清軍在原地駐紮，他立即過來相會。（按：羅剎國議和欽差的姓名是費要多羅．果羅文 Fedor A. Golovin，當時不知西人名先姓後之習，故中國史書稱之爲費要多羅。）

韋小寶道：「不用客氣了，還是我們來拜客罷！」清軍浩浩蕩蕩開抵尼布楚城下。薩布素、朋春、馬喇分統人馬，繞到尼布楚城北、城南、城西把守住了要道，既截斷了尼布楚羅剎軍的退路，又阻住西來援軍。韋小寶親統中軍屯駐城東。中軍流星砲射上天空，四面號砲齊響。

尼布楚城中羅剎大臣、軍官、士卒望見清軍雲集圍城，軍容壯盛，無不氣爲之奪。費要多羅當即備了禮物，派人送到清軍軍中，並致書中國欽差大臣，說道兩國皇帝已決定罷兵議和，此次會晤專爲簽訂和約，雙方軍隊不宜相距過近，以免引起衝突，有失兩國交好之意。

韋小寶和衆大臣商議。衆人都說中華上國不宜橫蠻，須當先禮後兵。韋小寶於是下令退兵數里，駐在什耳喀河以東；又令尼布楚城北、西、南三面的清軍退入山中候令。

費要多羅見清軍後撤，略爲寬心，又再寫了一通文書，提出四點相會的條件：一、會見之所設於尼布楚城與什耳喀河之間的中央；二、會見之日，兩國欽差各帶隨員四十人；三、兩國各出兵五百，俄軍列於城下，清軍列於河邊；四、兩國使節之護衛親兵各以二百六十人爲限，除刀劍外，不准攜帶火器。他所以提這四個條件，因清軍勢大，俄軍人少，倘若雙方不限人數，俄軍必處下風。但羅剎兵火器厲害，如雙方兵員相等，俄兵即佔優勢，料想對方不允，因此先行提出，規定衛兵只可攜帶刀劍。文書中又建議次日相會。

韋小寶和衆大臣商議後，認爲可行，當即接納，派兵連夜搭起篷帳，作爲會所。

次日清晨，韋小寶、索額圖、佟國綱等欽差帶同隨員，率了二百六十名籐牌手，來到會所。只見尼布楚城城門開處，二百餘騎哥薩克兵手執長刀，擁簇著一羣羅剎官員馳來。這隊騎兵人高馬大，威風凜凜，清軍的籐牌手都是步兵，相形之下，聲勢大爲不如。

佟國綱罵道：「他奶奶的，羅刹鬼好狡猾，第一步咱們便上了當。說好大家帶二百六十名衛兵，就只忘了說騎兵步兵。他們便多了二百六十匹馬。」索額圖道：「這件事提醒了咱們，跟羅刹鬼打交道，可得打起十二萬分精神，只疏忽得半分，便著了道兒。」

說話之間，羅刹兵馳到近前。佟國綱道：「咱們遵照皇上囑咐，事事要顧全中華上國是禮儀之邦，大家下馬罷。」韋小寶道：「好，大家下馬。」衆人一齊下馬，拱手肅立。羅刹欽差費要多羅見狀，一聲令下，衆官員也俱下馬，鞠躬行禮。雙方走近。

費要多羅說道：「俄羅斯國欽差費要多羅，奉沙皇之命，敬祝大清國皇帝聖躬安康。」韋小寶學著他的說話，也道：「大清國欽差韋小寶，奉大皇帝之命，敬祝羅刹國沙皇聖躬安康。」再加上一句：「又祝攝政女王蘇菲亞公主殿下美麗快樂。」費要多羅微微一笑，心想：「大清皇帝祝我們公主美麗快樂，這句頌詞倒也希奇古怪，不過公主倘若聽到了，必定歡喜。」兩人互致頌詞，介紹副使。雙方譯員譯出。

韋小寶見羅刹官員肅立恭聽，倒也禮貌周到，但二百六十名哥薩克騎兵昂然騎在馬背，手持長刀，列成隊形，一副居高臨下的神情，隱隱有威脅之勢，越看越有氣，說道：「你們的衛兵太也無禮，見了中國大人閣下，怎不下馬？」他說羅刹話文法顛倒，詞句錯落，但在惱怒之下，不及等譯官譯述，羅刹話衝口而出。費要多羅道：「敝國規矩，騎兵在部隊之中，就是見到了沙皇陛下，也不用下馬。」

韋小寶道：「這是中國地方，到了中國，就得行中國規矩。」費要多羅搖頭道：「對不起，閣下錯了。這是俄羅斯沙皇的領地，不是中國地方。」韋小寶道：「這明明是中國地方，是你們強行佔去的。」費要多羅道：「對不起，中國欽差大臣閣下誤會了。這是俄國沙皇的領地。尼布楚城是俄羅斯人築的。」

兩國此次會議，原是劃界爭地，當地屬中屬俄，便是關鍵的所在。兩個欽差大臣剛一見面，還沒入帳開始談判，就起了爭執。

韋小寶道：「你們羅刹人在中國地方築了一座城池，這地方就算是你們的了，天下那有這個道理？」費要多羅道：「這是俄國地方！俄羅斯人在這裏築城，中國人不在這裏築城，就證明這是俄國地方。中國欽差大臣閣下說這是中國地方，不知有甚麼證據？」

尼布楚一帶向來無所管束，中俄兩國疆界也迄未劃分，到底屬中屬俄，本來誰也沒有證據。韋小寶聽他問到這句話，不禁為之語塞，待要強辯，苦於說羅刹話辭不達意，尋常應答已感艱難，要巧言舌辯，如何能夠？心中一怒，說道：「這是中國地方，證據多得很。」跟著便以揚州話罵道：「辣塊媽媽，我入你羅刹鬼子十七八代老祖宗。」這一句話出口，揚州的罵人粗話便流水價滔滔不絕，將費要多羅的高祖母、曾祖母，以至祖母、母親、外婆、姨媽、姑母、嫂子、阿姊、妹子、姨甥、姪女，人人罵了個狗血淋頭。羅剎國費家女性，無一倖免。

中俄雙方官員見中國欽差大臣發怒，無不駭然。只是他說話猶似一長串爆竹一般，別說費要多羅莫名其妙，連中國官員和雙方譯員也均茫然不解。韋小寶這些罵人的話，全是揚州市井間最粗俗低賤的俗語，揚州的紳士淑女就未必能懂得二三成，索額圖、佟國綱等或為旗人，或為久居北方的武官，卻如何理會得？

韋小寶大罵一通之後，心意大暢，忍不住哈哈大笑。

費要多羅雖不懂他罵人的污言穢語，但揣摩神色語氣，料想必是發怒，忽見他又縱聲大笑，更加摸不著頭腦，問道：「請問貴使長篇大論，是何指教？貴使言辭深奧，敝人學識淺陋，難以通解，請你逐句慢慢的再說一遍，以便領教。」韋小寶道：「我剛才說，你太也不講道理。我要你的祖母來做甜心、做老婆。」

費要多羅微笑道：「我祖母是莫斯科城出名的美人兒，她是彼得洛夫斯基伯爵的女兒。原來中國大人閣下也聽到過我祖母的艷名，敝人實不勝榮幸之至。只可惜我祖母已死了三十八年啦。」韋小寶道：「那麼我要你母親做我的甜心，做我老婆。」

費要多羅眉花眼笑，更加歡喜，說道：「我的媽媽出於名門望族，皮膚又白又嫩，她會做法國詩。莫斯科城裏有不少王公將軍很崇拜她。我們俄國有一位大詩人，寫過幾十首詩讚揚我的媽媽。她今年雖然已六十三歲了，相貌還是和三十幾歲的少年婦人一樣。中國大人閣下將來去莫斯科，敝人一定介紹你和我媽媽相識。要結婚恐怕不成，做甜心嗎，只要我媽媽願意，自然可以的。」原來洋人風俗，如有人讚其母親、妻子貌美，非但不以爲忤，反深感榮幸，比稱讚他自己還要高興。

韋小寶卻以爲此人怕了自己，居然肯將母親奉獻，有意拜自己爲乾爹，滿腔怒火登時化爲烏有，笑道：「很好，很好。以後如來莫斯科，定是你府上常客。」拉著他手，走入帳中。

雙方副使隨員跟著都進了營帳。韋小寶等一行坐在東首，費要多羅等一行坐在西首。

費要多羅說道：「敝國攝政女王公主殿下吩咐，這次劃界談和，我們有極大誠意，雙方必須公平，誰也不能欺了對方。因此敝國提出，兩國以黑龍江爲界，江南屬於中國，江北屬於俄羅斯。劃定疆界之後，俄羅斯兵再也不能渡江而南，中國兵也不能渡到江北。」韋小寶問道：「雅克薩城是在江南還是江北？」費要多羅道：「是在江北。該城是我們俄羅斯人所築，可見黑龍江江北之地，都是屬於俄國的。」

韋小寶一聽，怒氣又生，問道：「雅克薩城內有座小山，你可知叫甚麼名字？」費要多羅回頭問了隨員，答道：「叫高助略山。」韋小寶懂得羅刹語中「高助略」即爲「鹿」，說道：「我們中國話叫做鹿鼎山。你可知我封的是甚麼爵位？」費要多羅道：

「閣下是鹿鼎公，用我們羅刹話說，就是高助略山公爵。」韋小寶道：「這樣一來，你是存心跟我過不去了。明知我是鹿鼎公，卻要把我的鹿鼎山佔了去，豈不是要我做不成公爵麼？」費要多羅忙道：「不，不，決無此意。」

韋小寶問道：「你是甚麼爵位？」費要多羅道：「敝人是洛莫諾沙伐侯爵。」韋小寶道：「好，那麼洛莫諾沙伐是屬於中國的地方。」費要多羅吃了一驚，隨即微笑道：「敝人的封邑洛莫諾沙伐尚在莫斯科之西，怎能是中國的地方？」

韋小寶道：「你說你的封邑叫作老貓拉屎法……」費要多羅道：「洛莫諾沙伐。」韋小寶不理他，繼續說道：「從我們的京城北京，到老貓拉屎法一共有幾里路？要走幾天？」費要多羅道：「從洛莫諾沙伐到莫斯科，一共五百多里路，五天的路程。從莫斯科到北京，總得走三個月罷。」韋小寶道：「這樣說來，從北京到老貓拉屎法，得走三個月零五天，路程是遠得很了。」費要多羅道：「很遠，很遠！」韋小寶道：「這樣的路程，老貓拉屎法當然不屬於中國的了。」費要多羅微笑道：「公爵說得再對沒有了。」

韋小寶舉起酒杯，道：「請喝酒。」羅刹人嗜酒如命，酒杯放在費要多羅面前已久，酒香陣陣沖鼻，主人沒舉杯，他不敢便飲，這時見韋小寶舉杯，心中大喜，忙一飲而盡。

清方隨員又給他斟上酒，從食盒中取出菜餚，均是北京名廚的烹飪。羅刹國其時開化未久，要到日後彼得大帝長大，與其姊蘇菲亞公主奪權而勝，將蘇菲亞幽禁於修女院之中，然後大舉輸入西歐文化。當韋小寶之時，羅剎國一切器物制度、文明教化，遠遠不及歐洲法意等國，更與中國相去甚遠，至於烹飪之精，迄至今日，俄國仍和中國相差十萬八千里。當年在尼布楚城外，費要多羅初嚐中華美食，自然目瞪口呆，幾乎連自己的舌頭也吞下肚去了。韋小寶陪著他嚐遍每碟菜餚，解釋何謂魚翅，何謂燕窩，如何令鴨掌成席上之珍，如何化鷄肝爲盤中之寶，只聽得費要多羅歡喜讚嘆，欣羨無已。

韋小寶隨口問道：「貴使這一次是那一天離開莫斯科的？」費要多羅道：「敝人於四月十二日奉了公主殿下諭示，從莫斯科出發。」韋小寶道：「很好。來，再乾一杯。我們這位佟公爺酒量很好，你們兩位對飮幾杯。」當下佟國綱向費要多羅敬酒，對飮三杯。

韋小寶道：「貴使是本月到尼布楚的罷？」費要多羅道：「敝人是上個月十五到的。」韋小寶道：「嗯，從四月十二行到七月十五，路上走了三個多月。」費要多羅道：「是，走了三個多月。幸好天時已暖，道上倒也並不難走。」韋小寶大拇指一翹，讚道：「很好！貴使這一番說了眞話，終於承認尼布楚不是羅剎國的了。」

費要多羅喝了十幾杯酒，已微有醉意，愕然道：「我……我幾時承認了？」韋小寶笑道：「從北京到老貓拉屎法，得走三個多月，路程很遠，因此老貓拉屎法不是中國地方。從莫斯科到尼布楚，你也走了三個多月，路程可也不近，尼布楚自然不是羅剎國的了。」

費要多羅睜大了眼睛，一時無辭可對，呆了半晌，才道：「我們俄羅斯地方大得很，那是不同的。」韋小寶道：「我們大淸國地方也可不小哪。」費要多羅強笑道：「貴使愛開玩笑，這……這兩件事，是……是不能一概而論的。」

韋小寶道：「貴使定要說尼布楚是羅刹國地方，那麼咱們交換一下。我到莫斯科去，請公主封你爲尼布楚伯爵，封我爲老貓拉屎法公爵。這老貓拉屎法城就算是中國地方了。」

費要多羅滿臉脹得通紅，急道：「這……這怎麼可以？」不禁大爲擔憂，心想公主是他情人，倘若給他在枕頭邊灌了大碗中國迷湯，竟爾答允交換，那就糟糕透頂了。又想：「我那洛莫諾沙伐是祖傳的封邑，物產豐富，如給公主改封到了尼布楚，這裏氣候寒冷，人丁稀少，可要了我的老命啦。何況我現下是侯爵，改封爲尼布楚伯爵，豈不是降級？」

韋小寶見他一副憂心忡忡的模樣，笑道：「你想連我的封地雅克薩也佔了去，叫我做不成鹿鼎公。我有甚麼法子？只好去做老貓拉屎法公爵了。雖然你這封邑的名字太難聽，甚麼老貓拉屎、小狗拉尿的，可也只得將就將就了。」

費要多羅尋思：「你中國想佔我的洛莫諾沙伐，那是決無可能。不過你韋小寶已受過我俄羅斯帝國的封爵，倘若來謀我的封邑，倒也麻煩。我們也不是眞的要雅克薩，這雅克薩已經給你們打下來了，再要你們退出來，自然不肯。」於是臉露笑容，說道：

「既然雅克薩城是貴使的封邑，我們就退讓一步，兩國仍以黑龍江為界，不過雅克薩城和城周十里之地，屬於中國。這完全是看在貴使份上，最大的讓步了。」

韋小寶心想：「你們打敗了仗，還這麼神氣活現。倘若這一戰是你們羅剎人勝的，只怕連北京城也要劃給你們了。」說道：「咱們打過一仗，不知是你們勝了，還是我們勝了？」費要多羅皺起眉頭道：「小小接仗，也不能說誰勝誰敗。我們公主殿下早有嚴令，為了顧全跟貴國和好，不許開仗，因此貴國軍隊進攻之時，敝國將士都沒還手。否則的話，局面就大大不同了。」韋小寶一聽大怒，說道：「原來羅剎兵槍砲齊放，仍不算還手？」費要多羅道：「他們不過是守禦本國土地，不算還手。羅剎人眞的打起仗來，不會只守不攻的。兩國要是大戰，羅剎火槍手和哥薩克騎兵就會進攻北京城了。」

韋小寶怒極，心道：「你奶奶的，你這黃毛鬼說大話嚇人。我要是給你嚇倒了，我跟你姓，做你兒子，我不叫韋小寶，叫作『小寶費要多羅』。」他到過莫斯科，知道羅剎人習慣是名前姓後，但費要多羅是名非姓，他卻又不知，說道：「那很好，大大的好！侯爵大人，你可知道我心中最盼望的是甚麼事？」

費要多羅道：「這倒不知道，請你指教。」韋小寶道：「我現下是公爵，心中只盼望加官進爵，封為郡王、親王。」費要多羅心想：「加官進爵，哪一個不想？」微笑道：「公爵大人精明能幹，深得貴國皇帝寵信，只要再立得幾件功勞，加封為郡王、親王，那是確定無疑的。敝人誠心誠意，恭祝你早日成功。」

韋小寶低聲道：「這件事可得你幫忙才成，否則就怕辦不成。」費要多羅一愕，說道：「敝人當得效勞，只不知如何幫法？」

韋小寶俯嘴到他耳邊，輕輕說道：「我們大淸國的規矩，只有打了大勝仗，立下軍功，才能封王。現下我國太平無事，反叛都已撲滅，再等二三十年，恐怕也沒仗打。我想封王，那就爲難得很了。這次劃界議和，你甚麼都不要讓步，最好派兵向我們挑戰，將我們這裏的大臣殺死一個兩個。咱們兩國就大戰一場。你派火槍手、哥薩克騎兵去進攻北京。我們和瑞典國聯盟，派兵來打莫斯科。只殺得沙塵滾滾，血流成河，如果我佔了莫斯科，佔了老貓拉屎法，我就可以封王了。拜託，拜託，千萬請你幫這個大忙！說話悄聲些，別讓別人聽見了。」

費要多羅越聽越驚，心想這少年膽大妄爲，爲了想封王，不惜挑起兩國戰火，還要和瑞典國聯盟，這一仗打了起來，將來誰勝誰負雖然不知，但此時彼衆我寡，雙方軍力懸殊，這眼前虧是吃定了的；心下好生後悔，實不該虛聲恫嚇，說甚麼火槍隊和哥薩克騎兵攻打北京城，這少年信以爲眞，非但不懼，反而歡天喜地，這一下當眞是弄巧成拙了，但如露出怯意，不免又給他看得小了，一時不由得徬徨失措。

韋小寶又道：「莫斯科離這裏太遠了，大淸兵開去攻打，實在沒把握，說不定吃個敗仗，皇上反要怪我……」費要多羅一聽有了轉機，臉現喜色，忙道：「是，是。奉勸閣下還是別冒險的好。」韋小寶道：「我只是想立功封王，又不想滅了羅剎國。貴國地方很大，我也決計沒本事滅得了。」費要多羅又連聲稱是。韋小寶低聲道：「這樣罷，你發兵去打北京，我就發兵打尼布楚，咱哥兒倆各打各的。打下了北京，是你的功勞；打下了尼布楚，是我的功勞。你瞧這計策妙是不妙？」

費要多羅暗暗叫苦，自己手邊只二千多人馬，要反攻雅克薩也無能爲力，卻說甚麼去攻打北京，心想再不認錯，說不定這少年要弄假成眞，只得苦笑道：「請公爵大人不必介意。剛才我說火槍手和哥薩克騎兵攻打北京城，那是當不得眞的，是我說錯了，全部收回。」

韋小寶奇道：「話已說出了口，怎麼收回？」費要多羅道：「敝人向公爵大人討個情，請你忘了這句話。」韋小寶道：「這麼說來，你們羅剎兵是不去攻打北京的了？」費要多羅道：「不會，決計不會。」韋小寶道：「你們也不想強佔我的雅克薩城了？」費要多羅搖頭道：「不會，不會了。」韋小寶道：「這尼布楚城，你們也決計不敢要了？」費要多羅一怔，說道：「這尼布楚城，是我們沙皇的領地，請公爵大人原諒。」

韋小寶心想：「蘇州人說：『漫天討價，著地還錢。』我向他要尼布楚，是要不到手的。且向他要尼布楚以西的地方，瞧他怎麼說？」說道：「咱們這次和議，一定要公平交易，童叟無欺，誰也不能吃虧，是不是？」費要多羅點頭道：「正是。兩國誠意劃界，樹立永久和平。」韋小寶道：「那好得很。這邊界倘若劃得太近莫斯科，是你們羅刹人吃了虧；劃得太近了北京，是我們中國人吃了虧。最好的法子，是劃在中間，二一添作五。」

費要多羅問道：「甚麼叫二一添作五？」韋小寶道：「從莫斯科到北京，大約是三個月路程，是不是？」費要多羅道：「是。」韋小寶道：「三個月分爲兩份，是多少時候？」費要多羅不解其意，隨口答道：「是一個半月。」韋小寶道：「對了。咱們也不用多談了，大家各回本國京城。然後你從莫斯科出發東行，我從北京出發西行。大家各走一個半月，自然就碰頭了，是不是？」費要多羅道：「是。不知大人這麼幹是甚麼用意？」

韋小寶道：「這是最公平的劃界法子啊。我們碰頭的地方，就是兩國的邊界。那地方離莫斯科是一個半月路程，離北京也是一個半月路程。你們沒佔便宜，我們也沒佔便宜。但我們這一場勝仗，就算白打了。算起來還是你們佔了便宜，是不是？」

費要多羅滿臉脹得通紅，說道：「這……這……這……」站起身來。

韋小寶笑道：「你也覺得這法子非常公平，是不是？」費要多羅連忙搖手，道：「不，不！絕對不可以。如此劃界，豈不是將俄羅斯帝國的一半國土劃了給你？」韋小寶道：「不會是一半啊。你們在莫斯科以西，還有很多國土，那些土地就不用跟中國二一添作五。又何必這樣客氣？」

費要多羅只氣得直吹鬍子，隔了好一會，才道：「公爵大人，你如誠心議和，該當提些通情達理的主張出來。這樣……這樣的法子，要將我國領土分了一半去，那……那太也欺人太甚。」說著氣呼呼的往下一坐。騰的一聲，只震得椅子格格直響。

韋小寶低聲道：「其實議和劃界，沒甚麼好玩，咱們還是先打一仗，你說好不好？」

費要多羅不住喘氣，忍不住便要拍案而起，大喝一聲：「打仗便打仗！」但想到這一仗打下去，後果實在太過嚴重，己方又全無勝望，只得強行忍住，默不作聲。

韋小寶突然伸手在桌上一拍，笑道：「有了，有了，我另外還有個公平法子。」伸手入懷，取出兩粒骰子，吹一口氣，擲在桌上，說道：「你不想打仗，又不願二一添作五，咱們來擲骰子，從北京到莫斯科，算是一萬里路程，咱們分成十份，每份一千里。我跟你擲骰子賭十場，每一場的賭注是一千里國土。如你運氣好，贏足十場，那麼一直到北京城下的土地，都算羅刹國的。」

費要多羅哼了一聲，道：「要是我輸足十場呢？」韋小寶笑道：「那你自己說好了。」費要多羅道：「難道莫斯科以東的萬里江山，就通統都是中國的了？」韋小寶道：「我猜你運氣也不會這樣差，十場之中連一場也贏不了。你只消贏得一場，就保住了一千里土地，兩場二千里，贏得六場，就有便宜了。」費要多羅怒道：「有甚麼便宜？莫斯科以東六千里，本來就是俄國地方。七千里、八千里，也都是俄國的地方。」

韋小寶與費要多羅二人不住口的交涉，作翻譯的荷蘭教士在旁不斷低聲譯成中國話。佟國綱、索額圖等聽在耳裏，初時覺得費要多羅橫蠻無理，竟然要以黑龍江爲界，直逼中國遼東，那是滿洲龍興之地，如何可受夷狄之逼？心中都感惱怒；後來聽得韋小寶說渴欲打仗立功，以求裂土封王，俄使便顯得色厲內荏，不敢接口；再聽得韋小寶東拉西扯，甚麼交換封邑、二一添作五，又是甚麼擲骰子劃界，每注一千里土地，明知是胡說八道，對方決計不會答允，但費要多羅的氣燄卻已大挫，均想：「羅刹人橫蠻，確然名不虛傳，要是跟他們一本正經的談判，非處下風不可。皇上派韋公爵來主持和議，果眞大有知人之明。這番邦鬼子是野蠻人，也只有韋公爵這等不學無術的市井流氓，才能跟他針鋒相對，以蠻制蠻。」

佟國綱、索額圖等大臣面子上對韋小寶雖都十分恭敬客氣，心底裏卻著實瞧他不起，均覺他不過是皇上寵幸的一個小丑弄臣，平日言談行事，往往出醜露乖，卻偏偏又恬不知恥，自鳴得意，此番與外國使臣折衝樽俎，料想難免貽笑外邦，失了國家體面。那知皇上量材器使，竟大收其用，若不派這個憊懶人物來辦這樁差使，滿朝文武大臣之中，還眞找不出第二個來。衆大臣越聽越佩服，更覺皇上英明睿智，非衆臣所及。

索額圖聽到這裏，突然插口道：「莫斯科本來是我們中國的地方。」

荷蘭教士將這句話傳譯了。費要多羅大吃一驚，心想：「這少年胡言亂語，也還罷了。怎地你這老頭兒也這樣不要臉的瞎說？竟說我國京城莫斯科是你們中國地方？」

索額圖又道：「按照貴使的說法，只要是羅剎人暫時佔據過的土地，就算是羅剎國的土地了，是不是？」費要多羅道：「本來就是這樣嘛！貴使卻說莫斯科是中國地方，嘿嘿，那……那太笑話奇談了。」索額圖道：「羅剎國的人民有大俄羅斯、小俄羅斯、白俄羅斯，又有哥薩克、韃靼等等，都是羅剎人。」費要多羅道：「一點不錯，我國土地廣大，治下人民眾多。」索額圖道：「我國百姓的種類也很多啊，有滿洲人、蒙古人、漢人、苗人、回人、藏人等等。」費要多羅道：「正是。俄國是大國，中國也是大國。咱們這兩國，是當世最大的大國。」

索額圖道：「貴使這次帶來的衛兵，好像都是哥薩克騎兵。」費要多羅微微一笑，說道：「哥薩克騎兵英勇無敵，是天下最厲害的勇士。」索額圖道：「哥薩克騎兵比俄羅斯人是厲害得多了？」費要多羅道：「話不能這麼說。哥薩克是羅剎百姓，俄羅斯也是羅剎百姓，毫無分別。好比滿洲人是中國人，蒙古人、漢人也是中國人，毫無分別。」索額圖點頭道：「那就是了。因此莫斯科是我們中國人的地方。」

韋小寶聽他二人談到這裏，仍不明白索額圖的用意，他明知莫斯科離此有萬里之遙，決非中國地方，但聽索額圖說得像煞有其事，而費要多羅額頭青筋凸起，臉色一時鐵青，一時通紅，顯然心中發怒如狂，便插口道：「莫斯科是中國地方，那是半點不錯的。中國皇帝寬宏大量，給你們劉備借荊州，一借之後就永世不還。」

費要多羅自不知劉備借荊州是甚麼意思，只覺這些中國蠻子不講理性，說話完全不像文明人，冷笑道：「我從前聽說中國歷史悠久，中國人很有學問，那知道……嘿嘿，就是專愛不憑證據的瞎說。」

索額圖道：「貴使是羅剎國大臣，就算沒甚麼學問，但羅剎國的歷史總是知道的？」費要多羅道：「我國的歷史都有書爲證，清清楚楚的寫了下來，決不是憑人隨口亂說的。」索額圖道：「那很好，中國從前有一位皇帝，叫作成吉思汗……」

費要多羅聽到「成吉思汗」四個字，不由得「哎喲」一聲，叫了出來，心中暗叫：「糟糕，糟糕！怎麼我胡裏胡塗，竟把這件大事忘了？」

索額圖繼續道：「這位成吉思汗，我們中國叫做元太祖，因爲他是我們中國創建元朝的太祖。他是蒙古人。貴使剛才說過，滿洲人、蒙古人、漢人都是中國人，毫無分別。那時候蒙古騎兵西征，曾和羅剎兵打過好幾次大仗。貴國歷史有書爲證，一切都清清楚楚的寫了下來，決不是憑人隨口瞎說。這幾場大仗，不知是我們中國人贏了，還是貴國羅剎人贏了？」

費要多羅默然不語，過了良久，才道：「是蒙古人贏了。」索額圖道：「蒙古人是中國人！」費要多羅瞪目半晌，緩緩點頭。

韋小寶不知從前居然有過這樣的事，一聽之下，登時精神大振，說道：「中國人和羅剎人打仗，羅剎人是必輸無疑的。你們的本事確是差了些，下次再打，我們只用一隻手好了。否則的話，雙方相差太遠，打起來沒甚麼味兒。」

費要多羅怒目而視，心想：「若不是公主殿下頒了嚴令，這次只許和、不許戰，憑你說這些侮辱我們羅剎人的話，我便要跟你決鬥。」

韋小寶笑嘻嘻的問索額圖道：「索大哥，成吉思汗是怎樣打敗羅剎兵的？」

索額圖道：「當年成吉思汗派了兩個萬人隊西征，一共只二萬人馬，便殺得羅剎聯軍十餘萬人大敗虧輸。成吉思汗的孫子拔都，也是一位大英雄，率領軍隊將羅剎兵打得落花流水，佔領了莫斯科，一直打到波蘭、匈牙利，渡過多瑙河。此後幾百年中，羅剎的王公貴族都要聽我們中國人的話。那時我們中國的蒙古英雄，住在黃金鑲嵌的篷帳裏。莫斯科大公爵時時來向中國人磕頭。中國人說要打屁股就打屁股，要打耳光就打耳光，羅剎人還笑嘻嘻的大叫打得好，打得妙！否則的話，他就當不成公爵。」（按：蒙古大將拔都於公元一二三八年攻陷莫斯科及基輔，蒙古人於一二四〇年至一四八〇年的二百四十年間，統治俄羅斯廣大土地，建立「金帳汗國」。《大英百科全書》於「俄羅斯」條中有如下記載：「莫斯科的王子公爵，必須去伏爾加河口薩萊城朝見黃金帳中的蒙古可汗，接受封號。他們通常要忍受諸般屈辱。朝拜已畢而回到莫斯科後，便能向韃靼人收稅，欺壓鄰近的諸侯小邦。」）

韋小寶聽得眉飛色舞，擊桌大讚：「乖乖龍的東！原來莫斯科果然是屬於中國的。」費要多羅臉上一陣青、一陣白，索額圖所述確是史實，絕無虛假，只是羅剎向來不認蒙古人爲中國人。此時蒙古屬於中國，由此推論，說莫斯科曾屬於中國人，也非無稽之談。

韋小寶道：「侯爵閣下，我看劃界的事，我們也不必談了，請你回去問問公主，甚麼時候將莫斯科還給中國。我也要趕回北京，採購牛皮和黃金，以便精製一頂黃金篷帳，然後拆平克里姆林宮，豎立金帳，請蘇菲亞公主來睡覺。哈哈，哈哈！」

費要多羅聽到這裏，再也忍耐不住，霍地站起，衝出帳外，只聽得他怒叫如雷，大聲吆喝，傳呼命令，跟著馬蹄聲響，兩百多匹馬一齊衝將過來。

韋小寶大吃一驚，叫道：「啊喲，這毛子要打仗，咱們逃命要緊。」

佟國綱久經戰陣，很沉得住氣，喝道：「韋公爺別慌，要打便打，誰還怕了他不成？」只聽得帳外哥薩克騎兵齊聲大呼。韋小寶嚇得全身發抖，一低頭，便鑽入了桌子底下。佟國綱和索額圖面面相覷，心下也不禁驚慌。

帳門掀開，一將大踏步進來，正是帶領籐牌兵的林興珠，他朗聲說道：「啓稟大帥……」卻不見大帥到了何處。韋小寶在桌子底下說道：「我……我……我在這裏，大夥兒快……快逃命罷。」林興珠蹲下身來，對著桌子底下的韋大帥說道：「啓稟大帥：羅剎兵聲勢洶洶，咱們不能示弱，要幹就幹他媽的。」

韋小寶聽他說得剛勇，心神一定，當即從桌子底下爬了出來，適才事起倉卒，以致躲入桌底，其實他倒也不是一味膽怯，一拍胸口，說道：「對，要幹就幹他奶奶的，老子身先士卒，勇往……勇往不……不前。不對！勇往值錢（他想勇往才值錢，不勇往就不值錢）。」拉住林興珠的手，走向帳外。

一出帳外，只見二百六十名哥薩克騎兵高舉長刀，騎了駿馬，圍著帳篷耀武揚威，一圈圈的不停疾馳。費要多羅一聲令下，衆騎兵遠遠奔了開去，在二百餘丈之外，列成了隊伍，二十六騎一行，十行騎兵排得整整齊齊，突然間高聲呼叫，向著韋小寶急衝過來。

韋小寶叫道：「我的媽啊！」便要鑽進營帳，轉念一想：「羅剎鬼如要殺我，躲入營帳還是給他們揪了出來，這個臉可丟不得。」當下全身發抖，臉如土色，居然挺立不動。

林興珠喝道：「籐牌手保衛大帥！過來！」

二百六十名籐牌手齊聲應道：「是。」快步奔來，站在韋小寶等衆大臣之前。

韋小寶從靴筒中拔出匕首，心想：「倘若羅剎鬼眞要動蠻，大家便拚鬥一場，義氣可不能不顧。」搶過去站在索額圖面前，叫道：「索大哥別怕，我護住你。」

索額圖早已嚇得魂不附體，說道：「全……全仗兄弟了。」

只見十排哥薩克騎兵急衝過來，衝到離淸兵五丈外，當先的隊長長刀虛劈，一聲吆喝，衆騎兵挺身勒馬，二百六十匹馬同時間停住了腳步站定。那隊長又一聲吆喝，衆騎兵從中分爲兩隊，一百三十騎折而向北，一百三十騎折而向南，奔出數十丈，兜了個圈子，又回到離帳篷二百餘丈處站定，隊形絲毫不亂。二百六十騎人馬便如是一人一騎，果然是訓練有素的精兵。

費要多羅哈哈大笑，高聲叫道：「公爵大人，你瞧我們的羅刹兵怎樣？」

韋小寶這時才知他不過是炫武示威，心中大怒，叫道：「那是馬戲班耍猴子的玩意兒，打起仗來，半點用處也沒有的。」

費要多羅怒道：「咱們再來！」心想：「這一次直衝到你跟前，瞧你逃不逃走。」叫道：「把中國人的帽子都削下來，不可傷人！」哥薩克騎兵隊長叫出號令，二百六十名騎兵又疾馳過來。

韋小寶叫道：「砍馬腳！」林興珠叫道：「得令！砍馬腳，別傷人！」

但聽得蹄聲如雷，二百六十匹馬漸奔漸近，哥薩克騎兵的長刀在太陽下閃閃發光，眼見奔到身前三十丈、二十丈、十丈……仍未停步，又奔近了四五丈，林興珠叫道：「地堂刀，上前！」二百六十名籐牌手一躍而前，在地下滾了過去。這二百六十人都是林興珠親手教練出來的地堂刀好手，身法刀法皆盡嫻熟，翻滾而前，籐牌護身，卻不露出半點刀光。

哥薩克騎兵突見淸兵著地滾來，都大爲詫異。雅克薩城守軍曾吃過籐牌手的苦頭，但那些守軍死的死，俘的俘，早已全軍覆沒。這隊哥薩克騎兵新從莫斯科護送費要多羅東來，從未見過籐牌兵的打法，均想你們在地下打滾，太也愚蠢，給馬踏死了可怪不得人。頃刻之間，第一列騎兵已和籐牌兵碰在一起，猛然間衆馬齊嘶，紛紛摔倒。籐牌兵利刃揮出，一刀便斬下一兩條馬腳，籐牌護身，毫不停留的斬將過去。羅剎兵人喊馬嘶聲中，籐牌兵已滾過十行騎兵，斬下一百七八十條馬腳，在哥薩克騎兵陣後列成了隊伍。林興珠率領籐牌兵快步奔回，又排在韋小寶之前。二百六十人中只十餘人遭馬踹傷壓傷，傷勢均輕，傷者強忍痛楚，仍站在隊中。

二百六十名哥薩克騎兵大半摔下馬來，有的給坐騎壓住，躺在地下呻吟呼號，只有數十人縱騎遠遠逃開，大部分站在地下，手足無措。這些騎兵一生長於馬背，只有騎在馬上，才剽悍驍勇，雙足一著地，便如是游魚出水，無所憑藉了。

韋小寶叫道：「分兵一半，圍住羅剎大官。」林興珠喝出號令，便有一百名籐牌手將費要多羅等十餘名官員圍住，一百柄大刀組成了一個刀圈，刀鋒向著圈內，只須一聲令下，這一百柄大刀砍將進去，費要多羅等還不成爲羅剎肉餅子？

哥薩克騎兵的正副隊長見狀，飛步奔來，大叫：「不可傷人，不可傷人！」韋小寶轉頭對穿著親兵裝束的雙兒道：「過去點了他們的穴道。」雙兒道：「好！」縱身而出，欺到哥薩克騎兵隊長身後，伸指點了他後腰穴道，跟著又點了副隊長的穴道。

一名小隊長伸手入懷，拔出一枝短槍，叫道：「不許動！」雙兒抓住身畔一名羅剎兵，擋在身前，推著他走前幾步。那小隊長便不敢開槍，又叫：「不許動！」雙兒抓起那羅剎兵向他擲去。那小隊長一驚，閃身相避，雙兒已縱身過去，點了他胸口和腰間的穴道，夾手槍過他手中短槍，點燃藥線，朝天砰的一聲，放了一槍。

韋小寶大聲道：「好啊，雙方說好不得攜帶火器，你們羅剎鬼子太也不講信用。」走前幾步，對費要多羅道：「你叫手下人抛下刀槍，一起下馬，排好了隊，身上攜帶火器的都繳出來。」費要多羅眼見無可抗拒，便傳出令去。

哥薩克騎兵只得抛下刀劍，下馬列隊。韋小寶吩咐一百六十名籐牌手四下圍住，搜檢羅剎兵。二百六十人身上，倒抄出了二百八十餘枝短槍。有的一人帶了兩枝。

尼布楚城下羅剎兵望見情勢有變，慢慢過來。東邊清軍也拔隊而上。兩鄰相距數百步，列陣對峙。羅剎兵望見主帥被圍，暗暗叫苦，不敢再動。

韋小寶問費要多羅道：「侯爵大人，你帶了這許多火器來幹甚麼啊？」費要多羅垂下了頭，說道：「對不起得很，我的衛兵不聽命令，暗帶火器，回去我重重責罰。」韋小寶叫道：「籐牌手，解開自己衣服，給他們瞧瞧，有沒有攜帶火器？」二百六十名籐牌手拋下籐牌，以左手解衣，右手仍高舉大刀，以防對方異動。各人解開衣衫，袒露胸膛，跳躍數下，果然沒一人攜帶火器。費要多羅心中有愧，垂頭不語。

韋小寶以羅剎話大聲道：「羅剎人做事不要臉，把他們的衣服褲子都脫下來，瞧瞧他們還帶了火器沒有？」

費要多羅大驚，忙道：「公爵大人，請你開恩。你……你如剝了我的褲子，我……我只好自殺了。」韋小寶道：「這褲子是非剝不可的。」費要多羅道：「請你饒恕一次，別的事情，一切都依你吩咐。」韋小寶道：「剛才你的騎兵衝將過來，嚇得我鑽到了桌子底下，大失公爵大人的體面。這件事怎麼辦？」費要多羅心想：「是你自己膽小，我有甚麼法子？」但身旁清兵刀光閃閃，只好道：「敝人願意賠償損失。」

韋小寶心中一樂，暗道：「羅剎竹槓送上門來了。」一時想不出要他賠償甚麼，傳下命令：「把羅剎大官小兵的褲帶都割斷了。」

籐牌手大叫：「得令！」舉起利刃揷進羅剎人腰間，刃口向外，一拉之下，褲帶立斷。

自費要多羅以下，衆羅剎人無不嚇得魂飛天外，雙手緊緊拉住褲腰，惟恐跌落。韋小寶哈哈大笑，傳令：「押著羅剎人，得勝回營！」

這時羅剎官兵人人躭心的只是褲子掉下，毫不抗拒，隨著淸兵列隊向東。

佟國綱笑道：「韋大帥妙計，當眞令人欽佩。割斷褲帶，等於在頃刻之間，將二百六十名羅刹官兵盡數雙手反綁了。」韋小寶笑道：「羅刹男人最怕脫褲子，羅刹女人反而不怕，那不是怪得很麼？」佟國綱等人都色迷迷的笑了起來。

一行人和大軍會合，清軍中推出四百餘門大砲，除下砲衣，砲口對準了羅刹軍。其時羅刹國雖火器犀利，但在東方，卻不及康熙這次有備而戰，以傾國所有大砲的大半調到了尼布楚前線，是以不論兵力火力，都是清軍勝過了數倍。羅刹軍突然見到這許多大砲，都面面相覷，大有懼色。統軍將官忙傳令回城，緊閉城門。清軍卻也並不攻城。

這時哥薩克騎兵的隊長、副隊長和一名小隊長給雙兒點了穴道，兀自動彈不得。三人猶如泥塑木雕一般，站在空地之上。羅刹衆兵將回入尼布楚城時十分匆忙，未曾留意，這時在城頭望見，均感詫異，卻都不敢出城相救。過了半個時辰，見這三人仍然呆立不動，便有一隊哥薩克騎兵出城來救，只行得十餘丈，清軍大砲便轟了數發。守城將軍忙命號兵吹起退軍號，將這隊騎兵召回，生怕清兵大至，連出城的救兵也失陷了。

城上城下，兩軍遙見三人定住不動，姿勢怪異。清兵鼓噪大笑，羅刹兵盡皆駭然。

韋小寶將費要多羅等一行請入中軍帳內，分賓主坐下。韋小寶只笑嘻嘻的不語。費要多羅怒道：「公爵大人，你不用跟我玩把戲，要殺就殺好了。」韋小寶笑道：「我跟你是朋友，爲甚麼殺你？咱們還是來談劃界的條款罷。」他想此刻對方議界大臣已落入自己掌握之中，不論自己提出甚麼條件，對方都難以拒絕。

不料費要多羅是軍人出身，性子十分倔強，昂然道：「我是你的俘虜，不是對等議界的使節。我處在你的威脅之下，甚麼條款都不能談。就算談好了，簽了字，那也無效。」韋小寶道：「爲甚麼無效？」費要多羅道：「一切條款都是你定的，還談甚麼？你不能逼我跟你談判。」韋小寶道：「爲甚麼不能逼你談判？」費要多羅道：「我決不屈服。你揮刀殺了我，開槍打死我，儘管動手好了。」

韋小寶笑道：「如果我叫人剝了你的褲子呢？」

費要多羅大怒，霍地站起，喝道：「你……」只說得一個「你」字，褲子突然溜下，忙伸手抓住。他的褲帶已給割斷，坐在椅上，不必用手抓住，盛怒中站將起來，卻忘了此事，幸好及時搶救，才沒出醜。帳中清方大官侍從，無不大笑。

費要多羅氣得臉色雪白，雙手抓住褲帶，神情甚是狼狽，待要說一番慷慨激昂的言辭，苦於雙手不能揮舞以助聲勢，要如何慷慨激昂，也勢必有限，重重哼的一聲，坐了下來，說道：「我是羅剎國沙皇陛下的欽使，你不能侮辱我。」

韋小寶道：「你放心，我不會侮辱你。咱們還是好好來談分劃國界罷。」

費要多羅從衣袋中取出一塊手帕，包在自己嘴上，繞到腦後打了個結，意思是說決計不談。韋小寶吩咐親兵送上美酒佳餚，擺在桌上，在酒杯中斟了酒，笑道：「請，請，不用客氣。」費要多羅聞到酒菜香味，忍耐不住，解開手帕，舉杯便飲。韋小寶笑道：「侯爵又用嘴巴了？」費要多羅喝酒吃菜，卻不答話，表示嘴巴只用於吃喝，不作別用。韋小寶不住勸酒，心想把他灌醉了，或許便能叫他屈服，那知費要多羅喝得十幾杯酒，吃了幾塊牛肉，以手帕抹了抹嘴巴，又將自己的嘴綁上了。

韋小寶見此情形，倒也好笑，命親兵引他到後帳休息，嚴加看守，自和索額圖、佟國綱等人商議對策。

佟國綱道：「這人如此倔強，堅決不肯在咱們軍中談和，但如就此放了他回去，卻又於心不甘。」索額圖道：「關得他十天八日，每天在他面前宰殺羅刹鬼子，瞧他是否還倔強得出？」佟國綱道：「倘若將他逼死了，這事不免弄僵。咱們以武力俘虜對方的議和劃界大臣，皇上說不定會降罪。」索額圖道：「佟公爺說得對，跟他一味硬來，也不是辦法。」

衆大臣商議良久，苦無善策。今日將費要多羅擒來，雖是一場勝仗，但決非皇上謀和的本意，可說已違背了朝廷大計，一個處理不善，便成爲違旨的重罪。說到後來，衆大臣均勸韋小寶還是釋放費要多羅。

韋小寶道：「好！咱們且扣留他一晚，明天早晨放他便是。」回入寢帳，踱來踱去的籌思，忽然想起：「先前學諸葛亮火燒盤蛇谷，在雅克薩打了個大勝仗，老子再來學一學周瑜羣英會戲蔣幹。」仔細盤算了一會，已有計較。

回到中軍帳，請了傳譯的荷蘭教士來，和他密密計議一番；又要他教了二十幾句羅剎話，唸得正確無誤；再傳四名將領和親兵隊長來，吩咐如此如此。衆人領命而去。

費要多羅睡在後帳，心中思潮起伏，一時驚懼，一時悔恨，卻如何睡得著？翻來覆去的挨到半夜，只聽得帳口鼻息如雷，三名看守的親兵竟然都睡著了。費要多羅心想：「倘若不答允中國蠻子的條款，決計難以脫身。明天惹得那小鬼生起氣來，將我殺了，豈非冤枉？天幸這三名衛兵都睡著了，何不冒險逃走？」躡手躡足的從床上起來，解下斜背的皮條縛在腰間，以免褲子脫落，輕輕走到帳口，只見三名親兵靠在篷帳的柱子上，睡得正熟。

他伸手去一名親兵腰間，想拔他佩刀，那親兵突然打個噴嚏。費要多羅大吃一驚，急忙縮手，過了好一會，不見有何動靜，又想去取另一名親兵的佩刀。那親兵忽然伸個懶腰，說了幾句夢話。費要多羅不敢多躭，悄悄走出帳外，幸喜三名親兵均不知覺。

他走到帳外，縮身陰影之中，見外面衛兵手提燈籠，執刀巡邏，北、東、南三邊皆有巡兵，只西邊黑沉沉地似乎無人。於是一步步挨將過去，每見有巡兵走近，便縮身帳篷之後，好在一路向西，都太平無事。剛走到一座大帳之後，突然西邊有一隊巡邏兵過來，費要多羅忙在篷帳後一躲，卻聽得帳中有人說話，說的竟是羅刹話。

只聽得那人說道：「公爵大人決意要去攻打莫斯科，也不是不可以，只不過路途遙遠，十分危險。」費要多羅大驚，當即伏下身子，揭開篷帳的帳腳，往內望去，一望之下，一顆心怦怦亂跳。

帳內燈火照耀如同白晝，韋小寶全身披掛，穿著戎裝，居中而坐，兩旁站立著十餘員大將，帳下數名親兵手執大刀。韋小寶桌旁站著那作譯員的荷蘭教士，正在跟他說話。

只聽韋小寶說羅刹話：「咱們跟費要多羅在這裏喝酒，談判，假的，不是眞的話，談了一個月、兩個月，談來談去，都是假的話，大軍偷偷向西。羅刹公主時時接到費要多羅，笨蛋，報告，說正在跟咱們談判，她不怕，天天和甜心跳舞，睡覺。中國大軍突然到了莫斯科城下，進攻，奇怪的進攻，將兩個沙皇、蘇菲亞公主，抓了起來。羅刹人哭了，跪倒，投降！」那荷蘭教士道：「行軍打仗的事，我是不懂的。不過一面跟羅刹人講和，一面卻出兵偷襲他們的京城，那不是不講信用嗎？上帝的道理，教訓我們不可欺詐，不可說謊。」韋小寶道：「哈哈，是羅刹人先騙人。大家說好了，雙方衛兵攜帶火器，不可以，他們身上都藏了槍，短的，他們騙人，我們也騙人。他咬我，一口，我咬他，兩口，大大的！」

那教士嘿的一聲，隔了一會，說道：「我勸公爵大人還是不要打仗的好。兩國開戰，死的都是上帝子民……」韋小寶搖手道：「別多說了。我們只信菩薩，不信上帝。那個費要多羅如果公平談判，讓中國多佔一些土地，本來是可以議和的。可是他一里土地也不讓。等我們打下了莫斯科，羅剎男人都上天堂、下地獄；女人，做中國人，老婆的。」

費要多羅越聽越心驚，暗道：「我的上帝，中國蠻子眞是無法無天，膽大妄爲。」只聽韋小寶又道：「今天我派了一個親兵，在三名哥薩克騎兵隊長的身上，用手指戳了幾下，這三名隊長，不會動了，你見到麼？」那教士道：「我見到的。這是甚麼魔術，眞正奇怪之極。」韋小寶道：「中國魔術，成吉思汗，傳下來的。成吉思汗用這法子，打得羅剎人跪地投降，我們再用這法子去打他們，羅剎國，又死了！」

費要多羅心想：「當年蒙古人只二萬人馬，一直打到波蘭、匈牙利，天下沒人擋得住，看來定有魔術。東方人古怪得緊，他們又來使這法術，那……那可如何是好？」只聽那教士道：「羅剎人如遠遠開槍，你們的魔術就沒用了。」韋小寶笑道：「是啊，因此我們得假裝在這裏談判，軍隊就去打莫斯科，像小賊一樣，偷進城去。我到過莫斯科，城裏韃靼人很多。咱們的軍隊假扮爲韃靼牧人，混進城去，羅剎守軍一定不會發覺。」

費要多羅背上出了一陣冷汗，心想：「這中國小鬼這條毒計，實在厲害。中國兵喬裝改扮爲韃靼牧人，混進我們京城，施展起魔術來，那怎抵擋得住？」他不知雙兒的點穴術是一門高深武功，必須內外功練到上乘境界，方能使用，清軍官兵數萬，會點穴功夫的只她一人而已。費要多羅卻以爲這魔術只須一經傳授，人人會使，這麼手指一碰，對方就動彈不得，數萬中國兵以此法去偷襲莫斯科，羅剎只怕要亡國滅種了。

只聽那教士道：「公爵大人如要派二萬中國兵偷入莫斯科，用成吉思汗傳下來的魔術制住羅剎軍，那麼要俘虜兩位沙皇和攝政女王，的確可以成功。不過……不過這件事必須十分機密，大軍西行之時，不能讓羅剎人知覺了。公爵大人，今日的羅剎國已十分強大，和當年跟成吉思汗打仗時的羅剎人，是大不相同的。」韋小寶道：「我到過莫斯科，羅剎國的情形都清清楚楚，我們明天一早，放了費要多羅回去，然後跟他談判，都是假的，他不肯答允的。咱們在這裏多談得一日，中國大軍就近了莫斯科一日路程。」那教士道：「是，是。大人一切要小心，這件事是很危險的。」韋小寶道：「知道了。你不能說出去，不能讓費要多羅起了疑心。你說了，我殺你！」那教士答應了下去。

韋小寶喝道：「傳王八死鷄、豬玀懦夫。」親兵出帳，帶了華伯斯基和齊洛諾夫進來。韋小寶對二人道：「明天，我派兩隊人去莫斯科，禮物很多很多，送給蘇菲亞公主。路上盜賊多的，多派官兵保護。」華伯斯基道：「從這裏到莫斯科，只有些小股的韃靼強盜，也不算很兇，公爵大人放心好了。」韋小寶道：「你不知道。韃靼強盜，八九千人一隊，有的二十個一千人，三十個一千人。」華伯斯基和齊洛諾夫對望了一眼，均有不信之色。

韋小寶道：「我這兩隊人，分南北兩路去莫斯科，王八死鷄領北路的，豬玀懦夫領南路的。兩條路，怎樣的？」華伯斯基道：「從北路走，這裏向西到赤塔，經烏斯烏德，繞過貝加爾大湖的南端，向西經托木斯克、鄂木斯克等城而到莫斯科。」齊洛諾夫道：「南路起初的走法是一樣的，過了貝加爾湖分道，向西南經過哈薩克人居住的地方，一路向西，經奧斯克、烏拉爾斯克等地到莫斯科。」

韋小寶點頭道：「不錯，是這樣走的。我的禮物、信，由中國使者交給公主，你們兩個帶路。帶得好，有賞，多的。帶得不好，領兵中國將軍，砍下你們的頭。下去罷！」

兩名羅剎隊長退出後，韋小寶拿起金批令箭，發號施令，一個個中國大將躬身接令。費要多羅不知他們說些甚麼，但見所有接令的中國大將都神情慷慨激昂，拍胸握拳，指天誓日，顯是向主帥保證，說甚麼也要大功告成，有的伸掌在自己頸中一斬，有的拔出匕首在自己胸口虛刺，口中不住說：「莫斯科，莫斯科！」料想是說倘若攻不下莫斯科，寧可自殺。

韋小寶嘰哩咕嚕說了一番話，四名親兵從桌上拿起一張大地圖，剛好對著費要多羅。只見韋小寶的手指從尼布楚城一路向西移動，沿著一條紅色粗線，直指到一個紅色圓圈。費要多羅雖不識得圖上的中國文字，但一看方位，便知是莫斯科。韋小寶說了一番話，手指又沿著南邊一條線而到莫斯科。費要多羅心想：「這些中國蠻子當眞可惡，原來他們處心積慮，早就已預備攻打莫斯科了。」

韋小寶又說了一番話，接連說到「費要多羅」的名字，衆將一聽到，便都大笑。

費要多羅心道：「你們一定在笑我是傻瓜，騙得我談判劃界，拖延時日，暗中卻去偷襲莫斯科。哼，我才不上這當呢。」慢慢站起身來，心想：「上帝保祐，讓我發現了中國蠻子這個大詭計，可見我俄羅斯帝國得上帝眷顧，定然國運昌隆。反正他明天就會放我，今晚不用冒險逃跑了。」但見西邊巡邏兵來去不絕，東邊卻黑沉沉地無人巡查，悄悄回去，幸喜淸兵並未發覺。來到自己帳外，只見看守的三名衛兵兀自睡熟，於是進帳就寢。

次晨費要多羅吃過豐盛早餐，隨著親兵來到中軍帳。韋小寶笑問：「侯爵大人昨晚睡得好嗎？」費要多羅哼了一聲，道：「你的衛兵保衛周到，我自然睡得很好。」

韋小寶道：「今日你不再生氣了罷？咱們來談談劃界的條款如何？」費要多羅不答，從身邊摸出手帕，又綁上了嘴巴。韋小寶大怒，喝道：「你這樣倔強，我立刻將你殺了。」費要多羅毫不畏懼，心想：「你預定今日要放我的，這樣裝腔作勢，誰來怕你？」

韋小寶大發一陣脾氣，見他始終不屈服，無可奈何，只得說道：「好！你這樣勇敢，我佩服你了。放你回去罷。你回去請好好休息。十天之後，咱們再另商地點，談判劃界。」

費要多羅心想：「你拚命拖延，這時候只怕偷襲莫斯科的軍隊已出發了。我決不會上你這當。」說道：「你放我回去，很是多謝。爲了表示我們的誠意，我建議今天下午就可開始談判，不必等到十天之後。」韋小寶笑道：「這件事不用忙，大家休息休息，慢慢談判好啦。」費要多羅道：「兩國君主都盼談判早日成功，還是先簽了劃界條約，再休息不遲。」韋小寶道：「我們皇上倒也不急，那麼咱們五天之後再談罷。」費要多羅搖頭道：「不必躭擱了，就是今天談。」韋小寶道：「再隔三天？」費要多羅道：「不，今天！」韋小寶道：「明天？」費要多羅道：「今天！」

韋小寶嘆了口氣，說道：「你這樣堅決，我只好讓步。不過我警告你，待會談到劃分國界之時，我是決計不會隨便讓步的。咱們一尺一尺、一寸一寸的來討價還價。」

費要多羅心道：「劃分國界要一尺一寸的細談，等到談妥，你們早打進莫斯科去了。你道我眞是大傻瓜嗎？」當即站起，說道：「那麼敝人告辭了，多謝公爵大人的酒飯。」韋小寶送到帳口，派遣一隊籐牌兵護送他回尼布楚城，那二百六十名哥薩克騎兵卻不釋放。

費要多羅出得帳來，只見昨天豎立軍營的地方都已空蕩蕩地，大隊淸軍已拔營離去。他暗暗心驚：「中國蠻子說幹便幹，委實厲害。」

一行人來到昨日會談的帳前，只見那三名哥薩克隊長呆呆站在當地，所擺的姿勢仍和昨天一模一樣，絲毫動彈不得。清軍中躍出一名瘦小的軍官，來到三名隊長身前，口中大聲唸咒，大叫：「成吉思汗，成吉思汗！」過去在三人身上拍拿幾下。三名隊長便慢慢能動了，只是站立了半天一晚，實是疲累已極，雙足痲木，一齊坐倒在地。六名籐牌兵上前扶起，走出數十丈後，三名隊長方能自己行走。

費要多羅更加駭異：「成吉思汗傳下的魔術，果然厲害無比，難怪當年他縱橫天下，無人能敵。幸好現下已發明了火器，可以不讓敵人近身，否則的話，中國異教徒又要統治全世界，我們信上帝的正教徒，都要變成奴隸了。」

清軍籐牌手直護送費要多羅到尼布楚城東門之前，這才回去。

費要多羅詢問三名哥薩克隊長中了魔術的情形。三名隊長都道：當時只覺後心和腰間一痲，便即全身不能動彈。費要多羅道：「你們身上帶了十字架沒有？」三名隊長解開衣襟，露出掛在頸中的十字架來，其中一人還多掛了一個耶穌聖像。

費要多羅皺起眉頭，心道：「成吉思汗的魔法當眞厲害，連耶穌基督的十字架也辟不了邪。」當即寫下三道奏章，派遣十五名騎兵分作三路，向莫斯科告急：中國軍隊已出發前來偷襲，行將假扮爲韃靼牧人，混入京城，務須嚴加防備。

中午時分，三路信差先後回城，說道西去的道路均已給中國兵截斷，一見羅剎騎兵，遠遠便射箭過來，實是難以通過。費要多羅心中愁急，尋思：「只有儘快和中國蠻子議定劃界條約，那麼他們便會撤回兵馬。」

未牌時分，費要多羅帶了十餘名隨員，前去兩國會議的帳篷。這次他全然不帶哥薩克騎兵，以示決無他意，何況就算帶了衛隊，招架不了中國兵的「成吉思汗魔術」，也是無用。費要多羅學識淵博，辦事幹練，本來絕非易於受欺之人，但羅剎人心中對成吉思汗的畏懼根深蒂固，雙兒的點穴之術又十分精妙，他親見之下，不由得不信。

他先到篷帳。不久韋小寶、索額圖、佟國綱等清方大官也即到達。韋小寶見對方不帶衛隊，於是命護衛的籐牌手也退了回去。

雙方說了幾句客套，全然不提昨日之事，便即談判劃界。費要多羅但求談判速成，事事讓步，與昨日態度迥不相同。韋小寶心中暗笑，知昨晚「周瑜羣英會戲蔣幹」的計策已然成功，他於劃界之事一竅不通，當下便由索額圖經由教士傳譯，和對方商議條款。

只見索額圖和費要多羅兩人將一張大地圖鋪在桌下，索額圖的手指不斷向北指去，費要多羅皺起眉頭，手指一寸一寸的向北退讓。這手指每在地圖上向北讓一寸，便是百餘里的土地歸屬了中國。韋小寶聽了一會，心感不耐，便坐到另一張桌旁，命侍從取出食盒，架起二郎腿，慢慢咀嚼糕餅點心，鼻中低哼〈十八摸〉小調。

費要多羅決心退讓，索額圖怕大事中變，也不爲已甚。但條約文字謹嚴，雙方教士一一譯成拉丁文，反覆商議，也費時甚久。到第四日傍晚，「尼布楚條約」條文六條全部商妥。

韋小寶得索額圖和佟國綱解說，知條約內容於中國甚爲有利，割歸中國的土地極爲廣大，遠比康熙諭示者爲多。條約共爲四份，中國文一份，羅刹文一份，拉丁文二份，訂明雙方文字中如有意義不符者，以拉丁文爲準。

當下隨從磨得墨濃，蘸得筆飽，恭請中國首席欽差大人簽字。

韋小寶自己名字的三個字是識得的，只不過有時把「章」字看成了「韋」字，「賣」字當作是「寶」字，三個字聯在一起就不大弄錯了，但說到書寫，「小」字勉強還可對付，餘下一頭一尾兩字，無論如何是寫不來的。他生平難得臉紅，這時竟然臉上微有硃砂之色，不是含怒，亦非酒意，卻是有了三分羞慚。

索額圖是他知己，便道：「這等合同文字，只須簽個花押便可。韋大人胡亂寫個『小』字，就算是簽字了。」

韋小寶大喜，心想寫這個「小」字，我是拿手好戲，當下拿起筆來，左邊一個圓團，右邊一個圓團，然後中間一條槓子筆直的豎將下來。

索額圖微笑道：「行了，寫得好極。」韋小寶側頭欣賞這個「小」字，突然仰頭大笑。索額圖奇道：「韋大帥甚麼好笑？」韋小寶笑道：「你瞧這個字，一隻雀兒兩個蛋，可不是那話兒嗎？」清方衆大臣忍不住都哈哈大笑，連衆隨從和親兵也都笑出聲來。

費要多羅瞪目而視，不知衆人爲何發笑。

當下韋小寶在四份條約上都畫了字，在羅刹文那份條約上，中間那一直畫得加倍巨大，然後費要多羅、索額圖、俄方副使等都簽署了。中俄之間的第一份條約就此簽署完成。

這是中國和外國所訂的第一份條約。由於康熙籌劃周詳，全力以赴，而所遣人員又十分得力，是以尼布楚條約劃界，中國大佔便宜。約中規定北方以外興安嶺爲界，現今蘇聯之阿穆爾省及濱海省全部土地盡屬中國，東方及東南方至海而止。雙方議界之時，該地區原無歸屬，中國所佔之地亦非本屬羅刹，但羅刹已在當地築城殖民，簽約後被迫撤退，實爲中國軍事及外交上之勝利。約中劃歸中國之土地總面積達二百萬方公里，較之今日中國東北各省大一倍有餘。此約之立，使中國東北邊境獲致一百五十餘年之安寧，而羅刹東侵受阻，侵略野心得以稍戢。自康熙、雍正、乾隆諸朝而後，滿清與外國訂約，無不喪權失地，康熙和韋小寶當年大振國威之雄風，不可復得見於後世。（按：條約上韋小寶之簽字怪不可辨，後世史家只識得索額圖和費要多羅，而考古學家如郭沫若之流僅識甲骨文字，不識尼布楚條約上所簽之「小」字，致令韋小寶大名湮沒。後世史籍皆稱簽尼布楚條約者爲索額圖及費要多羅。古往今來，知世上曾有韋小寶其人者，惟《鹿鼎記》之讀者而已。本書記敘尼布楚條約之簽訂及內容，除涉及韋小寶者係補充史書之遺漏之外，其餘皆根據歷史記載。）

依據當時習慣，雙方同時鳴砲，向天立誓，信守不渝。清方大砲四百餘門，在尼布楚城東南西北四方同時響起，大地震動。俄方大砲只二十餘門，砲聲寥寥，強弱之勢，相差實不可以道里計。費要多羅暗叫僥倖，倘若議和不成，開起仗來，俄國非一敗塗地不可。

當下兩國使臣互贈禮物。費要多羅贈給韋小寶等人的是懷錶、寶石、千里鏡、銀器、貂皮、刀劍等物。韋小寶贈給對方使節的是馬匹、鞍轡、人參、金杯、絲綢衣衫、絹帛等物，此外二百六十名哥薩克騎兵各贈紋銀二十兩，以賠償爲清兵割斷的褲帶。

當晚大張筵席，慶賀約成。費要多羅兀自擔憂，不知前去偷襲莫斯科的清兵是否即行召回，不斷以言語試探，韋小寶只裝作不懂。

過得兩日，費要多羅得報，有大隊清兵自西方開來，他登上城頭，以千里鏡瞭望，果見一隊隊清兵自西而來，渡過尼布楚河以東紮營。費要多羅大喜，知道西侵的清兵已然召回。他那知大隊清兵只在尼布楚之西二百里外駐紮候命，一聽得砲聲，便即拔隊緩緩而歸。

又過數日，石匠已將界碑雕鑿完竣。碑上共有滿、漢、蒙、拉丁及羅刹五體文字。

界碑分立於格爾必齊河東岸、額爾古納河南岸，以及極東北之威伊克阿林大山各處。碑文中書明兩國以格爾必齊河爲界，「循此河上流不毛之地，有名大興安以至於海，凡山南一帶流入黑龍江之溪河，盡屬中國；山北一帶之溪河，盡屬俄羅斯」；又書明：「將流入黑龍江之額爾古納河爲界，河之南岸，屬於中國，河之北岸，屬於俄羅斯。其南岸之眉勒爾客河口，所有俄羅斯房舍，遷徙北岸」；又書明：「雅克薩所居俄羅斯人民及諸物，盡行撤往察罕汗之地」；又書明：「凡獵戶人等，斷不許越界，如有相聚持械捕獵，殺人搶掠者，即行捕拿正法，不以小故阻壞大事，中俄兩國和好，毋起爭端。」

兩國欽差派遣部隊，勘察地形無誤後，樹立界碑。此界碑所處之地，本應爲中俄兩國萬年不易之分界，然一百數十年後，俄國乘中國國勢衰弱，竟逐步蠶食侵佔，置當年分界於不顧，吞併中國大片膏腴上地。後人讀史至此，喟然嘆曰：「安得復起康熙、韋小寶於地下，逐彼狼子野心之羅刹人而復我故土哉？」

樹立界碑已畢，兩國欽差行禮作別，分別首途回京覆命。

韋小寶召來華伯斯基與齊洛諾夫，命二人呈奉禮物給蘇菲亞公主，其中既有錦被，又有繡枕。北國荒鄙之地，這些物事無處購置，均是雙兒之物。韋小寶笑道：「公主如當眞想念我，就抱抱絲棉被和枕頭罷。」華伯斯基道：「公主殿下對大人閣下的情意天長地久，棉被枕頭容易殘破，還是請大人派幾名築橋技師，去莫斯科造座石橋，那就永遠不會壞了。」

韋小寶笑道：「我早已想到此節，你們不必囉唆。」命親兵抬出一隻大木箱，長八尺，寬四尺，宛似一口大棺材一般，八名親兵用大槓抬之而行，顯得甚爲沉重。箱外鐵條重重纏繞，貼了封條，以火漆固封。韋小寶道：「這件禮物非同小可，你們好生將護，不可損壞。公主見到之後，必定歡喜，這天長地久的情意，和中國石橋完全一般牢固。」

兩名羅剎隊長不敢多問，領了木箱而去。這口大木箱重逾千斤，自尼布楚萬里迢迢的運到莫斯科，一路之上，著實勞頓。

蘇菲亞公主收到後打開箱子，竟是一座韋小寶的裸體石像，笑容可掬，栩栩如生。原來韋小寶召來雕鑿界碑的石匠，鑿成此像，又請荷蘭教士寫了「我永遠愛你」幾個羅剎文字，雕在石像胸口。蘇菲亞公主一見之下，啼笑皆非，想起這中國小孩古怪精靈，非羅剎男子之可及，不由得情意綿綿，神馳萬里。

這石像便藏於克里姆林宮中，後來彼得大帝發動政變，將蘇菲亞公主驅逐出宮，連帶將此石像擊碎。唯有部分殘軀爲兵士攜帶出外，羅剎民間無知婦女向之膜拜求子，撫摸石像下體，據稱大有靈驗云。

注：「都護」是漢朝統治西域諸國的軍政總督，「玉門關」是漢時通西域的要

道，「玉門關不設」意謂疆域擴大，原來的關門已不成爲邊防要地。「銅柱界重標」指東漢馬援征服交趾（安南）後，開拓疆土，立銅柱重行標界，意謂另定有利於中國的國界。韋小寶尼布楚訂約一節，乃遊戲文章，年輕讀者不可信以爲眞。

茅十八坐在牛車中，雙手反綁，給押向菜市口法場。衆百姓紛紛聚觀。茅十八沿途大喊：「老子十八年後，又是一條好漢。所以名叫茅十八，早知道是要殺頭的。」街邊百姓大聲喝采。

第四十九回　好官氣色車裘壯　獨客心情故舊疑

韋小寶凱旋回京。大軍來到北京城外，朝廷大臣齊在城門口迎接。韋小寶率同佟國綱、索額圖、馬喇、阿爾尼、馬齊、朋春、薩布素、郎坦、巴海、林興珠等朝見康熙。皇帝溫言奬勉，下詔韋小寶進爵爲一等鹿鼎公，加額駙銜，賜婚建寧公主。佟國綱、索額圖等大臣以及軍官士卒各有升賞。

此後數日，康熙接連召見韋小寶，詢問攻克雅克薩、劃界訂約的經過詳情。韋小寶據實奏告，居然並不如何誇張吹牛。康熙甚是歡喜，讚他大有長進，對他七名妻妾和兩個兒子都加頒賞。

這日康熙賜宴撫遠大將軍、鹿鼎公韋小寶暨此役有功諸臣。康熙在席上題了兩首詩，陪宴的翰林學士盡皆恭和，慶功紀盛。宴罷，韋小寶捧了御賜珍物，得意洋洋的出得宮來，從官前呼後擁，打道回府，忽聽得大街旁有人大呼：「韋小寶，你這忘恩負義的狗賊！」

韋小寶吃了一驚，更聽得聲音頗爲熟悉，側頭瞧去，只見一條大漢從屋簷下竄到街心，指著他破口大罵：「韋小寶，你這千刀萬剮的小賊，好好的漢人，卻去投降滿清，做韃子的走狗奴才。你害死了自己師父，殺害好兄弟，今日韃子皇帝封了你做公做侯，你榮華富貴，神氣活現。你奶奶的，老子白刀子進，紅刀子出，在你小賊身上戳你媽的十七廿八刀，瞧你還做不做得成烏龜公、甲魚公？」這大漢上身赤膊，胸口黑毿毿地生滿了長毛，濃眉大眼，神情兇狠，正是當年攜帶韋小寶來京的茅十八。

韋小寶一呆之際，早有數十名親兵圍了上去。茅十八從綁腿中拔出短刀，待要抵抗，衆親兵一齊出手，有的伸刀架在他頸中，有的奪下他手中短刀，橫拖倒曳的拉過，綁了起來。茅十八兀自罵不絕口：「韋小寶，你這婊子生的小賊，當年老子帶你到北京，眞是錯盡錯絕，我對不起陳近南陳總舵主，對不起天地會的衆家英雄好漢。老子今日就是不想活了，要讓天下衆人都知道，你韋小寶是賣友求榮、忘恩負義的狗賊，你只想升官發財，做韃子皇帝的走狗……」衆親兵打他嘴巴，他始終罵不絕口。

韋小寶急忙喝止親兵，不得動粗。一名親兵取出手帕，塞入茅十八嘴裏。茅十八猶自嗚嗚之聲不絕，想必仍在痛罵。

韋小寶吩咐親兵：「將這人帶到府裏，好生看守，別難爲了他，酒食款待，等一會我親自審問。」

韋小寶回府後，在書房中設了酒席，請茅十八相見，生怕他動粗，要蘇荃和雙兒二人假扮親隨，在旁侍候。親兵押著茅十八進來，韋小寶命除去茅十八身上銬鐐，令親兵退出。

韋小寶含笑迎上，說道：「茅大哥，多日不見，你好啊。」茅十八怒道：「我有甚麼好不好的？自從識得了你這小賊之後，本來好端端地，也變得不好了。」韋小寶笑道：「茅大哥且請寬坐，讓兄弟敬你三杯酒，先消消氣。兄弟甚麼地方得罪了茅大哥，你喝了酒之後，再罵不遲。」茅十八大踏步上前，喝道：「我先打死你這小賊再喝酒。」伸出碗大拳頭，呼的一聲，迎面向韋小寶擊去。

蘇荃搶將上去，伸左手抓住了茅十八的手腕，輕輕一扭，右手在他肩頭拍了兩下。茅十八登時半身酸麻，不由自主的坐入椅中。他又驚又怒，使勁跳起，罵道：「小賊……」蘇荃站在他背後，雙手拿住他兩肩的「肩貞穴」，輕輕向下一按，茅十八抗拒不得，只得重行坐下。他身形魁梧，少說也有蘇荃兩個那麼大，但爲她高深武功所制，縛手縛腳，只得乖乖的坐著，更加惱怒，大聲道：「老子今日當街罵你這小漢奸，原是拚著不想再活了，只是要普天下世人都知道你賣師賣友的卑鄙無恥……」

韋小寶道：「茅大哥，我跟皇上辦事，是去打羅刹鬼子，又不是去殺漢人，這可說不上是漢奸啊。」茅十八道：「那……那你爲甚麼殺死你師父陳近南？」韋小寶急道：「我怎會害我師父？我師父明明是給鄭克塽那小子殺死的。」茅十八怒斥：「你這時候還在抵賴？韃子皇帝他媽的聖旨之中，說得再也淸楚不過了。」韋小寶驚道：「皇上的聖旨之中，怎……怎會說我害死師父？」心中一片迷惘，轉頭向蘇荃瞧去。

蘇荃道：「皇上前幾天升你爲一等鹿鼎公，頒下的誥命中敘述你的功勞，也不知誥命是誰寫的，其中說你『舉薦良將，蕩平吳逆，收臺灣於版圖；提師出征，攻克雄城，揚國威於域外』，那都是對的。可是又有兩句話說：『擒斬天地會逆首陳近南、風際中等，遂令海內跳樑，一蹶不振；匪黨亂衆，革面洗心。』那便不對了。」

韋小寶皺眉道：「甚麼洗面割心的，到底說些甚麼？」蘇荃道：「誥命裏說你抓住陳近南、風際中等人殺了，嚇得天地會的人再也不敢造反。」韋小寶跳起身來，大叫：「那……那有這事？這不是冤枉人嗎？」蘇荃緩緩搖頭，道：「風際中做奸細，確是咱們殺的，聖旨裏的話沒錯，就只多了『陳近南』三字。」韋小寶急道：「陳近南是我恩師，我……我怎麼會害他老人家？皇上……皇上這道聖旨……唉……你見了聖旨，怎不跟我說？」蘇荃道：「咱們商量過的，聖旨裏多了『陳近南』三字，你如知道了，一定大大的不高興。」韋小寶知道所謂「咱們商量過的」，便是七個夫人一齊商量過了，轉頭向雙兒瞧去，雙兒點了點頭。

韋小寶道：「茅大哥，我師父的的確確不是我害的。那風際中是天地會的叛徒，他……他暗中向皇帝通風報信……」茅十八冷笑道：「那麼你倒是好人了？」

韋小寶頹然坐倒，說道：「我跟皇上分說去，請他改了……改了……改了……」他連說三個「改了」，卻知道康熙決不致因聖旨中多了「陳近南」三字，會特地另發上諭修改，心想：「不知那個狗賊多嘴，去跟皇上說我害死師父。在皇上看來，這是我的忠心，可是……可是……我韋小寶還算是人嗎？」他心中焦急，突然哇的一聲，哭了出來，叫道：「茅大哥、荃姊姊、好……好雙兒，我沒害死我師父！」

三人見韋小寶忽然大哭，都吃了一驚。蘇荃忙走過去摟住他肩頭，柔聲道：「那鄭克塽在通吃島上害死你師父，咱們都親眼見到的。」說著取出手帕，給他抹去了眼淚。

茅十八這時才看了出來，這個武功高強的「親兵」原來竟是女子，不禁大爲驚詫。

韋小寶想起一事，說道：「茅大哥，鄭克塽那小子也在北京，咱們跟他當面對質去，諒他也不敢抵賴。對，對！咱們立刻就去……」

正說到這裏，忽聽得門外親兵大聲說道：「聖旨到。御前侍衛多總管奉敕宣告。」韋小寶站起身來，迎到門口，只見多隆已笑吟吟的走來。韋小寶向北跪下磕頭，恭請聖安。

多隆待他拜畢，說道：「皇上吩咐，要提那在街上罵人的反賊親自審問。」

韋小寶心頭一凜，說道：「那……那個人麼？兄弟抓了起來，已詳細審過，原來是個瘋子，這人滿口玉皇大帝、太上老君的胡說八道。兄弟問不出甚麼，狠狠打了他一頓，已將他放了。皇上怎地會知道這事？其實全不打緊的……」

茅十八聽到這裏，再也忍不住，猛力在桌上一拍，只震得碗盞都跳了起來，乒乒乓乓，在地下摔得粉碎，大聲罵道：「他媽的韋小寶，誰是瘋子了？今日在大街上罵韃子皇帝的就是老子！老子千刀萬剮也不怕，難道還怕見他媽的韃子皇帝？」

韋小寶暗暗叫苦，只盼騙過了康熙和多隆，隨即放了茅十八，那知他全然不明自己的一番迴護之意，如此公然辱罵皇上，茅十八當眞便有十八顆腦袋，也保不住了。

多隆嘆了口氣，對韋小寶道：「兄弟，你對江湖上的朋友挺有義氣，我也是很欽佩的。這件事你已出了力，算得是仁至義盡。咱們走罷。」

茅十八大踏步走到門口，突然回頭，一口唾沫，疾向韋小寶臉上吐去。韋小寶正想著心事，不及閃避，啪的一聲，正中他雙目之間。幾名親兵拔出腰刀，便向茅十八奔去。韋小寶擺擺手，黯然道：「算了，別難爲他。」多隆帶來的部屬取出手銬，將茅十八扣上了。

韋小寶尋思：「皇上親審茅大哥，問不到三句，定要將他推出去斬了。我須立刻去見皇上，無論如何，總得想法子救人。」向多隆道：「我要去求見皇上，稟明內情，可別讓這粗魯漢子衝撞了皇上。」

一行人來到皇宮。韋小寶聽說皇帝在上書房，便即求見。康熙召了進去。韋小寶磕過了頭，站起身來。

康熙道：「今日在大街上罵了你、又罵我的那人，是你的好朋友，是不是？」韋小寶道：「皇上明見萬里，甚麼事情用不著猜第二遍。」康熙道：「他是天地會的？」韋小寶道：「他沒正式入會，不過會裏的人他倒識得不少。他很佩服我師父。皇上聖旨中說我殺了師父，他聽到後氣不過，因此痛罵我一場。但對皇上，他是萬萬不敢有半分不敬的。」

康熙微笑道：「你跟天地會已一刀兩斷，從今而後，不再來往了，是不是？」韋小寶道：「是。這次去打羅刹鬼子，奴才就沒帶天地會的人。」康熙問道：「以後你天地會的舊朋友再找上你來，那你怎麼辦？」韋小寶道：「奴才決計不見，免得大家不便。」

康熙點了點頭，道：「因此我在那道誥命之中，親筆加上陳近南、風際中兩個名字，好讓你日後免了不少麻煩。小桂子，一個人不能老是腳踏兩頭船。你如對我忠心，一心一意爲朝廷辦事，天地會的混水便不能再淌了。你若決心做天地會的香主，那便得一心一意的反我才是。」

韋小寶嚇了一跳，跪下磕頭，說道：「奴才是決計不會造反的。奴才小時候做事胡裏胡塗，不懂道理，現今深明大義，洗面割心，那是完完全全不同了。」

康熙點頭笑道：「那很好啊。今天罵街的那個瘋子，明天你親自監斬，將他殺了罷。」韋小寶磕頭道：「皇上明鑒，奴才來到北京，能夠見到皇上金面，都全靠了這人。奴才對他還沒報過恩，大膽求皇上饒了這人，寧可……寧可奴才這番打羅剎鬼子的功勞，皇上盡數革了，奴才再退回去做鹿鼎侯好了。」

康熙臉一板，森然道：「朝廷的封爵，你當是兒戲嗎？賞你做一等鹿鼎公，是我的恩典。你拿了爵祿封誥來跟我做買賣，討價還價，好大的膽子！」

韋小寶連連磕頭，說道：「奴才是漫天討價，皇上可以著地還錢。退到鹿鼎侯不行，那麼退回去做通吃伯、通吃子也是可以的。」

康熙本想嚇他一嚇，好讓他知道些朝廷規矩，那知這人生來是市井小人，雖然做到了一等公、大將軍，無賴脾氣卻絲毫不改，不由得又好氣，又好笑，喝道：「他媽的，你站起來！」韋小寶磕了個頭，站起身來。

康熙仍板起了臉，說道：「你奶奶的，老子跟你著地還錢。你求我饒了這叛逆，那就得拿你的腦袋，來換他的腦袋。」

韋小寶愁眉苦臉，說道：「皇上的還價太兇了些，請您升一升。」康熙道：「好，我就讓一步。你割了卵蛋，眞的進宮來做太監罷。」韋小寶道：「請皇上再升一升。」

康熙道：「不升了。你不殺此人，就是對我不忠。一個人忠心就忠心，不忠就不忠。那也有價錢好講的？」韋小寶道：「奴才對皇上是忠，對朋友是義，對母親是孝，對妻子是愛……」

康熙哈哈大笑，說道：「你這傢伙居然忠孝節義，事事俱全。好，佩服，佩服！明天這時候，拿一個腦袋來見罷，不是那叛逆的腦袋，便是你自己的腦袋。」

韋小寶無奈，只得磕頭退出。

康熙見他走到門口，問道：「小桂子，你又想逃走了嗎？」

韋小寶道：「這一次不敢了。奴才回家去，墊高了枕頭，躺下來好好想想，最好是既能讓皇上歡喜，又顧得了朋友義氣，而奴才自己這顆腦袋，仍是生得牢牢的。」

康熙微笑道：「很好。我跟建寧公主多日不見，很想念她，已吩咐接來宮裏。」頓了一頓，又道：「你其餘的六個夫人、三個兒女，也隨同公主一起進宮來朝見太后。太后說你功勞不小，要好好賞你的夫人和兒女。」韋小寶道：「多謝太后和皇上的恩典，奴才實在粉身難報。」退得兩步，忍不住道：「皇上，奴才以前說過，你是如來佛，我是孫悟空，奴才說甚麼也跳不出你的手掌心。」康熙微笑道：「你神通廣大，那也不用客氣了。」

韋小寶出得上書房，不由得唉聲嘆氣，心道：「皇上把我七個老婆、三個兒女都扣了起來，就算我有膽子逃走，可也捨不得哪。」

走到長廊，多隆迎將上來，笑道：「韋兄弟，太后召見你的夫人、公子、小姐，賞賜定是不少。恭喜你啊！」韋小寶拱手道：「託福，託福。」多隆微笑道：「兄弟這回帶兵出征之前，吩咐我給你討債，討到現在，也有七八成了。二百六十幾萬兩銀子的銀票，回頭我送到府上來。」

韋小寶笑道：「大哥本領不小，居然榨到了這麼多。」隨即恨恨的道：「鄭克塽這小子害死我師父，直到今天，仍叫我頭痛之極。他奶奶的，那瘋子今日在街上罵人，還不是鄭克塽種下的禍根。」越想越恨，說道：「大哥，請你多帶人手，咱們這就討債去。」

多隆聽到又要去鄭府討債，那是天下第一等的賞心樂事，今日有撫遠大將軍、一等鹿鼎公韋公爺帶隊，幹起來更加肆無忌憚，當即連聲答應，吩咐御前侍衛副總管在宮裏值班，率了一百名侍衛，簇擁著韋小寶向鄭府而去。

那鄭克塽封的雖然也是公爵，然而和韋小寶這公爵相比，可就天差地遠了，一個是歸降的叛逆藩王，一個是皇帝駕前的大紅人、大功臣。同是公爵府，大小、派頭卻也大不相同，大門匾額上那「海澄公府」四字乃是黑字，不如韋小寶「鹿鼎公府」那四字是金字。韋小寶一見之下，便有幾分歡喜，說道：「這小子門口的招牌，可不及我的金字招牌了。」

眾侍衛來海澄公府討債，三日兩頭來得慣了的，也不等門公通報，逕自闖進府去。韋小寶在大廳上居中一坐，多隆坐在一旁。

鄭克塽聽得撫遠大將軍韋小寶到來，那是他當世第一剋星，不由得便慌了手腳，卻又不敢不見，只得換上公服，戰戰兢兢的出迎，上前拱手見禮，叫了聲：「韋大人！」

韋小寶也不站起，大剌剌的坐著，抬頭向天，鼻中哼了一聲，向多隆道：「多大哥，鄭克塽這小子可忒也無禮了。咱們來了這老半天，他不理不睬，可不是瞧不起人嗎？」多隆道：「是啊！殺人償命，欠債還錢。老是做一輩子縮頭烏龜，終究是躲不過去的。」

鄭克塽怒極，只是在人簷下過，那得不低頭，眼前二人，一個是手握兵權的大將軍，一個是御前侍衛總管，自己無權無勢，身處嫌疑之地，雖爵位尊榮，其實處境比之一個尋常百姓還要不如，只得強忍怒氣，輕輕咳嗽一聲，說道：「韋大人、多總管，您兩位好！」

韋小寶慢慢低下頭來，只見眼前站著個弓腰曲背的老頭兒，頭髮花白，容色憔悴，仔細再看，這人年紀倒也不怎麼老，只愁眉苦臉，連眼角邊都是皺紋，頦下留了短鬚，也已花白，再凝神看去，卻不是鄭克塽是誰？數年不見，竟然老了二三十歲一般。

韋小寶先是大奇，隨即明白，他這幾年來苦受折磨，以致陡然衰老，不禁心生憐憫之意，但跟著想起當年他在通吃島上手刃陳近南的狠毒，怒氣立時便湧將上來，冷笑問道：「你是誰？」

鄭克塽道：「在下鄭克塽，韋大人怎地不認識了？」

韋小寶搖頭道：「鄭克塽？鄭克塽不是在臺灣做延平王嗎？怎麼會到了北京？你是個冒牌貨色。」鄭克塽道：「在下歸順大清，蒙皇上恩典，賞賜了爵祿。」

韋小寶道：「哦，原來如此。你當年在臺灣大吹牛皮，說要打到北京，拿住了皇上，要怎樣怎樣長，怎樣怎樣短，這些話還算不算數？」

鄭克塽背上冷汗直流，不敢作聲，心想：「他要加我罪名，胡亂揑造些言語，皇上總是聽他的，決不會聽我的。」自從多隆率領御前侍衛和驍騎營軍士不斷前來討債，鄭克塽當眞度日如年，爲了湊集二百多萬兩銀子的巨款，早將珠寶首飾變賣殆盡。他心中已不知幾千百遍的懊悔，當日實不該投降。施琅攻來之時，如率兵奮力死戰，未必便敗，就算不勝，在陣上拚命而死，也對得起祖父、父親的在天之靈，不致投降之後，卻來受這無窮的困苦羞辱。此刻聽了韋小寶這幾句話，更是懊喪欲死。

韋小寶道：「多大哥，這位鄭王爺，當年可威風得很哪。兄弟最近聽得人說，有人要迎接鄭王爺回臺灣去，重登王位。鄭王爺，來跟你接頭的人，不知怎麼說？兄弟想查個明白，好向皇上回報。」

鄭克塽顫聲道：「韋大人，請你高抬貴手。您說的事，完……完全沒有……」

韋小寶道：「咦，這倒奇了。多大哥，昨兒咱們不是抓到了一個叛徒嗎？他破口大罵皇上，又罵兄弟。這人說是鄭王爺的舊部下，說他在北京受人欺侮，要爲他報仇，要殺盡滿淸韃子甚麼的。」

鄭克塽聽到這裏，再也支持不住，雙膝一曲，跪倒在地，顫聲道：「韋大人饒命！小人過去罪該萬死，得罪您老人家。您大人大量，放我一條生路，老天爺保祐你公侯萬代。」

韋小寶冷笑道：「當日你殺我師父的時候，可沒想到今日罷？」

突然間後堂快步走出一人，身材瘦長，神情剽悍，卻是「一劍無血」馮錫範。他搶到鄭克塽身旁，一伸手便拉起了他，轉頭向韋小寶道：「當年殺陳近南，全是我的主意，跟鄭公爺無關。你要爲你師父報仇，儘管衝著我來好了。」

韋小寶對馮錫範向來十分忌憚，見到他狠霸霸的模樣，不由得全身在椅中一縮，顫聲道：「你……你想打人嗎？」多隆跳起身來，叫道：「來人哪！」便有十多名侍衛一起擁上，團團圍住。韋小寶見己方人多勢衆，這才放心，大聲道：「這人在京師之地，膽敢行兇，拿下了。」四名侍衛同時伸手，抓住了馮錫範的手臂。

馮錫範也不抗拒，朗聲道：「我們歸降朝廷，皇上封鄭公爺爲海澄公，封我爲忠誠伯。皇上金口說道，過去的事一筆勾銷，決不計較。韋大人，你想假公濟私，冤枉好人，咱們只好到皇上跟前去分剖明白。」

韋小寶冷笑道：「你是好人，嘿嘿，原來『一劍無血』馮大人是大大的好人，這倒是今日第一天聽見！」

馮錫範道：「我們到了北京之後，安份守己，從來不見外人，更加不敢犯了半條王法。這些侍衛大人不斷的前來伸手要錢，我們傾家蕩產的應付，那都沒有甚麼。韋大人，你要亂加我們罪名，皇上明見萬里，只怕也由不得你。」

這人有膽有識，遠非鄭克塽可比，這番話侃侃而言，韋小寶一時倒也難以辯駁，心想他二人雖是臺灣降人，卻已得朝廷封爵，欺侮欺侮固然不難，當眞要扳倒他們，皇上只消問得幾句，立時便顯了原形。皇上料到自己是爲師父報仇，非怪罪不可。他心中已自軟了，嘴上卻兀自強硬，說道：「我們昨天抓到一個叛逆，他親口供認要迎鄭王爺回臺灣，難道會是假的？」

馮錫範道：「這種人隨口妄扳，怎作得數？請韋大人提了這人來，咱們上刑部對質。」

韋小寶道：「你要對質？那好得很，妙得很，刮刮叫得很，別別跳得很。」轉頭問鄭克塽道：「鄭王爺，你欠我的錢，到底幾時還淸哪？」

馮錫範聽得韋小寶顧左右而言他，鑒貌辨色，猜想他怕給皇帝知曉，心想這件事已弄到了這步田地，索性放大了膽子，鬧到皇帝跟前。皇帝年紀雖輕，卻十分英明，是非曲直，定能分辨。若不乘此作個了斷，今後受累無窮。實在是給這姓韋的小子逼得讓無可讓了，狗急跳牆，人急懸樑，你逼得我要上吊，大夥兒就拚上一拚。他心念已決，說道：「韋大人、多總管，咱們告御狀去。」

韋小寶嚇了一跳，心想要是告到皇帝跟前，自己吃不了要兜著走，可是這當兒決不能示弱，說道：「很好！把這姓鄭的一併帶了走！把他們兩個先在天牢裏收押起來，讓他們好好享享福，過得一年半載，咱們慢慢的再奏明皇上。」

多隆心下躊躇，鄭克塽是敕封的公爵，跟他討債要錢，那是不妨，眞要逮人，卻非奉到上諭不可，低聲道：「韋大人，咱們先去奏知皇上，再來提人。」

鄭克塽心中一寬，忙道：「是啊，我又沒犯罪，怎能拿我？」

見風使帆原是韋小寶的拿手好戲，當即說道：「是不是犯罪，現在還不知道。你欠我的錢可沒還淸，那怎麼辦？你是還錢呢，還是跟了我走？」

鄭克塽聽得可免於逮捕，一疊連聲的道：「我還錢，我還錢！」忙走進內堂，捧了一疊銀票出來，兩名家丁捧著托盤，裝著金銀首飾。鄭克塽道：「韋大人，卑職翻箱倒籠，張羅了三四萬兩銀子，實在再也拿不出了。」韋小寶道：「再也拿不出了？我不信，兄弟陪你進去找找。」鄭克塽道：「這個……這個……那可不大方便。」

馮錫範大聲道：「我們又沒犯了王法，韋大人要抄我們的家，是奉了聖旨呢，還是有刑部大堂的文書？」

韋小寶笑道：「這不是抄家。鄭王爺說再也拿不出了，我瞧他還拿出得很。只怕他金銀珠寶，還有大批刀槍武器、甚麼龍椅龍袍，收藏在地窖秘室之中，一時找不到，大夥兒就給他幫忙找找。」

鄭克塽忙道：「刀槍武器、龍椅龍袍甚麼的，我……我怎敢私藏？再說，卑職只是……只是公爵，『王爺』的稱呼，是萬萬不敢當的。」

韋小寶對多隆道：「多大哥，請你點一點，一共是多少錢。」

多隆和兩名侍衛點數銀票，說道：「銀票一共是三萬四千三百兩銀子，還有些挺不值錢的首飾，不知怎生作價。」

韋小寶伸手在首飾堆裏翻了幾下，拿起一枚金鳳釵，失驚道：「啊喲，多大哥，這是違禁的物事啊，皇上是龍，正宮娘娘是鳳，怎……怎麼鄭王爺的王妃，也戴起金鳳釵來？」

馮錫範更加惱怒，大聲道：「韋大人，你要鷄蛋裏找骨頭，姓馮的今日就跟你拚了。普天下的金銀首飾鋪子，那一家沒金鳳釵？北京城裏官宦之家的女眷，那一個不戴金鳳釵？」韋小寶道：「原來馮大人看遍了北京城裏官宦之家的女眷，嗯，你說那一家的太太小姐最為美貌？嘖嘖嘖，厲害，厲害，看了這麼多人家的女眷，眼福不淺。康親王的王妃，兵部尚書明珠大人的小姐，你都見過了嗎？」馮錫範氣得話也說不出來，心裏也眞有些害怕，知道這少年和當朝權貴個個交好，倘若將這番話加油添醬的宣揚出去，自己非倒大霉不可。

鄭克塽連連打躬作揖，說道：「韋大人，一切請你擔待，卑職向你求個情。」

韋小寶見幾句話將馮錫範嚇得不敢作聲，順風旗已經扯足，便哈哈一笑，說道：「多大哥，兄弟的面子，比起你來可差得遠了，多大哥來討債，討到了二百多萬兩銀子，兄弟親自出馬，卻不過這麼一點兒。」鄭克塽道：「實在是卑職家裏沒有了，決不敢……決不敢賴債不還。」韋小寶道：「咱們走罷！過得十天半月，等鄭王爺從臺灣運到了金銀，再來討帳便是。」說著站起身來，走出廳去。

馮錫範聽得韋小寶言語之中，句句誣陷鄭克塽圖謀不軌，仍在和臺灣的舊部勾結，這是滅族的大罪，若不辯明，一世受其挾制，難以做人，朗聲道：「我們奉公守法，不敢行錯踏差了半步。今日韋大人、多總管在這裏的說話，我們須得一五一十的奏明皇上。否則的話，天地雖大，我們可沒立足之地了。」

韋小寶笑道：「要立足之地麼？有的，有的。鄭王爺、馮將軍回去臺灣，不是有一塊大大的立足地麼？你們兩位要商議立足的大事，我們不打擾了。」攜了多隆之手，揚長出門。

韋小寶回到府中，當即開出酒筵，請衆侍衛喝酒。多隆命手下侍衛取過四隻箱子，打了開來，都是金銀珠寶以及一疊疊的銀票，笑道：「討了幾個月債，鄭克塽這小子的家產，一大半在這裏了。韋兄弟，你點收罷。」

韋小寶取了一疊銀票，約有十幾萬兩，說道：「這狗賊害死了我師父，偏生皇上封了他爵位，這仇是報不得了。多謝大哥和衆位兄弟治得他好慘，代兄弟出了這一口惡氣。我師父沒家眷，兄弟拿這筆錢，叫人去臺灣起一座大大的祠堂，供奉我師父。餘下的便請大哥和衆位兄弟分了罷。」

多隆連連搖手，說道：「使不得，使不得。這是鄭克塽欠兄弟的錢。你只消差上幾名親兵，每日裏上門討債，也不怕他不還。我們給你辦一件小小差使，大家是自己人，怎能要了你的？」韋小寶笑道：「不瞞大哥說，兄弟的家產已多得使不完，好朋友有錢大家使，又分甚麼彼此？」

多隆說甚麼也不肯收，兩人爭得面紅耳赤，最後衆侍衛終於收了一百萬兩銀子的「討債費」，另外三十萬兩，去交給驍騎營的兄弟們分派，餘下的多隆親自捧了，送入韋府內堂。衆侍衛連著在宮裏值班的，大家一分，每人有幾千兩銀子。人人興高采烈，酒醉飯飽之餘，便在公爵府花廳上推牌九、擲骰子的大賭起來。既是至好兄弟，韋小寶擲骰也就不作弊了。

賭到二更時分，韋小寶向多隆道：「多大哥，兄弟還要求你一件事。」多隆手氣正旺，心情大佳，笑道：「好，不管甚麼事，只要你吩咐。」但隨即想起一事，說道：「就只一件不成！那個罵街的瘋子，皇上吩咐了要我嚴加看管，明天一早由你監斬。倘使我徇私釋放，皇上就要砍我頭了。」

韋小寶想託他做的，便正是這件事，那知他話說在前頭，先行擋回，心想：「皇上神機妙算，甚麼都料到了。連一百萬兩銀子都買不到茅大哥一條命。」心中惱恨，便又想去鄭克塽家討債，但一想到鄭克塽那副衰頽的模樣，覺得儘去欺侮這可憐蟲也沒甚麼英雄，一轉念間，說道：「那瘋子是皇上親自吩咐了的，我便有天大膽子，也不敢放他。今日咱們去討債，那鄭克塽倒也罷了，他手下那個馮錫範，媽巴羔子的好不厲害，咱們可都給他欺了。兄弟想起來，這口氣當眞嚥不下。」

幾名侍衛在旁聽了，都隨聲附和，說道：「咱們今日見著，人人心裏有氣。韋大人不用煩惱，大夥兒這就找上門去。他一個打了敗仗的降將，竟膽敢在北京城裏逞強，這般無法無天的，咱們還用混嗎？」衆侍衛越說越怒，都說立時去拆了馮錫範的伯爵府。

韋小寶道：「咱們去幹這龜兒子，可不能明著來，給言官們知道了，奏上一本，御前侍衛的名聲也不大好。」多隆忙道：「是，是，兄弟顧慮得很對。」韋小寶道：「多大哥也不用親自出馬，便請張大哥和趙大哥兩位帶了人去。」向張康年和趙齊賢道：「你們冒充是前鋒營泰都統的手下，有緊急公事，請馮錫範那龜兒子商議。他就算心中起疑，卻也不敢不來。走到半路，便給他上了腳鐐手銬，眼上蒙了黑布，嘴裏塞了爛布，在東城西城亂兜圈子，最後才兜到這裏來。大夥兒狠狠揍他一頓，剝光他衣衫，送去放在泰都統姨太太的床上。」

眾侍衛鬨堂大笑，連稱妙計。御前侍衛和前鋒營的官兵向來不和，碰上了常常打架。前鋒營的統領本是阿赤濟，那日給韋小寶用計關入了大牢，後來雖放了出來，康熙怪他沒用，辦事不力，已經革職，現下的都統姓泰。多隆和泰都統明爭暗鬥，已鬧了好久，只是誰也奈何不了誰。

多隆更加心花怒放，說道：「老泰這傢伙怕老婆，娶了妾侍不敢接回家去。他新娶的第八房姨太太住在甜水井胡同，老泰晚上不去住宿。咱們把馮錫範剝得赤條條的，放在他新姨太太的床上，老泰非氣個半死不可。他就算疑心是咱們搞的鬼，大夥兒只要不洩漏風聲，他也無可奈何。」

當下眾侍衛除去了身上的侍衛標記，嘻嘻哈哈的出門而去。

韋小寶和多隆在廳上飲酒等候。韋小寶手下的親兵不斷打探了消息來報：衆侍衛已到了「忠誠伯府」門前，自稱是前鋒營的，打門求見；馮錫範出來迎接，要請衆人入內喝茶；張康年說奉泰都統之命，有臺灣的緊急軍情，請他即刻去會商；馮錫範已上了轎，衆侍衛擁著去了西城；衆侍衛已將馮錫範上了銬鐐，將他隨帶的從人也都抓了起來；一行人去了北城，九門提督的巡夜喝問，趙齊賢大聲回答是前鋒營的，馮錫範在轎裏一定聽得淸淸楚楚；衆人向著這邊府裏來了……

過得一炷香時分，衆侍衛押著馮錫範進來。張康年大聲道：「啓稟泰都統：犯官馮錫範帶到。」韋小寶右手揑緊拳頭，作個狠打的姿勢。衆侍衛叫道：「犯官馮錫範勾結叛逆，圖謀不軌。泰都統有令，重重拷打。」當即拳打腳踢，往他身上招呼。

馮錫範武功極高，爲人又甚機警，當衆侍衛冒充前鋒營官兵前來相請之時，他便瞧出路道不對，若要逃走，衆侍衛人數雖多，卻也定然拿他不住。但他投降後得封伯爵，心想對方縱使有意陷害，皇帝英明，總可分辯，要是自己脫身而走，不免坐實了畏罪潛逃的罪名，從此尊榮爵祿，盡付流水，是以一直不加抗拒，給上了銬鐐。只因貪圖富貴，以致身爲當世武功高手，竟給衆侍衛打得死去活來。

眼見他鼻孔流血，內傷甚重，韋小寶甚感痛快，殺師父之仇總算報了一小半，再打下去只怕便打死了，當即搖手制止，命親兵剝光他衣衫，用一條毛氈裹住。這時馮錫範已然奄奄一息，人事不知。

多隆笑道：「這就到老泰的八姨太家去罷。」趙齊賢笑道：「最好把老泰的八姨太也剝光了，將兩人綑在一起。」眾侍衛大樂，轟然叫好。多隆要瞧泰都統的八姨太給剝光了衣衫的模樣，笑道：「這次我來帶隊。」

一行人抬了馮錫範正要出發，忽然兩名親兵快步進來，向韋小寶稟報：「啓稟大人：甜水井泰都統的外宅，這會兒鬧得天翻地覆，正在打大架。」

眾人都吃了一驚，均想：「怎麼洩漏了風聲？泰都統有了防備，這件事可要糟糕。」

韋小寶問道：「甚麼人打大架？」一名親兵道：「小人等一共八人，奉了大人將令，在甜水井胡同前後打探，忽然見到一隊娘子軍，總有三四十人……」韋小寶皺眉道：「甚麼娘子軍？」那親兵道：「回大人：這一大隊人都是大腳女人，有的拿了趕麵棍兒，有的拿了洗衣棒，還有拿著門閂扁擔，衝進泰都統的外宅，乒乒乓乓的亂打，把一個花不溜秋的小娘子拉了出來，用皮鞭狠狠的抽。」韋小寶道：「這可奇了！再探。」兩名親兵答應了出門。

第二路探子跟著來報：「回大人：泰都統騎了快馬，已趕到甜水井胡同。他衣服也沒穿好，左腳有靴子，右腳卻是赤腳。原來率領娘子軍攻打甜水井胡同的，便是泰都統夫人。」

眾人一聽，鬨堂大笑，才知是泰都統夫人喝醋，去抄打他的外宅。

那親兵說到這裏，也忍不住笑，又道：「那位太太抓住了泰都統，劈臉就是噼噼啪啪兩個耳括子，跟著又是一腳，好不厲害。泰都統打躬作揖，連說：『太太息怒！』」

多隆手舞足蹈，說道：「這一下可有得老泰受的了。」

韋小寶笑道：「大哥，你快帶領人馬，趕去勸架。這一下老泰給你揪住了小辮子，保管他前鋒營從今而後，再也不敢跟咱們御前侍衛作對。」

多隆給他一言提醒，大喜之下，伸手在自己額頭用力一鑿，笑道：「我這胡塗蛋！這麼好的機會也不抓住。多謝兄弟指點。弟兄們，大夥兒去瞧熱鬧啊。」率領眾侍衛，向甜水井胡同急奔而去。

韋小寶瞧著躺在地下的馮錫範，尋思：「這傢伙怎生處置才是？放了他之後，他必定要去稟告皇上。就算拿不到我把柄，皇上也必猜到是我作的手腳。」背負雙手，在廳上踱來踱去，又想：「天一亮，就得去殺茅大哥，可有甚麼法子救他性命？『大名府劫法場是不行的，法場，法場……」

突然之間，想起了一齣戲來：「〈法場換子〉！對了，薛剛闖了禍，滿門抄斬，有個徐甚麼的白鬍子老頭兒，把自己的親生兒子，在法場換了一個薛甚麼的娃娃出來……」

他看過的戲文著實不少，劇中人的名字不大說得上來，故事卻記得淸淸楚楚的。一想到〈法場換子〉，跟著又想起了另外一齣戲來：「〈搜孤救孤〉！這故事也差不多，有個叫做程嬰的黑鬍子，把自己的兒子去調換了主子的兒子，讓兒子去殺頭，救了小主人的性命。乖乖不得了，幸虧茅大哥的年紀跟我兒子不一樣，否則的話，要我將虎頭、銅鎚送上法場殺頭，換了茅大哥出來，雖說朋友義氣爲重，這種事情我可是萬萬不幹的。很好，很好！」向著躺在地下的馮錫範重重踢了一腳，說道：「你運氣不壞，韋大人這就收了你做乾兒子。韋大人的親兒子捨不得換，乾兒子就馬馬虎虎。」

當即叫了親兵隊長進來，密密囑咐一番，賞了他一千兩銀子，另外又有一千兩銀子，命他去分給辦事的其餘親兵。那隊長躬身道謝，說道：「大人放心，一切自會辦得妥妥貼貼，決不有誤。」

韋小寶安排已畢，回進內堂。七個夫人和兒女都給太后召進皇宮去了，屋裏冷冷淸淸，和衣在床上躺了一會，不久天便亮了。

辰牌時分，宮裏傳出旨來：「江洋大盜茅十八大逆不道，辱罵大臣，著即斬首，命撫遠大將軍、一等鹿鼎公韋小寶監斬。」

韋小寶接了上諭，在府門外點齊了親兵，只見多隆率領了數十名御前侍衞，押著茅十八而來。

茅十八目青鼻腫，滿臉是血，顯是受了苦刑。他一見韋小寶便破口大罵：「韋小寶，你這不要臉的小漢奸，今日你做老子的監斬官，老子死得一點不冤。誰叫我當日瞎了眼睛，從揚州的婊子窩裏，把你這小漢奸帶到北京來？」衆親兵大聲吆喝，茅十八卻越罵越兇。

韋小寶不去理他，問多隆道：「老泰怎樣了？」多隆笑道：「昨晚我趕到時，老泰已給他夫人抓得滿臉都是血痕。他一見到我，這份狼狽樣兒可有得瞧的了。我做好做歹，勸住了他夫人，又把他八姨太接到我家裏，讓兩個小妾相陪。老泰千恩萬謝，感激得了不得。」

韋小寶笑問：「這位八姨太相貌怎樣？」多隆大拇指一翹，說道：「嘿嘿，了不起！」韋小寶笑道：「你可不能見色起意，乘火打劫！」多隆哈哈大笑，道：「兄弟你放一百二十個心，你大哥那能這麼不長進？老泰雖是我對頭，這種事情你大哥是決計不幹的。」

當下兩人押著茅十八，往菜市口法場而去。多隆騎馬，韋小寶則乘了一輛大馬車。茅十八坐在開頂的牛車之中，雙手反綁，頸中揷了一塊木牌，寫道：「立斬欽犯茅十八一名」。牛車自騾馬市大街向西，衆百姓紛紛聚觀。茅十八沿途又叫又唱，大喊：「老子十八年後，又是一條好漢。所以名叫茅十八，早知道是要殺頭的。」街邊百姓大聲喝采，讚他：「有種，是硬漢子。」

來到騾馬市大街和宣武門大街交叉十字路口的菜市口法場，韋小寶的親兵早已連夜搭好了蓆棚，棚前棚後，守衛得極爲嚴密。多隆奉了康熙的囑咐，生怕天地會要劫法場，已知會九門提督，派了兩千名官兵在法場四周把守。

茅十八凜然站在法場中心，大叫：「咱們都是大漢百姓，花花江山卻給韃子佔了，總有一日，要把韃子殺得乾乾淨淨！」

韋小寶下車進棚，馬車停在棚邊。韋小寶升座，請多隆坐在一旁。多隆皺眉道：「這犯人儘說大逆不道的瞎話，在這裏煽動人心，咱們儘快把他斬了罷。」韋小寶道：「是。」喝道：「帶犯人！」四名親兵將茅十八推進棚來，要按他跪倒，茅十八說甚麼也不肯跪。韋小寶道：「不用跪了。」轉頭向多隆道：「大哥，驗明正身，沒錯罷？」多隆道：「沒錯！」

韋小寶道：「驗明正身，立斬欽犯茅十八一名。」提起硃筆，在木牌上畫了個大圈，摔了出去。一名親兵拾起木牌，將茅十八拉了出去。

韋小寶道：「多大哥，我給你瞧一樣好玩的物事。」說著從衣袖中取出一疊手帕來，遞到多隆面前，手帕上繡的是一幅春宮圖，圖中男女面目俊美，姿態生動。多隆一見之下，目光登時給吸住了，翻過一塊手帕，下面一塊帕子上繡的又是另外一幅春宮，姿勢甚是奇特。多隆笑道：「這模樣倒古怪得緊。」一連翻下去，每塊帕子上所繡的人物姿態愈出愈奇，有一男二女者，有二男三女者。多隆只看得血脈賁張，笑道：「兄弟，這寶貝兒是那裏來的？你給哥哥也買上一套。」韋小寶笑道：「這是兄弟孝敬大哥的。」多隆如獲至寶，眉花眼笑的連聲多謝，將一疊手帕珍而重之的收入懷中。

便在這時，外面砰砰砰連放三炮，親兵隊長進來稟告：「時辰已到，請大人監斬。」韋小寶道：「好！」站起身來，拉著多隆的手，走到棚外。只見茅十八垂頭喪氣的跪在法場之中，便如昏迷了一般。鼓手擂起鼓來，鼓聲一停，披紅掛綵的劊子手舉起手臂，靠在下臂的鬼頭刀向前一推，登時將犯人的腦袋切下，左足飛出，踢開腦袋。犯人身子向前一倒，脖子中鮮血狂噴。

多隆道：「差事辦成了，咱們別過了罷。我要去見皇上覆旨。」韋小寶哽咽道：「多大哥，這人跟我挺有交情，實在是皇上的嚴旨，救他不得，唉！」說著以袖拭淚，抽抽噎噎的哭了起來。多隆嘆道：「兄弟很夠義氣。你好好收殮了他，給他安葬，那也很對得起死者了。」韋小寶應了一聲，哭泣不止。

韋小寶以衣袖拭淚，其實是將袖中備下的生薑揉擦雙眼，辣得眼睛通紅，流淚不止，心中暗暗好笑，慶幸計策成功。多隆又安慰了幾句，送他上了車，這才上馬而去。眾親兵簇擁著馬車，逕回公爵府。另有幾名親兵以草蓆捲起犯人屍首，放入早就備在一旁的棺材，蓋上棺蓋釘實。

觀斬的衆百姓紛紛議論，都說茅十八臨死之前還敢破口大罵，當眞是英雄好漢，也有怕事的便出言訶責，說這欽犯大逆不道，決不可讚他，以免惹禍上身。

韋小寶來到府門前下車，那輛馬車逕自向南，出了北京城，一直往南，向揚州而去。

韋小寶進宮覆旨。康熙即行召見。他得多隆回報，知韋小寶監斬茅十八時曾流淚不止，這時見他雙目紅腫，心下微感歉仄，又想他忠心爲主，很是難得，溫言慰撫了幾句，說道：「小桂子，你抓來的那些羅剎兵，大多數求我釋放回國，我都已放了，卻有二百多名願意留居中國，他們說中國天氣溫暖，吃得又好！」

韋小寶道：「北京比莫斯科熱鬧好玩，跟隨皇上辦事，又比跟隨那兩個不中用的羅剎小沙皇，風光多了。」康熙微笑道：「我將這批羅剎兵編爲兩個『俄羅斯佐領』。這兩隊兵，就撥歸你統帶罷。你可得好好管束，不許他們在京裏生事。」韋小寶大喜，跪下謝恩。

出得宮來，兩隊羅剎兵已在太和門外金水橋邊侍侯。羅剎兵穿了新製的淸兵服色，光鮮合身，倒也神氣。韋小寶吩咐：每人賞銀二十兩，給假三天。羅剎兵大叫「烏拉」不已。

終康熙之世，這兩隊羅刹兵一直在清軍中服役，忠心不貳。外國使臣前來北京，見到中國皇帝役使羅刹官兵，無不心中敬畏。直到衆羅刹兵逐漸老死，「俄羅斯佐領」的編制方始裁撤。（按：關於被俘羅刹兵編入清軍詳情，具見俞正變《癸巳類稿》卷九〈俄羅斯佐領考〉。蕭一山《清代通史》云：「俘獻京師，玄燁赦之，編爲佐領，是爲俄羅斯族兵，其苗裔今有存者云。」則俄羅斯兵有和中國女子通婚而生育子女者。）

韋小寶回到府中，公主和其餘六位夫人、三名子女都已從宮中出來，人人得了太后不少賞賜，公主卻愀然不樂。

韋小寶一問，原來太后對七個夫人一視同仁，公主雖是她親生女兒，卻無半句較親熱的言語。韋小寶自然明白其中緣故，暗想：「太后沒對你特別不好，已是瞧在你老公份上了。」說道：「太后是很識大體的，只怕對你特別好了，六個姊妹吃醋。」公主怒道：「她是我親娘，對我好些，難道她們也會吃醋？」韋小寶摟住她，笑道：「我對你特別好些，瞧她們吃不吃醋？」衆夫人嘰嘰喳喳，笑成一團。公主是直性子人，大家一鬧，也就釋然了。

此後十多天中，王公大臣一個個設宴和韋小寶慶功道賀，聽戲賭錢，更無虛夕。

這一日多隆來訪，說起馮錫範失蹤了十多天，他家人已告上了順天府。多隆低聲問道：「兄弟，那晚咱們痛打了他一頓，後來怎樣了？」韋小寶道：「後來就送他回家了，這傢伙到那裏去啦？」多隆道：「不是你殺了他？」韋小寶道：「若是我殺了他，你一定也在旁瞧著。多大哥，你有沒瞧見？」多隆忙道：「沒有，沒有！咱們只狠狠打了他一頓，那裏殺他了？」韋小寶道：「是啊。兄弟自從奉旨帶兵後，雖已交卸了副總管的差使，但只要是御前侍衛們幹的事，不論有甚麼干係，兄弟仍然跟大哥一起擔當。」

多隆微笑道：「亂子是不會有的。馮家咬定那晚是前鋒營老泰派人來接他去的，後來就沒回家。順天府親自去拜訪老泰，問起那晚的事。老泰好不尷尬，支支吾吾的不願多說，後來老羞成怒，大發脾氣，順天府也不敢查了。」說著站起身來，拍拍韋小寶的肩頭，笑道：「兄弟，你是福將。那想到事情會有這麼湊巧，老泰的夫人遲不遲、早不早，偏偏會在這一晚心血來潮，率領娘子軍去攻打甜水井胡同。這一來，甚麼事都教老泰給擔當了去。」他心中料定，馮錫範定是暗中給韋小寶殺了，這件事自己雖然也擔了些干係，但嫁禍於前鋒營泰都統，卻大合己意。

他那裏知道，泰都統夫人不遲不早於那時出師，並非湊巧，而是韋小寶算準時刻，派人向她通風報信的。他自然更加不會知道，韋小寶派了親兵，在監斬的蓆棚中搭了複壁，將馮錫範藏於其內。待驗明茅十八正身，牽出蓆棚之時，韋小寶拿出春宮手帕來，引開了多隆的目光，手下親兵立即將茅十八和馮錫範二人掉了包。其時馮錫範昏迷不醒，滿臉是血，衣著打扮和茅十八一模一樣，在法場中低頭而跪，立即斬首，馮茅二人面貌身材雖然有異，卻誰也沒有發覺，劊子手所殺的，其實是馮錫範的頭。

親兵將茅十八抱入緊靠蓆棚的韋大人座車，塞住了他嘴巴，馬不停蹄的送往揚州，過了黃河才跟他說明眞相，又送了他三千兩銀子。茅十八死裏逃生，銳氣大挫，又覺韋小寶拚了性命救他，並非不講義氣之人，自也不會聲張出來了。

韋小寶連日酬酢，也有些膩了，記掛著天地會的兄弟，心想皇帝的手段越來越厲害，自己在公爵府享福，青木堂的衆兄弟可別讓皇帝給一網打盡了，須得商量個計較才是。於是扮作個富家公子模樣，要雙兒扮作了親隨，兩人來到天橋，在人叢中混了半個時辰，便見徐天川背著藥箱，坐在一家小茶館中喝茶。

韋小寶當即走進茶館，在徐天川的座頭上坐了下來，低聲叫道：「徐三哥！」徐天川霍地站起，怒容滿臉，大踏步走了出去。韋小寶一愕，跟了出去，見徐天川儘往僻靜處走去，當下和雙兒遠遠跟隨在後。

徐天川穿過三條胡同，經過兩條小街，來到一條小巷子前，巷口兩株大銀杏樹。他走進巷子，到第五家屋子的大門上打了幾下。板門開處，樊綱迎了出來。他一見到韋小寶，一怔之際，也是怒容滿臉。韋小寶走上前去，笑道：「樊大哥，你好！」樊綱哼了一聲，並不答話。徐天川板起了臉，問道：「韋大人，你是帶了兵馬來捉我們嗎？」

韋小寶忙道：「徐三哥怎……怎麼開這個玩笑？」樊綱快步走到小巷外一張，回進屋來，關上了門。韋小寶和雙兒跟著二人穿過院子，來到大廳，只見李力世、祁彪清、玄貞道人、高彥超、錢老本等一干人都聚在廳上。衆人一見韋小寶，都「啊」的一聲，站起身來。

韋小寶拱手道：「衆位哥哥，大家都好。」玄貞道人怒道：「我們還沒給你害死，總算還不錯！」唰的一聲，拔出了腰間佩劍。韋小寶退了一步，顫聲道：「你……你們爲甚麼對我……對我這樣？我又沒做……做甚麼對不起你們的事？」

玄貞道人大聲怒道：「總舵主給你害死了，風二哥也給你害死了，前幾天你又殺了茅十八！我……我們恨不得抽你的筋，剝你的皮。」韋小寶大急，忙道：「沒……沒有的事，那都是假的。」玄貞搶上一步，左手抓住了他衣襟，厲聲道：「我們正想不出法子來殺你，你……你這小漢奸今日上門送死，眞是總舵主在天有靈。」

韋小寶見情勢不對，回過頭來，便想施展「神行百變」功夫，溜之大吉，卻見徐天川和樊綱二人手執兵刃站在身後，只得說道：「大家自己兄弟，何必……何必這樣性急？」玄貞道：「誰跟你這小漢奸稱兄道弟？你這小鬼花言巧語，沒甚麼好聽的。先剖了你的狼心狗肺出來，祭了總舵主和風二哥再說。」左臂一縮，將他拉近身去。韋小寶大叫：「冤枉，冤枉哪！」

雙兒眼見危急，從懷裏取出羅刹短銃，打火點燃藥引，向著屋頂砰的一聲，放了一槍，屋中登時煙霧瀰漫，隨即抓住韋小寶後心，用力一扯。玄貞當年吃過西洋火器的大苦頭，父兄都死於火器之下，一聽到槍聲，心頭大震，韋小寶便給雙兒奪了去。

雙兒躍向屋角，擋在韋小寶身前，以短銃銃口對著衆人，喝道：「你們講不講理？」

玄貞紅了雙眼，叫道：「大夥兒上，跟他們拚了！」提劍便欲搶上。錢老本伸手拉住，說道：「道長，且慢！」向雙兒道：「你有甚麼道理，說來聽聽。」

雙兒道：「好！」於是將韋小寶如何爲了相救陳近南及衆家好漢而出亡、如何給神龍教擄向通吃島、陳近南如何爲鄭克塽和馮錫範二人所殺、風際中如何陰謀敗露而給自己轟斃、康熙如何一再命令韋小寶剿滅天地會而他決不奉旨、最近又如何法場換人搭救茅十八等情，一一說了。她並非伶牙俐齒之人，說得殊不動聽，但羣豪和她相處日久，素知她誠信不欺，又見她隨口說來，沒絲毫躊躇，種種情由決非頃刻之間捏造得出，韋小寶爲了救護衆人而棄官出亡，伯爵府爲大砲轟平，衆人盡皆親歷，再細想風際中的行事，果然一切若合符節，不由得都信了。

玄貞道：「既是這樣，韃子皇帝的聖……聖……他媽的聖旨之中，怎麼又說是韋香主害死了總舵主？」他改口稱爲「韋香主」，足見心中已自信了九分。雙兒搖頭道：「這個我就不懂了。」祁彪淸道：「這是韃子皇帝的陰謀，要韋香主跟本會一刀兩斷，從今而後，死心塌地做韃子的大官。」

徐天川道：「祁兄弟的話不錯。」還刀入鞘，雙膝一曲，便向韋小寶跪下，說道：「我們一批胡塗蟲魯莽得緊，得罪了韋香主，罪該萬死，甘領責罰。」其餘羣豪跟著一起跪下。玄貞連打自己耳光，罵道：「該死，該死！」

韋小寶和雙兒忙跪下還禮。韋小寶驚魂方定，說道：「衆位哥哥請起，常言道不知者不罪。一時誤會有甚麼打緊？」羣豪站起身來，又一再道歉。韋小寶這時可得意了，手舞足蹈，述說往事。他的敘述自然精采生動，事事驚險百出，但在羣豪聽來，卻遠不如雙兒所說的可信。

羣豪交頭接耳的低聲商議了一會，李力世道：「韋香主，總舵主不幸為奸人所害，天地會羣龍無首，十堂兄弟一直在商議推舉總舵主的事。咱們青木堂兄弟想推你為總舵主。只是怕其餘九堂的兄弟們不服，又或心有疑忌，大夥兒想請你去立一件大功。」

韋小寶連連搖手，說道：「總舵主我是決計做不來的。」但好奇心起，問道：「卻不知要我立甚麼大功？」李力世道：「三藩之亂已定，臺灣又給韃子佔了，北方羅剎人也已給韋香主打退，咱們反淸復明的大業，可越來越難了。」韋小寶嘆了口氣，道：「是啊。」心中卻道：「既然很難，大家就偷偷懶，不幹反淸復明了罷。」

李力世道：「韃子皇帝年紀雖輕，卻十分精明能幹，又會收羅人心。天下百姓對前朝已漸漸淡忘。再這般拖得幾年，只怕韃子的江山就坐穩了。」韋小寶又嘆了口氣，道：「是啊。」心道：「小玄子坐穩江山，也沒甚麼不好啊。」李力世道：「韋香主很得皇帝寵信，大夥兒想請你定個計策，帶著衆兄弟混進宮去，刺死韃子皇帝。」

韋小寶大驚，顫聲道：「這……這件事可辦不到。」樊綱道：「請問韋香主，不知道中間有甚麼困難？」韋小寶道：「皇宮裏的侍衛多得很，又有驍騎營、前鋒營、護軍營、火器營、健銳營、虎槍營等等保駕，乖乖不得了。單是侍衛，就有御前侍衛、乾清門侍衛、三旗侍衛。當日神拳無敵歸辛樹老爺子這等英雄了得，尚且失手斃命，何況是我？要行刺皇上，那可難上加難。」

羣豪聽他一口拒絕，已是不悅，又聽他口稱「皇上」，奴氣十足，更人人臉有怒色。

樊綱向衆兄弟瞧了一眼，對韋小寶道：「韋香主，行刺韃子皇帝當然極難，然而由你主持大局，卻也不是絕無成功的指望。我們兄弟進得宮去，那是沒一人想活著出來的了，卻無論如何要保得韋香主平安。你曾爲本會立了不少大功，本會十數萬兄弟之中，沒一人及得上你。天地會和韃子不共戴天。今後反淸復明的重擔子，全仗韋香主挑起。」

韋小寶搖頭道：「這件事我是決計不幹的。皇上要我滅了天地會，我不肯幹，那是講義氣。你們要我去刺殺皇帝，我也不幹，那也是講義氣。」

玄貞怒道：「你是漢人，卻去跟韃子皇帝講義氣，那不是……不是漢……」他本想罵出「漢奸」兩字來，終於強行忍住。樊綱道：「這件事天大地大。韋香主難以即刻答允，那也是情理之常。請你仔細想想，再吩咐大夥兒罷。」

韋小寶忙道：「好，好。我去仔細想想，我去仔細想想。」

徐天川見他毫無誠意，說道：「只盼韋香主不可忘了故總舵主的遺志，不可忘了亡國的慘禍，凡我漢人，決不能做韃子的奴才。」韋小寶道：「對，對。那是不能忘的。」羣豪知他言不由衷，均各默然。

韋小寶瞧瞧這個，望望那個，笑道：「衆位哥哥怎麼不說話了？」羣豪仍均不作聲。韋小寶甚感沒趣，猶似芒刺在背，說道：「那麼今天咱們暫且分手，待我回去仔細想想，再跟衆位大哥商量。」說著站起身來。羣豪送到巷口，恭恭敬敬的行禮而別。

注：臺灣鄭氏降清後，康熙對臺灣王臣一直保護周全，直至後世，並無變更。韋小寶欺壓鄭克塽、馮錫範，乃小說家言，並非事實。

運河東西兩岸各有數十騎奔馳而來，追上了官船。跟著兩岸響起噓溜溜的竹哨之聲，此響彼應。只聽得西岸有人長聲叫道：「韋小寶快出來！」

第五十回　鶚立雲端原矯矯　鴻飛天外又冥冥

韋小寶回到府中，坐在廂房裏發悶。到得午後，宮裏宣出旨來，皇上傳見。

韋小寶來到上書房叩見。康熙問道：「馮錫範忽然失了蹤，到底是怎麼一回事？」韋小寶吃了一驚，心道：「怎麼問起我來？」說道：「回皇上：馮錫範失蹤的那天晚上，奴才一直跟多總管和御前侍衛們在一起玩兒，後來聽說前鋒營泰都統把馮錫範找了去，不知怎的，這馮錫範就沒了影子。這些臺灣降人鬼鬼祟祟的，行事古怪得很，別要暗中在圖謀不軌，奴才去仔細查查。」

康熙微微一笑，說道：「好，這馮錫範的下落，就責成你去查問淸楚，剋日回報。我答允過臺灣降人，維護他們周全。這人忽然不明不白的失了蹤，倘若沒個交代，可教我失信於天下了。」韋小寶額頭汗珠滲出，心想：「皇上這話好重，難道他知道是我殺了馮錫範？」只得應道：「是，是。」

康熙又問：「今兒早你去銀杏胡同，可好玩嗎？」韋小寶一怔，道：「銀杏胡同？」隨即想起，天地會羣豪落腳處的巷子口頭，有兩株大銀杏樹，看來這條巷子就叫銀杏胡同，皇帝連胡同的名字也知道了，還有甚麼可隱瞞的？這一下更是全身冷汗，雙腿酸軟，當即跪倒，磕頭道：「皇上明見萬里。總而言之，奴才對你是一片忠心。」

康熙嘆了一口氣，說道：「這些反賊逼你來害我，你說甚麼也不肯答允，你跟我很講義氣，可是……可是小桂子，你一生一世，就始終這樣腳踏兩頭船嗎？」

韋小寶連連磕頭，說道：「皇上明鑒：那天地會的總舵主，奴才是決計不幹的。皇上放一百二十個心。」

康熙又嘆了一口氣，抬起頭來，出神半晌，緩緩的道：「我做中國皇帝，雖說不上堯舜禹湯，可是愛惜百姓，勵精圖治，明朝的皇帝中，有那一個比我更加好的？現下三藩已平，臺灣已取，羅剎國又不敢來犯疆界，從此天下太平，百姓安居樂業。天地會的反賊定要規復朱明，難道百姓在姓朱的皇帝治下，日子會過得比今日好些嗎？」

韋小寶心道：「這個我就不知道了。」說道：「奴才聽打鳳陽花鼓的人唱歌兒，說甚麼：『自從出了朱皇帝，十年倒有九年荒。大戶人家賣田地，小戶人家賣兒郎。』現下風調雨順，國泰民安，皇上鳥生魚湯，朱皇帝跟你差了十萬八千里，拍馬也追不上。」

康熙微微一笑，道：「你起來罷。」站起身來，在書房裏走來走去，說道：「父皇是滿洲人，我親生母后孝康皇后是漢軍旗人，我是一半滿人、一半漢人。我對天下百姓一視同仁，決沒絲毫虧待了漢人，爲甚麼他們這樣恨我，非殺了我不可？」

韋小寶道：「這些反叛大逆不道，胡塗得緊，皇上不用把他們放在心上。」

康熙搖了搖頭，臉上忽有淒涼寂寞之意，過了好一會，說道：「滿洲人有好有壞，漢人也有好有壞。世上的壞人多得很，殺是殺不盡的，要感化他們走上正途，我也沒這麼大的本事。唉，做皇帝嘛，那也難得很。」向韋小寶凝視半晌，道：「你去罷！」

韋小寶磕頭辭出，只覺全身涼颼颼地，原來剛才嚇得全身是汗，內衣內褲都浸濕了，出得宮門，才吁了一口長氣，尋思：「天地會兄弟中又混進了奸細。殺了一個風際中，另外又出了一個。否則的話，他們要我來行刺皇上，他又怎會知道？可不知是誰做奸細？」回到府中，坐下來細細思索，尋不到半點端倪。

又想：「皇上責成我查明馮錫範的下落，瞧皇上的神氣，是懷疑我做的手腳，只不過不大拿得準。這件事又怎生搪塞過去？剛才雙兒在銀杏胡同說到我法場換子，相救茅大哥，幸好我事先沒跟她說是用馮錫範換的，否則這老實丫頭必定順口說了出來，那奸細去稟報了皇上，我這一等鹿鼎公如不連降十七廿八級，我可眞不姓韋了。」

東想西想，甚感煩惱。又覺以前進宮，和康熙說說笑笑，兩個兒都開心得很，現下大家年紀長大了，皇上威嚴日甚，自己許多胡說八道的話，嚇得再也說不出口，這個撫遠大將軍、一等鹿鼎公的大官，做來也沒甚麼趣味，倒不如小時候在麗春院做小廝來得逍遙快活。

心道：「天地會衆兄弟逼我行刺皇上，皇上逼我去剿滅天地會。皇上說道：『小桂子，你一生一世，就始終這樣腳踏兩頭船麼？』他奶奶的，老子不幹了！甚麼都不幹了！」心中一出現「老子不幹了」這五個字，突然之間，感到說不出的輕鬆自在，從懷裏摸出骰子，向桌上一把擲了出去，嘴裏喝道：「要是不幹的好，擲一個滿堂紅！」四粒骰子滾將出去，三粒紅色朝天，第四粒卻是六點，黑得不能再黑。他擲骰之時，本已做了手腳，仍沒擲成。他罵了一句：「他媽的！」拿起骰子又擲。直到第八把上，這才擲成四粒全紅，欣然說道：「原來老天爺要我先給皇上幹七件大事，這才不幹。」

心道：「七件大事早已幹過了。殺鰲拜是第一件，救老皇爺是第二件，五台山擋在皇上身前救駕是第三件，救太后是第四件，第五件大事是聯絡蒙古、西藏，第六件破神龍教，第七件捉吳應熊，第八件舉薦張勇、趙良棟他們破吳三桂，第九件攻克雅克薩……太多了，太多了，小事不算，大事剛好七件，不多不少。」這時也懶得去計算那七件才算是大事，總而言之：「老子不幹了！」

「一不做官，二不造反，那麼老子去幹甚麼？」想來想去，還是回揚州最開心。

一想到回揚州，不由得心花怒放，大叫一聲：「來人哪！」吩咐凊兵取來酒菜，自斟自飲，盤算該當如何，方無後患，要康熙既不會派人來抓，天地會又不會硬逼自己一同造反。要公主陪著自己去揚州花天酒地，她一定不幹，不過要去揚州開妓院，只怕蘇荃、阿珂、方怡、沐劍屏、曾柔她們也都不肯答允。「好，咱們走一步，算一步，老子幾百萬兩銀子的家產，不開妓院也餓不死我，只是沒這麼好玩罷了。」

當晚府中家宴，七位夫人見他笑咪咪的興致極高，談笑風生，一反近日來愁眉不展的情狀，都問：「甚麼事這樣開心？」韋小寶微笑道：「天機不可洩漏。」公主問：「皇帝哥哥升了你的官嗎？」曾柔問：「賭錢大贏了？」雙兒問：「天地會的事沒麻煩了嗎？」阿珂道：「呸，這傢伙定是又看中了誰家姑娘，想娶來做第八房夫人。」韋小寶不住搖頭。

眾夫人問得緊了，韋小寶說道：「我本來不想說的，你們一定要問，只好說了出來。」七位夫人停箸傾聽。韋小寶正色道：「我做了大官、封了公爵，一字不識，實在太也不成樣子。打從明兒起，我要讀書作文章，考狀元做翰林了。」

七位夫人面面相覷，跟著鬨堂大笑。大家都知這位夫君殺人放火、偷搶拐騙，甚麼事都幹，天下唯有一件事是決計不幹的，那就是讀書識字。

次日一早，順天府來拜，說道奉到上官諭示，得悉皇上委派韋公爺查究忠誠伯馮錫範失蹤一事，特地前來侍候，聽取進止。

韋小寶皺起眉頭，問道：「你順天府衙門捕快公差很多，這些天來查到了甚麼線索？」

那知府道：「回公爺：馮伯爵失蹤，事情十分蹺蹊，卑職連日督率捕快，明查暗訪，沒得到絲毫線索，實在著急得不得了。今日得知皇上特旨，欽命韋公爺主持，卑職可比連升三級還要高興。韋公爺是本朝第一位英明能幹大臣，上馬管軍，下馬管民，不論多麼棘手的大事一到公爺手裏，立刻迎刃而解。卑職得能侍候公爺辦這件案子，那眞是祖宗積德。卑職衙門裏人人額手稱慶，都說這下子可好了，我們大樹底下好遮蔭。韋公爺出馬，連羅剎鬼子也給打得落荒而逃，還怕查不到馮伯爺的下落麼？」

韋小寶聽這知府諛詞潮湧，說得十分好聽，其實卻是將責任都推到了自己肩頭，心想：「那馮錫範的屍首不知藏在那裏，今晚可得用化屍粉化了，別讓把柄落在人家手裏。只要沒證據，誰也賴不到我頭上。其實這屍首早該化了，這幾天太忙，沒想到這件事。但皇上面前又怎生交代？皇上交下來的差使，我小桂子不是吹牛，可從來沒有一件不能交差的。」

那知府又道：「忠誠伯夫人天天派人到卑職衙門來，坐在衙門裏不走，等著要人。

卑職當眞難以應付。昨天馮府裏又來報案，說伯爺的一名小妾叫甚麼蘭香的，跟著一名馬伕逃走了，捲去了不少金銀首飾。倘若忠誠伯再不現身，只怕家裏的妾室婢僕，要走得一個也不賸了。」

韋小寶哼了一聲，道：「這馮錫範不知躱在那裏風流快活，你多派人手，到各處窯子裏查查。他吃喝嫖賭的不回家，小老婆跟人逃走了，也算活該。」那知府道：「是，是。按理說，馮伯爺倘若在花街柳巷玩耍，這許多日子下來，也該回去了。」韋小寶道：「那也難說得很。馮錫範這傢伙是個老色鬼，可不像老兄這麼正人君子，逛窯子只逛這麼一天半晚。」那知府忙陪笑道：「卑職不敢，卑職不敢。」

正在這時，忠誠伯馮夫人差了她兄弟送了八色禮物來，說要向韋公爺磕頭，多謝韋公爺出力查案。韋小寶吩咐擋駕不見，禮物也不收。

親兵回報：「回大人：馮家的來人好生無禮，臨去時不住冷笑，說甚麼有冤報冤，有仇報仇；又說皇上已知道了這件事，終究會水落石出，旁人別想隻手遮天，瞞過了聖明天子。回大人：這人膽敢到咱們門口撒野，小的當時就想給他幾個耳括子。」當日法場換人，這名親兵也曾參預其事，聽得馮府來人說話厲害，似乎已猜到了內情，不由得心中發毛。

韋小寶做賊心虛，不由得臉色微變，心想：「這般鬧下去，只怕西洋鏡非拆穿不可。你奶奶，馮錫範自己也給老子殺了，難道老子還怕你一個死鬼的老婆？」

突然間想到了一個主意，登時笑容滿面，向那知府道：「貴府不忙走，你在這裏等一會兒。」回入內堂，叫來親兵隊長，吩咐如此如此。那隊長應命而去。

韋小寶回到大廳，說道：「皇上差我辦這件事，咱們做奴才的，自當盡心竭力，報答聖主。咱們這就到馮家去踏勘踏勘。」那知府一愕，心想：「忠誠伯失蹤，他家有甚麼好踏勘的？」口中連聲答應。韋小寶道：「這樁案子十分棘手，咱們把馮家的大小人等一個個仔細盤問，說不定會有些眉目。」那知府道：「是，公爺所見極是。卑職愚蠢得緊，始終見不及此。」

其實以他小小一個知府，又怎敢去忠誠伯府詳加查問？其實順天府衙門中自上至下，人人都知馮錫範是撫遠大將軍韋公爺的死對頭，此人失蹤，十之八九是韋公爺派人害死了。韋公爺是當朝第一大紅人，手掌兵權印把子，那一個膽邊生毛，敢去老虎頭上拍蒼蠅？辦理這件案子，誰也不會認眞，只盼能拖延日子，最後不了了之。那知府心想：「韋公爺害死了馮伯爵，還要去爲難他的家人。那馮夫人也眞太不識相，派人上門來胡說八道，也難怪韋公爺生氣。」

韋小寶會同順天府知府，坐了八人大轎，來到忠誠伯府，只見數百名親兵早已四下裏團團圍住。進入府中，親兵隊長上前稟報：「回大人：馮家家人男女一共七十九口，都在西廳侍候大人問話。」韋小寶點點頭。那隊長又道：「回大人：公堂設在東廳。」

韋小寶來到東廳，見審堂的公案已經擺好，於是居中坐下，要知府在下首坐著相陪。親兵帶了一個年輕女子過來，約莫二十三四歲年紀，生得姿首不惡，嬝嬝娜娜的在公堂前跪下。韋小寶問道：「你是誰？」那女子道：「賤妾是伯爵大人的第五房小妾。」韋小寶笑道：「請坐，你向我跪下可不敢當。」那女子遲遲不敢起身。韋小寶站起身笑道：「你不起來，我可要向你下跪了。」那女子嫣然一笑，站了起來。韋小寶這才坐下。

那知府心想：「韋公爺對馮家的人倒不兇惡，只不過色迷迷的太不莊重。」

韋小寶問道：「你叫甚麼名字？」那女子道：「我叫菊芳。」韋小寶鼻子嗅了幾下，笑道：「好名字！怪不得你一進來，這裏就是一股菊花香。」菊芳又是一笑，嬌聲道：「公爺取笑了。」韋小寶搖頭擺腦的向她瞧了半晌，問道：「聽說貴府逃走了一個姨娘？」菊芳道：「是啊。她叫蘭香。哼，這賤人好不要臉。」韋小寶道：「老公忽然不見了，跟了第二個男人，嗯，倒也情有可原，未可……未可……」轉頭問知府道：「未可甚麼非哪？」那知府道：「回公爺：是未可厚非。」

韋小寶哈哈一笑，道：「對了，未可厚非。菊芳姊姊，你怎麼又不逃啊？」知府聽了，登時蹙起眉頭，心想：「這可越來越不成話了，怎麼『姊姊』二字都叫了出來？」

菊芳低下頭去，卻向韋小寶拋了個媚眼。

韋小寶大樂，宛然是逛窯子的風光，笑問：「你會不會唱〈十……〉」說到口邊，總算縮得快，轉頭吩咐親兵：「賞這位菊芳姑娘二十兩銀子。」幾名親兵齊聲答應，叫道：「大人有賞。謝賞！」菊芳盈盈萬福，媚聲道：「多謝大爺！」原來她本是堂子裏妓女出身，人家一賞錢，她習慣成自然，把「公爺」叫成了「大爺」。

韋小寶逐一叫了馮家的家人來盤問，都是女的，年輕貌美的胡調一番，老醜的則罵上一頓，說她們沒好好侍候伯爵，以致他出門去風流快活，不肯回家。

問得小半個時辰，親兵隊長走進廳來，往韋小寶身後一站。韋小寶又胡亂問了兩個人，站起身來，說道：「咱們去各處瞧瞧。」帶著知府、順天府的文案、捕快頭目、親兵，一間間廳堂、房間查將過去。

查到第三進西偏房裏，眾親兵照例翻箱倒籠的搜查。一名親兵突然「啊」的一聲，從箱子底下搜出一柄刀來，刀上有不少乾了的血漬。他一膝半跪，雙手舉刀，說道：「回大人：查到兇器一把。」

韋小寶嗯了一聲，道：「再查。」對知府道：「老兄你瞧瞧，刀上的是不是血漬？」知府接過刀來，湊近嗅了嗅，果然隱隱有血腥氣，說道：「回公爺：好像是血。」韋小寶道：「這刀的刀頭上有個洞，那是甚麼刀啊？」順天府的一名文案仔細看一會，道：「回公爺：這是切草料的鍘刀，是馬厩裏用的。」韋小寶點頭道：「原來如此。」

親兵隊長吩咐下屬，去挑一擔水來，潑在地下。韋小寶問道：「這幹甚麼？」那隊長道：「回大人：倘若甚麼地方掘動過，泥土不實，便會很快滲水進去。」話猶未了，床底下的水迅速滲入土中。衆親兵齊聲歡呼，抬開床來，拿了鶴嘴鋤和鐵鏟掘土，片刻之間，掘了一具屍首出來。

那具屍身並無腦袋，已然腐臭，顯是死去多日，身上穿的是伯爵公服，那知府一見，便叫了起來：「這……這是馮爵爺！」

韋小寶問道：「是馮錫範嗎？你怎麼認得？」那知府道：「是，是。須得找到了腦袋，方能定案。」轉頭問身邊的捕快頭目：「這是甚麼人住的房子？」

那頭目道：「小人立刻去問。」去西廳叫了一名馮家人來一問，原來這房本是逃走的蘭香所住。那捕快頭目道：「啓稟公爺，啓稟府台大人：兇刀是馬厩中切草料的鍘刀，拐帶蘭香捲逃的是本府的馬伕邢四，待小人去馬厩查查。」

衆人到馬厩中去一搜，果然在馬槽之下的土中掘出了一個人頭。請了馮夫人來認屍，確是馮錫範無疑。當下仵作驗定：馮錫範爲人刀傷、身首異處而死。

這時馮府家人都從西廳中放了出來，府中哭聲震天，人人痛罵邢四和蘭香狠心害主。消息傳了出去，不到大半日，北京城裏到處已說得沸沸揚揚。

那知府又慚愧，又感激，心想若不是韋公爺迅速破案，只怕自己的前程大大有礙，沒口的稱謝之餘，一面行下海捕公文，捉拿「戕主逃亡」的邢四和蘭香，一面申報上司。

只有那捕快頭兒心中犯疑，見屍身斷頸處切得整整齊齊，似是快刀所斷，不像是用切草料的鍘刀切的，又見藏屍和藏頭處的泥土甚爲新鮮，顯是剛才翻動過的，不是已埋了十多天的模樣。但韋公爺給他破了一件大案，上頭犒賞豐厚，馮府又給了他不少銀子，要他儘快結案，別讓馮府親人到衙門裏出醜露乖，他便有天大的疑心，又怎敢吐露半句？只是自個兒尋思：「在馮府查案之時，韋公爺的親兵把守各處，誰也不許走動，他們要移屍栽證，那是容易之極。別說要在地下埋一具屍首，就是埋上百兒八十的，那也不是難事。」

韋小寶拿了順天府知府結案的公文去見康熙，稟報破案詳情。

康熙微微一笑，說道：「小桂子，你破案的本事不小，人家都讚你是包龍圖轉世哪。」韋小寶道：「那是託了皇上洪福，奴才碰巧破獲而已。」康熙哼了一聲，向他瞪了一眼，冷冷的道：「移花接木的事，跟我的洪福可拉不上干係。」

韋小寶嚇了一跳，心想：「皇上怎麼又知道了？」一轉念間，立即明白：「我的親兵隊裏，皇上當然也派下了密探。」正不知如何回答才是，康熙嘆了口氣，說道：「這樣了結，那也很好，也免了外邊物議。只不過你這般膽大妄爲，我可真拿你沒法子了。」

韋小寶心中一寬，知道皇帝又饒了自己這一遭，當即跪下連連磕頭。

康熙道：「方今四海昇平，兵革不興，你這撫遠大將軍的頭銜，可以去了。」

韋小寶道：「是，是。」知道這是皇帝懲罰自己的胡鬧，又道：「奴才這一等鹿鼎公，也可以降一降級。」康熙道：「好，就降為二等公罷。」韋小寶道：「奴才胡鬧得緊，心中不安，請皇上降為三等的好了。」

康熙哈哈大笑，說道：「他媽的，你居然會心中不安，日頭從西方出了。」

韋小寶聽得「他媽的」三字一出口，知皇帝怒氣已消，站起身來，說道：「奴才良心雖然不多，有總還是有的。」

康熙點點頭，說道：「就是瞧在你還有點兒良心的份上，否則的話，我早已砍下你的腦袋，去埋在你小老婆阿珂、雙兒的床底下了。」韋小寶急道：「這個萬萬不可。」康熙問道：「有甚麼不可？」韋小寶道：「阿珂和雙兒，是決計不會跟了馬伕逃走的。」

康熙笑道：「不跟馬伕，便跟……」說到這裏，便即住口，心想再說下去，未免輕薄無聊，何況韋小寶雖然無法無天，畢竟對己忠心，君臣之間說笑則可，卻不能出言侮辱。一時難以轉口，便不去理他，低頭翻閱案頭的奏章。

韋小寶垂手在旁侍候，見康熙眉頭微蹙，深有憂色，心想：「皇上也時時不快活。皇帝雖然威風厲害，當眞做上了，也不見得有甚麼好玩。」

康熙翻閱了一會奏章，抬起頭來，嘆了口長氣。韋小寶道：「皇上有甚麼事情，差奴才去辦罷。奴才將功贖罰，報主龍恩。」康熙道：「這一件事，就不能差你了。施琅上奏，說道臺灣颱風爲災，平地水深四尺，百姓房屋損壞，家破人亡，災情很重。」

韋小寶見他說話時淚光瑩然，心想咱們從小是好朋友，不能不幫他一個忙，說道：「奴才倒有個法子。」康熙道：「甚麼法子？」韋小寶道：「不瞞皇上說，奴才在臺灣做官的時候，發了一筆小財，最近又向一個臺灣財主討得一批舊債。奴才雙手捧著皇上恩賜的破後翻新金飯碗，這一輩子是不會餓飯的了，錢多了也沒用，不如獻了出來，請皇上去撫卹臺灣的災民罷。」

康熙微微一笑，道：「受災人數很多，你這兩筆小財，也不管甚麼用。我即刻下旨，宮裏裁減宮女太監，減衣減膳，讓內務府籌劃籌劃，省他四五十萬兩銀子去救濟災民。」

韋小寶道：「奴才罪該萬死，眞正乖乖不得了。」康熙問道：「甚麼？」韋小寶道：「奴才做官貪污，在臺灣貪了一百萬兩銀子。最近這筆債，是向鄭克塽討還的，又有一百萬兩……」康熙吃了一驚，說道：「有這麼多？」韋小寶輕輕打了自己一個嘴巴，罵道：「小桂子該死！」

康熙卻笑了起來，說道：「你要錢的本事可高明的很哪，我一點兒也不知道。」

韋小寶又道：「小桂子該死！」臉上卻有得色，心道：「做官的人伸手拿錢，怎能讓你做皇帝的知道？你在我手下人之中派了探子，只能查到我敢不敢造反。你妹夫右手收錢，左手入袋，連你大妹子也不知道，你這大舅子就萬萬查不到了。」他嘴裏自稱「奴才」，心中卻自居「妹夫」。

康熙沉吟半晌，道：「你這番忠君愛民之心，倒也難得。這樣罷，你捐一百五十萬兩銀子出來，我再省五十萬兩，咱君臣湊乎湊乎，弄個二百萬兩。臺灣災民約有一萬幾千戶，每家分得一百多兩，那也豐裕得很了。」

韋小寶一時衝動，慷慨捐輸，心中正感肉痛，已在後悔，聽康熙給他省了五十萬兩，登時大喜，忙道：「是，是。皇上愛民如子，老天爺保祐皇上風調雨順，國泰民安。」

康熙爲了臺灣災重，這半天來一直心中難受，這時憑空得了這一大筆錢，甚是高興，微笑道：「也保祐你升官發財，多福多壽。」

韋小寶笑道：「多謝萬歲爺金口。奴才升官發財，多福多壽，全憑皇上恩賜。再說，奴才這兩筆錢，本來都是臺灣人的，還給了臺灣百姓，也不過是完璧歸……歸臺而已。」康熙哈哈大笑，說道：「完璧歸趙的成語，他媽的給你改成了完璧歸臺。」韋小寶道：「是，是完璧歸趙，剛才一時想不起這個『趙』字來。趙錢孫李，周吳陳王。百家姓上姓趙的排名第一，難怪他們這麼發達，原來完璧甚麼的，都歸了他趙家的。」

康熙更加好笑，心想此人「不學有術」，也教不了他許多，笑道：「很是，很是。

有句成語，叫做『韋編三絕』，說你韋家的人讀書用功，學問很好。你們姓韋的，可也了不起得很哪。」韋小寶道：「奴才的學問可差勁得很了，對不起姓韋的老祖宗。」

（按：「韋編三絕」中的「韋」字，本來是指穿連竹簡的皮條，古人讀書讀竹簡，連皮條也讀斷三次，可見用功。康熙故意歪解，拿來跟韋小寶開玩笑。）

康熙道：「這次去臺灣賑災的事……」本想順理成章，就派了他去，轉念一想：「此人捐了這大筆銀子出來，不過跟我講義氣，未必眞有甚麼愛民之心，只怕一出宮門，立刻就後悔了。他到臺灣，散發了二百萬兩銀子賑災，多半要收回本錢，以免損失，說不定還要加一加二，作爲利息。」他是韋小寶的知己，當即改口：「……很是易辦，不用你親自去。小桂子，你的一等鹿鼎公，也不用降級了。咱們外甥點燈籠，照舊罷。」

韋小寶跪下謝恩，磕過了頭，站起身來，說道：「奴才捐這點銀子，不過是完璧歸……歸趙錢孫李，皇上就當是功勞。皇上減膳減衣，那是眞正省出來的，才叫不容易呢。」

康熙搖頭道：「不對。我宮裏的一切使用，每一兩銀子都是來自天下百姓。百姓供養我錦衣玉食。我君臨萬民，就當盡心竭力，爲百姓辦事。你食君之祿，當忠君之事。我食民之祿，就當忠民之事。古書上說：『四海困窮，則天祿永終。』如果百姓窮困，那就是皇帝不好，上天震怒，我這皇帝也做不成了。」韋小寶道：「那是決計不會的，萬萬不會的。」

康熙道：「你做大臣，出於我的恩典。我做皇帝，出於上天的恩典。你辦事不忠，我砍你的腦袋。我不做好皇帝，上天就會另外換一個人來做。《尙書》有云：『皇天后土，改厥元子。』『元子』就是皇帝，皇帝做不好，上天會攆了他的。」韋小寶道：「是，是。你叫做小玄子，原來玄子就是皇帝。」康熙道：「這個『玄』字，跟那個『元』字不同。」

韋小寶道：「是，是。」心想：「圓子湯糰，都差不多。」反正他甚麼「元」字「玄」字都不識，也不用費神分辨了。

康熙從桌上拿起一本書來，說道：「浙江巡撫進呈了一本書，叫做《明夷待訪錄》，是一個浙江人黃梨洲新近做的。浙江巡撫奏稱書中有很多大逆不道的言語，要嚴加查辦。我剛才看了這書，卻覺得很有道理，已批示浙江巡撫不必多事。」說著翻開書來，說道：「他書中說，爲君乃以『一人奉天下』，非爲『天下奉一人』，這意思說得很好。他又說：『天子所是未必是，天子所非未必非。』這也很對。人孰無過？天子也是人，那有一做了皇帝，就『甚麼都是對、永遠不會錯』之理？」康熙說了一會，見韋小寶雖連聲稱是，臉上卻盡是迷惘之色，不由得啞然失笑，心想：「我跟這小流氓說大道理，他那裏理會得？再說下去，恐怕他要呵欠連連了。」於是左手一揮，道：「你去罷。」右手仍拿著那本書，口中誦讀：「『以爲天下利害之權皆出於我，我以天下之利盡歸於己，以天下之害盡歸於人，亦無不可。使天下之人不敢自私，不敢自利。以我之大私，爲天下之公。始而慚焉，久而安焉，視天下爲莫大產業，傳之子孫，受享無窮。』」

韋小寶聽得莫名其妙，但皇帝正在讀書，又連連讚好，豈可不侍候捧場？見康熙放下書來，便問：「皇上，不知這書裏說的是甚麼？有甚麼好？」

康熙道：「他說做皇帝的人，叫天下的人不可自私，不可自利，只有他皇帝一人可以自私自利，而他皇帝的大私，卻居然說是天下的大公。這做皇帝的起初心中也覺不對，有些兒慚愧，到得後來，習慣成自然，竟以爲自己很對，旁人都錯了。」

韋小寶道：「這人說的是壞皇帝，像皇上這樣鳥生魚湯，他說的就不對了。」康熙道：「嘿嘿！做皇帝的，人人都自以爲是鳥生魚湯，那一個是自認桀紂昏君的？何況每個昏君身邊，定有許多歌功頌德的無恥大臣，把昏君都捧成了鳥生魚湯。」韋小寶笑道：「幸虧皇上是貨眞價實、劃一不二的鳥生魚湯，否則的話，奴才可成了無恥大臣啦。」

康熙左足在地下一頓，笑道：「你有恥得很，滾你有恥的蛋罷！」

韋小寶道：「皇上，奴才向你求個恩典，請皇上准奴才的假，回揚州去瞧瞧我娘。」

康熙微笑道：「你有這番孝心，那是應該的。再說，『富貴不歸故鄉，如衣錦夜行』，原該回去風光風光才是。你早去早回，把娘接到北京來住罷。我吩咐人寫旨，給你娘一品太夫人的誥封。你死了的老子叫甚麼名字，去呈報了吏部，一併追贈官職。這件事上次你回揚州，就該辦了，剛好碰到吳三桂造反，就擱了下來。」他想韋小寶多半不知他父親的名字如何寫法，這時也不必查問。康熙雖然英明，這件事卻還是只知其一、不知其二，韋小寶固然不知父親的名字如何寫法，其實連父親是誰也不知道。

韋小寶謝了恩，出得宮門，回去府中取了一百五十萬兩銀票，到戶部銀庫繳納；去兵部繳了「撫遠大將軍」的兵符印信；又請蘇荃替自己父親取了個名字，連祖宗三代，一併由小老婆取名，繕寫清楚，交了給吏部專管封贈、襲蔭、土司嗣職事務的「驗封司」郎中。

諸事辦妥，收拾起行。韋小寶在朝中人緣既好，又聖眷方隆，王公大臣送行宴會，自有種種熱鬧。他臨行時想起一百五十萬兩銀子捐得肉痛，又派親兵去向鄭克塽討了一萬多兩銀子的「舊欠」，這才出京。

從旱路到了通州，轉車換船，自運河向南，經天津、臨清、渡黃河、經濟寧。這一日將到淮陰，官船泊在泗陽集過夜。

韋小寶在舟中和七個夫人用過晚膳後坐著閒談。蘇荃說道：「小寶，明兒咱們就到淮陰了。古時候有一個人，爵封淮陰侯……」韋小寶道：「嗯，他的官沒我大。」蘇荃微笑道：「那倒不然。他封過王，封的是齊王。後來皇帝怕他造反，削了他的王爵，改封爲淮陰侯。這人姓韓名信，大大的有名。」韋小寶一拍大腿，道：「那我知道。『蕭何月下追韓信』、『十面埋伏，霸王別虞姬』，那些戲文裏都是有的。」蘇荃道：「正是。這人本事很大，功勞也很大，連楚霸王那樣的英雄，都敗在他手裏。只可惜下場不好，給皇帝和皇后殺了。」韋小寶嘆道：「可惜！可惜！皇帝爲甚麼殺他？他要造反嗎？」蘇荃搖頭道：「沒有，他沒造反。皇帝忌他本事了得，生怕他造反。」韋小寶道：「幸虧我本事起碼得緊，皇上甚麼都強過我的，因此不會忌我。我只有一件事強過皇上，除此之外，甚麼都萬萬不及。」

曾柔問道：「你那一件事強過皇帝了？」韋小寶道：「我有七個如花如玉的夫人，天下再也找不出第八個這樣美貌的女子來。皇上洪福齊天，我韋小寶是艷福齊天。咱君臣二人各齊各的，各有所齊。」他厚了臉皮胡吹，七個夫人笑聲不絕。

方怡笑道：「皇帝是洪福齊天，你是齊天大聖。」韋小寶道：「對，我是水簾洞裏的美猴王，率領一批猴婆子、猴子猴孫，過那逍遙自在的日子。」

正說笑間，艙外家人朗聲說道：「啓稟公爺，有客人求見。」丫鬟拿進四張拜帖。蘇荃接過來看了，輕聲道：「客人是顧炎武、查繼佐、黃梨洲、呂留良四位。」韋小寶道：「是顧先生他們，那是非見不可的。」吩咐家丁，接待客人在大船船艙中奉茶，當即換了衣衫，過去相見。

顧、查、呂三人當年在揚州爲吳之榮所捕，險些性命不保，幸得韋小寶相救。那黃梨洲卻是初會。呂留良身後跟著兩個二十來歲的年輕人，是他的兒子呂葆中、呂毅中。行禮相見後，分賓主坐下，呂葆中、呂毅中站在父親背後。

顧炎武低聲道：「韋香主，我們幾個這次前來拜訪，有件大事相商。泗陽集上耳目衆多，言談不便。可否請你吩咐將座舟駛出數里，泊於僻靜無人之處，然後再談？」

顧炎武當年在河間府殺龜大會之中，曾受推爲各路英雄的總軍師，在江湖中聲譽甚隆，韋小寶對他一向佩服，當即答應，回去向蘇荃等人說了。

蘇荃道：「防人之心不可無。我們的座船跟著過去，有甚麼事情，也好有接應。」

韋小寶想到要跟著顧炎武等到「僻靜無人之處」，心下本有些惴惴，有七個夫人隨後保駕，就穩妥得多了，連聲叫好，吩咐船夫將兩艘船向南駛去，說是要在運河中風景清雅的所在飲酒賞月，韋公爺雅興來時，說不定要作幾首好詩，其餘從舟仍泊在泗陽集等候。

韋小寶回到大船中陪客。兩舟南航七八里，眼見兩岸平野空闊，皓月在天，四望無人，韋小寶吩咐下錨停泊，叫大船上的舟子和侍從都到後舟中去，以免礙了韋公爺和六位才子的詩興。

待舟中更無旁人，顧炎武等這才又再申謝當年相救的大德。韋小寶謙遜一番，跟著說起吳六奇和陳近南先後遭害的經過，衆人相對唏噓不已。

顧炎武道：「江湖上流言紛紛，都說韋香主貪圖富貴，戕師求榮。呂兄、查兄和兄弟幾人，卻知決計不確。想我們三人和韋香主素不相識，韋香主竟肯干冒奇險，殺了吳之榮那廝，救得我們性命，以這般義薄雲天的性情，怎能去殺害恩師？」

查繼佐道：「我們聽江湖上朋友說起此事的時候，總是竭力爲韋香主分辯。他們卻說，韃子皇帝聖旨中都這樣說，難道還有假的？可是韋香主身在曹營心在漢，種種作爲也不能跟外人明言。自來英雄豪傑，均須任勞任怨。以周公大聖大賢，尚有管蔡之流言，何況旁人？因此韋香主也不必放在心上。」韋小寶聽不懂他說甚麼周公管蔡，只有唯唯喏喏。

呂留良道：「韋香主苦心孤詣，謀幹大事，原也不必在這時求天下人諒解。只要最後做了驚天動地的大事業出來，大家自會明白先前是錯怪了你。」

韋小寶心想：「我會有甚麼驚天動地的大事業做出來？啊喲，不好，他們又是來勸我行刺皇上。怎麼跟他們來個推三阻四、推五阻六才好？我得先把門兒給門上了。」說道：「兄弟本事是沒有的，學問更加沒有，做出事來，總是兩面不討好。兄弟灰心得很，這次是告老還鄉，以後是甚麼事都不幹了。」

呂毅中見他年紀比自己還小著一兩歲，居然說甚麼「告老還鄉」，忍不住嗤的一聲，笑了出來。顧炎武等也都覺得好笑，相顧莞爾。

黃梨洲微笑道：「韋香主英雄年少，前途不可限量。無知之徒的一時誤會，那也不必計較。」韋小寶道：「這個較是要計一計的。黃先生，你作了一部好書，叫做……叫做明……明阿姨甚麼甚麼花花綠綠的？」黃梨洲大爲奇怪：「這人目不識丁，怎會知道我這部書？」說道：「是《明夷待訪錄》。」韋小寶道：「是了，是了。你這部書中講到有個美貌姑娘，叫作明明阿姨嗎？又有許多話痛罵皇帝的，是不是？」

黃梨洲等都吃了一驚，均想：「連這人都知道了，只怕又是一場大大的文字獄。」

顧炎武道：「也不是罵皇帝。黃兄這部著作見解精闢，說明爲君之道，該當如何。」

韋小寶道：「是啊。皇上這些日子中天天讀黃先生這部書，不住讚你做得好，括括叫，說不定要請你去做狀元，做宰相。」黃梨洲道：「韋香主取笑了，那有此事？」韋小寶於是將康熙如何大讚《明夷待訪錄》一事說了，衆人這才放心。黃梨洲道：「原來韃子皇帝倒也能分辨是非。」

韋小寶乘機說道：「是啊。小皇帝說，他雖不是鳥生魚湯，但跟明朝那些皇帝比較，也不見得差勁了，說不定還好些。他做皇帝，天下百姓的日子，就過的比明朝的時候好。不過做人嘛，總歸愛自稱自讚，兄弟沒學問，沒見識，也不知道他的話對不對。」

顧查黃呂四人你瞧瞧我，我瞧瞧你，想起了明朝各朝的皇帝，自開國的明太祖直至末代皇帝崇禎，若不是殘忍暴虐，便是昏庸胡塗，比之康熙，人人天差地遠。他四人是當代大儒，熟知史事，不願抹煞了良心說假話，不由得都默默點頭。

韋小寶道：「所以啊。皇帝不太壞，天地會衆兄弟更是好的。皇帝要我去滅了天地會，我決計不幹。天地會衆兄弟要我去行刺皇帝，我也決計不幹。結果兩邊都怪我，兄弟左思右想，只好告老還鄉了。」

顧炎武道：「韋香主，我們這次來，不是要你行刺皇帝。」韋小寶喜道：「那好得很，只要不是行刺皇帝，別的事情兄弟義不容辭。不知四位老先生、兩位小先生有甚麼吩咐？」

顧炎武推開船窗，向外眺望，但見四下裏一片寂靜，回過頭來，說道：「我們來勸韋香主自己做皇帝！」

乒乓一聲，韋小寶手裏的茶碗掉在地下，摔得粉碎，他大吃一驚，說道：「這……這不是開玩笑嗎？」

查繼佐道：「決不是開玩笑。我們幾人計議了幾個月，都覺大明氣數已盡，天下百姓已不歸心於前明。實在是前明的歷朝皇帝把百姓害得太苦，人人思之痛恨。可是韃子佔了我們漢家江山，要天下漢人薙頭結辮，改服夷狄衣冠，這口氣總嚥不下去。韋香主手綰兵符，又得韃子皇帝信任，只要高舉義旗，自立爲帝，天下百姓一定望風景從。」

韋小寶兀自驚魂不定，連連搖手，道：「我……我沒這個福份，也做不來皇帝。」

顧炎武道：「韋香主為人仗義，福澤更深厚之極。環顧天下，若不是你來做皇帝，漢人之中更沒第二個有這福氣了。」

呂留良道：「我們漢人比滿洲人多出百倍，一百人打他們一個，那有不勝之理？當日吳三桂起事，只因他是斷送大明江山的大漢奸，天下漢人個個對他切齒痛恨，這才不能成功。韋香主天與人歸，最近平了羅剎，為中國立下不世奇功，聲望之隆，如日中天。只要韋香主一點頭，我們便去聯絡江湖好漢，共圖大事。顧先生在江湖上德高望重，他說出來的話，人人都會聽的。」

韋小寶心中怦怦亂跳，他做夢也想不到竟會有人來勸他做皇帝，呆了半晌，才道：「我是小流氓出身，拿手的本事只是罵人賭錢，做了將軍大官，別人心裏已然不服，那裏還能做皇帝？這眞命天子，是要大大福氣的，我的八字不對，算命先生算過了，我要是做了皇帝，那就活不了三天。」

呂毅中聽他胡說八道，又嗤的一聲，笑了出來。

查繼佐道：「韋香主的八字是甚麼？我們去找一個高明的算命先生推算推算。」他知韋小寶無甚知識，要曉以大義，他只講小義，不講大義；要喻以大勢，他也只明小勢，不明大勢。但如買通一個算命先生，說他是眞命天子，命中要坐龍庭，說不定他反而信了。

那知韋小寶道：「我的時辰八字，只有我娘知道，到了揚州，我這就問去。」

衆人見他毫不熱心，言不由衷，料知只是推托。

呂留良道：「凡英雄豪傑，多不拘細行。漢高祖豁達大度，比韋香主更加隨便得多。」他心中是說：「你是小流氓出身，那也不打緊。漢高祖是大流氓出身，他罵人賭錢，把讀書人的帽子揪下來撒尿，比你還要胡鬧，可是終也成了漢朝的開國之主。」

韋小寶不住搖手，說道：「大家是好朋友，我跟你們說老實話。」一面說，一面摸摸自己的腦袋，又道：「我這吃飯傢伙，還想留下來吃他媽的幾十年飯。這傢伙上面還生了一對眼睛，要用來看戲看美女，生了一對耳朶，要用來聽說書、聽曲子。我如想做皇帝，這傢伙多半保不住，這一給砍下來，甚麼都一塌胡塗了。再說，做皇帝也沒甚麼開心。臺灣打一陣大風，他要發愁；雲南有人造反，他又要傷腦筋。做皇帝的差使又辛苦又不好玩，我是萬萬不幹的。」

顧炎武等面面相覷，心想這話本也不錯，他既胸無大志，又不肯爲國爲民挺身而出，如何說得他動，實是一件難事。

過了半晌，顧炎武道：「這件大事，一時之間自也不易拿定主意……」

正說到這裏，忽聽得蹄聲隱隱，有數十騎馬沿著西邊河岸自北而來，夜深人靜，聽來加倍清晰。

黃梨洲道：「深夜之中，怎麼有大隊人馬？」呂留良道：「是巡夜的官兵？」查繼佐搖頭道：「不會。官兵巡夜都慢呑呑的，那會如此快馬奔馳。莫非是江湖豪客？」

說話之間，只聽得東邊岸上也有數十騎馬奔來。運河河面不寬，兩岸馳馬，在河上船中都聽得淸淸楚楚。後面一艘船上的船夫奉命起篙，將船撐近。蘇荃和雙兒躍上船頭。蘇荃說道：「相公，來人只怕不懷好意，大夥兒都在一起罷。」

韋小寶道：「好！顧先生他們都是老先生，看來不像是好色之徒。大家都進來罷，給他們瞧瞧也不打緊的。」

顧炎武等心中都道：「胡說八道！」均覺不便和韋小寶的內眷相見，都走到了後梢。公主、阿珂等七個夫人抱了兒女，走進前艙。

只聽得東岸西岸兩邊河堤上響起噓溜溜的竹哨之聲，此響彼應。韋小寶喜道：「是天地會的哨子。」兩岸數十匹馬馳到官船之側，西岸有人長聲叫道：「韋小寶快出來！」

韋小寶低聲罵道：「他媽的，這般沒上沒下的，韋香主也不叫一聲。」正要走向船頭，蘇荃一把拉住，道：「且慢，待我問問淸楚。」走到船艙口，問道：「那一路英雄好漢要找韋相公？」向兩岸望去，見馬上乘客都是青布包頭，手執兵刃。

兩岸爲首一人道：「我們是天地會的。」蘇荃低聲問道：「天地會見面的切口怎麼說？」韋小寶走到艙口，朗聲說道：「五人分開一首詩，身上洪英無人知。」

馬上那人說道：「這是天地會的舊詩。自從韋小寶叛會降敵，害師求榮，會裏的切口盡數改了。」韋小寶驚道：「你是誰？怎地說這等話？」那人道：「你便是韋小寶麼？」韋小寶料想抵賴不得，便道：「我是韋小寶。」那人道：「便跟你說了也不打緊。我是天地會宏化堂座下，姓舒。」韋小寶道：「原來是舒大哥，這中間實有許多誤會。貴堂李香主在附近嗎？」那姓舒的恨恨的道：「你罪惡滔天，李香主給你活活氣死了。」

西岸衆人大聲叫道：「韋小寶叛會降敵，害師求榮，舒大哥不必跟他多說。今日咱們把他碎屍萬段，爲陳總舵主和李香主報仇。」東岸衆人一聽，跟著也大聲呼喊。

突然間呼的一聲，有人擲了一塊飛蝗石過來。韋小寶忙縮入船艙，暗暗叫苦，心想：「原來宏化堂李香主死了，這些兄弟們不分青紅皀白的動蠻，那便如何是好？」只聽得船篷上噼噼啪啪之聲大作，兩邊暗器不住打到。總算官船停在運河中心，相距兩岸均遠，有些暗器打入了河中，就是打到了船篷上的，力道也已甚弱。

韋小寶道：「這是『草船借箭』，我……我是魯肅，只有嚇得發抖的份兒。有那一個諸葛……諸葛亮，快……快想個計策。」

顧炎武等人和船夫都在船梢，見暗器紛紛射到，都躲入了船艙。突然間火光閃動，幾枝火箭射上了船篷，船篷登時著火焚燒。

韋小寶叫道：「啊喲，乖乖不得了，火燒韋小寶。」

蘇荃大聲叫道：「顧炎武先生便在這裏，你們不得無禮。」她想顧炎武在江湖上聲望甚隆，料想天地會人衆不敢得罪了他。可是兩岸人聲嘈雜，她的叫聲都給淹沒了。

韋小寶道：「衆位娘子，咱們一起來叫『顧炎武先生在這裏！』一、二、三！」七個夫人跟著韋小寶齊聲大叫：「顧炎武先生在這裏！」

叫到第三遍，岸上人聲慢慢靜了下來，暗器也即停發。那姓舒的縱聲問道：「顧炎武先生在船裏嗎？」顧炎武站到船頭，拱手道：「兄弟顧炎武在此。」

那姓舒的「啊喲」一聲，忙發令道：「會水的兄弟快跳下河去，拖船近岸。」只聽得撲通、撲通之聲不絕，十餘名會衆跳入運河，將官船又推又拉的移到西岸。這時船上火勢已燒得甚旺。雙兒拉著韋小寶搶先跳上岸去，餘人紛紛上岸。天地會會衆手執兵刃，四下圍住。

那姓舒的向顧炎武抱拳躬身，說道：「在下天地會宏化堂舒化龍，拜見顧先生。」顧炎武拱手還禮。會衆中一名老者躬身道：「當年河間府殺龜大會，天下英雄推舉顧先生爲總軍師，在下曾見過顧先生一面。衆兄弟可魯莽了，還請恕罪。」

韋小寶笑道：「你們做事本來太也魯莽。」那老者厲聲道：「我是跟顧先生說，誰跟你這小漢奸說話？」一伸手，便往韋小寶胸口抓去。蘇荃左手一格，反手擒拿，已扭住了他手腕，借勢一推，那老者站立不定，向外直摔出去。兩名天地會的會衆忙搶上扶住。

顧炎武叫道：「大家有話好說，別動武，別動武！」

這時從舟船艙也已著火，火光照得岸上衆人面目俱都清清楚楚。蘇荃心想自己和雙兒武功高強，要護丈夫突圍當非難事，天地會會衆要對付的只韋小寶一人，只須他能脫身，這些江湖漢子不會去爲難婦女孩子，當下和雙兒二人分站韋小寶左右，看定了三匹馬，一待說僵，立時便動手搶馬。

顧炎武拉住舒化龍的手，說道：「舒大哥，請借一步說話。」兩人走遠了數丈。舒化龍聽顧炎武說了幾句話，便大聲招呼了六七人過去，看模樣都是這一批人的首領，那給蘇荃摔跌的老者也在其內，餘下四十餘人仍將韋小寶等團團圍著。

韋小寶道：「我船裏値錢的東西著實不少，你們一把火燒了，嘿嘿，宏化堂賠起上來，可要破大財啦。」衆人有的舉刀威嚇，有的出言詈罵。韋小寶也不理會，料想顧炎武必能向舒化龍等說明眞相。

果然舒化龍等宏化堂的首領聽顧炎武解釋後，才知其中曲折原委甚多，韋小寶在朝廷做大官，雖仍不爲衆人諒解，但總舵主陳近南既不是他所殺，心中的憤恨也都消了。

衆人一齊過來。舒化龍抱拳道：「韋香主，剛才之事，我們是誤會了你，若不是顧先生開導，大夥兒險些得罪。」

韋小寶笑道：「當眞要得罪我，那也不容易罷。」說著斜身一閃，施展「神行百變」功夫，左一衝，右一穿，兩三個起落，已在宏化堂衆人包圍圈外五六丈之遙，一躍上了一匹馬的馬背。

舒化龍等都吃了一驚，誰也想不到他輕身功夫竟如此神妙莫測，這人武功這般高強，難怪他小小年紀，便做了天地會靑木堂香主，自來明師出高徒，總舵主的嫡傳弟子，果然非同小可。宏化堂那老者武功甚強，衆兄弟素來佩服，卻給蘇荃一扭一推，全無招架餘地，險些摔了個觔斗，看來其餘六個少婦個個都是高手，己方人數雖多，當眞動手，只怕還要鬧個灰頭土臉。

韋小寶笑道：「我這可要失陪了！」一提馬韁，縱馬便奔，但見他向西奔出十餘丈，倏地躍下馬來，衝向西北，左穿右插，不知如何，竟又回入了人圈，笑吟吟的站在當地，誰也沒看淸楚他是怎麼進來的。

天地會會衆相顧駭然。舒化龍抱拳道：「韋香主武功了得，佩服，佩服。」

韋小寶抱拳笑道：「獻醜，獻醜。」

舒化龍道：「顧先生適才言道，韋香主身在曹營心在漢，要幹一件驚天動地的大事，爲天下漢人揚眉吐氣。韋香主當眞舉事的時候，我們宏化堂的兄弟雖然沒甚麼本事，但只要韋香主有甚麼差遣，赴湯蹈火，在所不辭。」韋小寶道：「是，是。」

舒化龍見他神色間淡淡的，突然右手伸出食指，噗的一聲，揷入了自己左眼，登時鮮血長流，衆人齊聲驚呼。韋小寶、顧炎武等都驚問：「舒大哥，你……你這是幹甚麼？」

舒化龍昂然道：「兄弟冒犯韋香主，犯了本會『不敬長上』的戒條，本該戳瞎了這對招子，懲戒我有眼無珠。可是兄弟要留下另一隻眼，來瞧瞧韋香主到底怎樣幹這番驚天動地的大事。」

那老者森然道：「倘若顧先生和大夥兒都受了騙，韋香主只說不做，始終貪圖富貴，做他的大官，那便怎樣？」舒化龍道：「那麼韋香主也挖出自己的眼珠子，來賠還我就是。」說著向顧炎武和韋小寶躬身行禮，說道：「我們等候韋香主的好消息。」左手一揮，衆人紛紛退開，上馬而去。

那老者回頭叫道：「韋香主，你回家去問問你娘，你老子是漢人還是滿人。爲人不可忘了自己祖宗。」

竹哨聲響起，東岸羣豪也縱馬向南。片刻之間，兩岸人馬退得乾乾淨淨，河中那艘官船兀自燃燒未熄。

顧炎武嘆道：「這些兄弟們，對韋香主總是還有見疑之意。他們是草莽豪傑，說話行事不免粗野，可是一番忠義之心，卻也令人起敬。韋香主，我們要說的話，都已說完了，只盼你別忘了是大漢子孫。咱們就此別過，後會有期。」說著拱了拱手，和黃、查、呂諸人作別而去。

韋小寶惘然站在河岸，秋風吹來，頗有涼意，官船上火勢漸小，偶爾發出些爆裂之聲，火頭旺了一陣，又小了下去。他喃喃自語：「怎麼辦？怎麼辦？」

蘇荃道：「好在還有一艘船，咱們先回泗陽集，慢慢兒從長計議。」

韋小寶道：「那老頭兒叫我回家去問問我娘，我老子是漢人還是滿人，嘿嘿，這話倒也不錯。」蘇荃勸道：「小寶，這種粗人的胡言，何必放在心上？咱們上船罷。」

韋小寶站著不動，心中一片混亂，低下頭來見到地下幾滴血漬，是舒化龍自壞左眼時流下來的，突然大叫：「老子不幹了，老子不幹了！」

七個夫人都嚇了一跳。韋雙雙窩在母親懷裏，聽他這麼大聲呼叫，嚇得哭了起來。

韋小寶大聲道：「皇帝逼我去打天地會，天地會逼我去打皇帝。老子腳踏兩頭船，兩面不討好。一邊要砍我腦袋，一邊要挖我眼珠子。一個人有幾顆腦袋，幾隻眼睛？你來砍，我來挖，老子自己還有得剩麼？不幹了，老子說甚麼也不幹了！」

蘇荃見他神情失常，軟語勸道：「在朝裏做官，整日價提心吊膽，沒甚麼好玩。天地會的香主也沒甚麼好當的。你決心不幹，那是再好不過。」

韋小寶喜道：「你們也都勸我不幹了？」蘇荃、方怡、阿珂、曾柔、沐劍屏、雙兒六人一齊點頭，只建寧公主道：「你還只做到公爵，怎麼就想不做官了？總得封了王，做了首輔大學士，出將入相，那才好告老啊。再說，你這時要辭官，皇帝哥哥也一定不准。」

韋小寶怒道：「我一不做官，就不受皇帝管。他不過是我大舅子，他媽的，誰再囉裏囉唆，我連這大舅子也不要了。」

不要皇帝做大舅子，就是不要公主做老婆，公主嚇得那敢再說？

韋小寶見七個夫人更無異言，登時興高采烈，說道：「宏化堂燒了我的坐船，當眞燒得好、燒得妙、燒得刮刮叫。咱們悄悄躲了起來，地方官申報朝廷，定是說我給匪人燒死了，我這大舅子就從此再也不會來找我。」蘇荃等一齊鼓掌，只公主默然不語。

當下各人商議定當。韋小寶、公主、雙兒三人改了裝束，前赴淮陰客店中等候。蘇荃率同方怡、阿珂、沐劍屏、曾柔四人，回去泗陽集餘船中攜取金銀細軟、各項要物，然後散布謠言，說道韋公爺的官船黑夜中遇到股匪襲擊，船毀人亡。但那幾名船夫見到韋小寶沒死，大是後患，依蘇荃說，就此殺之滅口，棄屍河邊，那就更加像了幾分。沐劍屏心中不忍，堅持不可殺害無辜。

蘇荃道：「好，劍屏妹子良心好，老天爺保祐你多生幾個胖兒子。小寶，我提劍殺你，你逃到樹林之中，大聲呼叫，假裝給我殺了。」

韋小寶笑道：「你這潑婆娘，想謀殺親夫麼？」高聲大叫：「殺人哪，殺人哪！」

拔足飛奔，兜了幾個圈子，逃向樹林。蘇荃提劍趕入林中。

只聽得韋小寶大叫：「救命，救命！救——」叫了這個「救」字，倏然更無聲息。沐劍屏明知是假，但聽韋小寶叫得淒厲，不禁心中怦怦亂跳，低聲問道：「雙兒妹子，是……是假的，是不是？」

雙兒道：「別怕，自……自然是假的。」可是她自己也不自禁的害怕。

只見蘇荃從林中提劍出來，叫道：「把眾船夫都殺了。」眾船夫一直蹲在岸邊，見到天地會會眾放火燒船、蘇荃行兇殺了韋爵爺，早在簌簌發抖，見蘇荃提劍來殺，當即四散沒命價奔逃，頃刻間走得無影無蹤。

雙兒掛念韋小寶，飛步奔入林中，只見他躺在地下，一動不動。雙兒這一下嚇得魂不附體，心想怎麼眞的將他殺死了，撲將過去，叫道：「相公，相公！」只見韋小寶身子僵直，心中更慌，忙伸手去扶。韋小寶突然張開雙臂，一把將她緊緊摟住，叫道：「大功告成，親個嘴兒！」

夫妻八人依計而行，取了財物，改裝來到揚州，接了母親後，一家人同去雲南，自此隱姓埋名，在大理城過那逍遙自在的日子。

韋小寶閒居無聊之際，想起雅克薩城鹿鼎山下尚有巨大寶藏未曾發掘，自覺富甲天下，心滿意足，只是念著康熙的交情，才不忍去斷他龍脈。

康熙熟知韋小寶的性格本事，料想他決不致輕易為匪人所害，何況又尋不著他的屍首，此後不斷派人明查暗訪，迄無結果。

後世史家記述康熙六次下江南，主旨在視察黃河河工。但為甚麼他以前從來不到江南，韋小寶一失蹤，當年就下江南？巡視黃河，何須直到杭州？何以每次均在揚州停留甚久？又何以每次均派大批御前侍衛前往揚州各處妓院、賭場、茶館、酒店查問韋小寶其人？查問不得要領，何以悶悶不樂？後人考證，《紅樓夢》作者曹雪芹之祖父曹寅，原為御前侍衛，曾為韋小寶的部屬，後為康熙派為蘇州織造，又任江寧織造，命其長駐江南繁華之地，就近尋訪韋小寶云。

那日韋小寶到了揚州，帶了夫人兒女，去麗春院見娘。母子相見，自是不勝之喜。韋春芳見七個媳婦個個如花似玉，心想：「小寶這小賊挑女人的眼力倒不錯，他來開院子，一定發大財。」

韋小寶將母親拉入房中，問道：「媽，我的老子到底是誰？」韋春芳瞪眼道：「我怎知道？」韋小寶皺眉道：「你肚子裏有我之前，接過甚麼客人？」韋春芳道：「那時你娘標致得很，每天有好幾個客人，我怎記得這許多？」

韋小寶道：「這些客人都是漢人罷？」韋春芳道：「漢人自然有，滿洲官兒也有，還有蒙古的武官呢。」

韋小寶道：「外國鬼子沒有罷？」韋春芳怒道：「你當你娘是爛婊子嗎？連外國鬼子也接？辣塊媽媽，羅刹鬼、紅毛鬼到麗春院來，老娘用大掃帚拍了出去。」韋小寶這才放心，道：「那很好！」韋春芳抬起了頭，回憶往事，道：「那時候有個回子，常來找我，他相貌很俊，我心裏常說，我家小寶的鼻子生得好，有點兒像他。」韋小寶道：「漢滿蒙回都有，有沒有西藏人？」

韋春芳大是得意，道：「怎麼沒有？那個西藏喇嘛，上床之前一定要唸咒唸經，一面唸經，眼珠子就骨溜溜的瞧著我。你一雙眼睛賊忒嘻嘻的，眞像那個喇嘛！」

（全書完）

康熙朝的機密奏摺

《鹿鼎記》的故事中說到，康熙在韋小寶的部屬中派有密探，所以知道了韋小寶的許多秘密行動。小說的故事有點誇張。清初政治相當清明，取消了明朝東廠、西廠、內廠、錦衣衛等特務制度，皇帝沒有私人特務。一直到清亡，始終沒有特務系統。傳說雍正有「血滴子」，那只是小說家言，並非事實。

但康熙對於臣子的動靜、地方上的民情，還是十分關心的，這是統治者所必須知道的情報。從康熙朝開始，清廷建立了「密摺奏事」的制度。原來的制度是朝廷有一個「通政司」機關，凡京官奏本，地方官的本章、題本，都先交到通政司，經審閱後再行轉呈。康熙覺得這方式會導致壅塞，洩漏機密，所以命令特別親信的臣子專摺奏聞。專摺不經通政司，直接呈給皇帝，密摺的封面上並不寫明奏事者的姓名，只寫「南書房謹封」

字樣。奏事者親自送到御書房，面交太監，等皇帝批覆之後，又親自到御書房領回。

後來這奏摺制度的範圍擴大，並不限親信臣子才可密奏，一般地方督撫、京中大員都可用摺子向皇帝直接奏事。到了雍正朝，更規定科道等官（中級官員）每天一人以密摺輪流奏事，事無大小，都可照實奏告，即使沒有甚麼事可說，也須說明為甚麼沒有事可說。這種方式擴大了皇帝的權力，同時使得各級官員不敢欺騙隱瞞。

從康熙朝的奏摺中看來，奏摺的內容主要是各地糧價、雨水、收成、民間輿論、官員的清貪。可見康熙最關心的是百姓的經濟生活，以及治民的官員是否貪污腐敗。當然，各地的造反叛亂，他也是十分注意的。

康熙在奏摺上用硃筆批示，大多數是寫「知道了」三字，有時也有詳細指示。從批示之中，可見到康熙英明而謹慎，同時對待臣下和百姓都很寬仁。

王鴻緒的奏摺

王鴻緒比康熙大九歲，江蘇華亭人，康熙十二年進士，做過翰林院編修、工部尚書、戶部尚書等大官，是康熙十分親信的臣子。他呈給康熙的奏摺上，只寫「密奏。臣王鴻緒謹奏」字樣，不寫官銜，所有公式套語完全不用。他在京城做官，所密奏的大都是北京官員的情況。

康熙派遣親信探聽消息，起初所派的都是大臣，人數極爲有限，並一再叮囑不可讓人知道。他在給王鴻緒的親筆上諭中說：

「京中有可聞之事，卿密書奏摺，與請安封內奏聞，不可令人知道。倘有瀉（洩）漏，甚有關係，小心，小心，小心。」

「前歲南巡，有許多不肖之人騙蘇州女子。朕到家裏方知。今年又恐有如此行者。爾細細打聽，凡有這等事，親手蜜蜜（密密）寫來奏聞。此事再不可令人知道。有人知道，爾即不便矣。」（蘇州女子以美麗出名，大概有人乘著康熙南巡的機會，想選美進獻，或假借名義，欺騙蘇州女子的家屬。）

「已（以）後若有事，奏帖照南巡報例。在宮中耳目衆，不免人知，不必奏。」

「有所聞見，照先密摺奏聞。」

王鴻緒受到皇帝委託，保證絕對不敢洩漏。他在密摺中說：

「臣一介豎儒，歷蒙聖恩簡擢，毫無尺寸報效，愧悚無地。茲於十三日卯刻入直內廷，恭接御批並封內密諭，其時蔡查二臣未曾到。臣虔開默誦，不勝感激惶悚之至。伏念臣至愚昧，何足比數，乃仰荷天恩，破格密加委任，惟有竭盡犬馬，力矢忠誠，以仰報聖恩於萬一。至蒙恩諭諄誨，慮臣稍露風聲，關係甚大，臣益感而欲泣，永永時刻凜遵，三緘其口，雖親如父子兄弟，亦決不相告，自當愼之又愼，以仰副天心委任之至意也。自後京中可聞之事，臣隨時於恭請聖安帖內繕寫小摺，密達御覽。緣係特奉密旨事宜，理合奏覆。謹奉。」（康熙批：是。）

王鴻緒所密奏的，大都是關於錢糧、馬政、鑄錢、鹽政等等財政經濟事務。他對財經事務特別感興趣，所以後來長期做工部尚書和戶部尚書。本來這些財經事務可以由正式奏本奏告皇帝，但密摺中所奏的大都是弊端，侵犯到既得者的利益，似乎密奏較爲妥善。

除財經弊端外，王鴻緒的密奏性質十分廣泛。有幾個密摺與「陳汝弼案」有關。這案子起因於陳汝弼納賄三千兩銀子，後來發展爲大案，由「議政大臣、九卿詹事科道等赴刑部衙門會審」。王鴻緒參與會審，將審案經過詳細密奏康熙，其中說到滿官漢官之間的爭辯：

「……定陳汝弼『情眞立斬』，滿大人皆已依允。李振裕與臣說：定罪未有口供，大人們應斟酌，且陳汝弼昨日所首字紙及書札是甚麼東西。臣又云：不是隱藏得的。滿大人因令司官取來，念與衆大人聽……滿大人說，沒有關係，不必入在口供內。漢大人說：『假裝身死』四字該去，昨日原是昏暈去了。因刪四字。屠粹忠說：藏匿案卷及犯贓，得無『立斬』之條。議政大人說：改了罷。舒輅因改『立絞』。科道說：仍照三法司監候絞罷。滿班大人未有應者。又陳汝弼令家人遞親筆口供，滿大人不收。李錄予說：以前三法司不曾取陳汝弼親筆口供，今日伊家人來遞，又不收，如何使得呢？……今本內所定口供，寥寥數語，乃舒輅所做也……從來問官改供及捏供，擬罪處分，條例甚重……滿大人皆怕惹怨，有話不肯發出。議政大臣亦唯聽舒輅作主裁定而已……」

康熙批語：「此奏帖甚好，深得大臣體，朕已明白了。」奏帖的主要內容，是說「滿大人」有冤枉犯人的情況，「漢大人」則力為開脫。這案子後來如何結案不明，相信康熙會有較寬大的裁定。值得注意的是，滿洲官員傳統上雖較有權勢，但康熙並未偏袒滿官。同時又可看到，當時處人死刑十分鄭重，不能由有權勢的大臣一言而決。

王鴻緒的密奏中偶然也有若干無關緊要的小事，今日讀來，頗有興味：

有一個奏摺是長篇奏告馬政的，最後一段卻說：「……李秀、殷德布二人，不知何人傳信與他，說皇上在外說他是大光棍，李秀、殷德布甚是驚慌等語。此後臣所陳密摺，伏乞皇上仍於密封套上，御批一『封』字，以防人偷看洩漏之弊……」（康熙批：知道了。）

有一個長篇密摺奏告主考官、副主考是否有弊，最後一段說：「又宋犖幼子宋筠係舉人，於十一月廿一日到京會試，向人言：其父向年有暈病，隔久方一發，惟今年武場中暈一次，及到揚州，復發一次，比以前緊些，然幸而暈醒，仍可辦事，今奉新恩，將來交印之後即可來京等語……」（康熙批：知道了。）宋犖本爲江寧巡撫，新升吏部尚書，辦事能幹，康熙關心他的健康。

有一個密摺奏告一個官員有罪充軍，解差向他討賞，每人要銀子十兩，那官員不給，反加辱罵。一天晚上，那官員忽被人綁縛，所有銀兩盡被取去。這是一件無關緊要的小事，王鴻緒一樣的密摺奏聞。

李煦的奏摺

李煦是康熙的親信，任蘇州織造達三十年之久。李煦的妹夫曹寅任江寧織造二十餘年，曹寅就是《紅樓夢》作者曹雪芹的祖父。李煦、曹寅，以及杭州織造孫文成三人，都不斷向康熙呈遞密摺，奏報江南地方上的情形。其中極大部分是關於雨水、收成、米價、疫病、民情、官吏聲譽等等。當時沒有報紙，康熙主要從這些奏摺中得知各地實情。

康熙三十二年夏，淮徐及江南地區天旱，六月中降雨，李煦奏報收成及米價。康熙批：「五月間聞得淮徐以南時暘舛候，夏澤愆期，民心慌慌，兩浙尤甚。朕夙夜焦思，寢食不安，但有南來者，必問詳細，聞爾所奏，少解宵旰之勞。秋收之後，還寫奏帖奏來。」

四十七年正月十九日，李煦有這樣一個奏摺：「恭請萬歲萬安。竊臣於去年十二月初七日，風聞太倉盜案，一面遣人細訪，一面即繕摺，並同無節竹子，差家人王可成齎捧進呈。今正月十七日，王可成回揚，據稱：『無節竹子同奏摺俱已進了，摺子不曾發出。』臣煦聞言驚懼。伏思凡有摺子，皆蒙御批發下，即有未奉批示，而原摺必蒙賜發。今稱不曾發出，臣心甚爲驚疑。再四嚴刑拷訊，方云：『摺子藏在袋內，黑夜趕路，拴縛不緊，連袋遺失德州路上，無處尋覓。又因竹子緊要，不敢遲誤，小的到京，矇矓將竹子送收，混說沒有摺子，這是實情。』等語。臣煦隨將王可成嚴行鎖拷，候旨發落。但臣用人不當，以致遺誤，驚恐惶懼，罪實無辭，求萬歲即賜處分。茲謹將原摺再繕寫補奏，伏乞聖鑒。臣煦臨奏不勝戰慄待罪之至。」

康熙硃批：「凡爾所奏，不過密摺奏聞之事，比不得地方官。今將爾家人一並寬免了罷。外人聽見，亦不甚好。」

值得注意的，還不在康熙的寬大，而是他的基本心態：皇帝認爲派人暗訪密奏，是一件不光采、不名譽的事；不是堂堂正正的辦事，不是光明正大的作風，無論如何不能讓旁人知道。康熙批覆密摺，從來不假別人之手，一度右手有病，不能書寫，勉強用左手批覆。在今日世界，各國統治者派遣探子私訪密奏，卻衆所公認是理所當然，可說是政治上的極大墮落。這種對「特務工作」的價值觀念，是政治清明或腐敗的一種明顯分野。武則天濫使特務、秦檜多用特務、明末特務橫行，後世多認爲是朝政衰敗的明證；後人爲了要增加對雍正皇帝的反感，製造了他任用「血滴子」殺人特務的傳說。

康熙四十八年七月初六，李煦在請安摺子之中，又附奏江南提督張雲翼病故的訊息。向皇帝請安，是「恭祝萬歲爺萬福金安」，該當大吉大利才是，死亡的消息必須另摺奏報，決不可混在一起，否則有咒詛皇帝死亡的含義。李煦這奏摺犯了基本的忌諱，十分胡塗。奏摺中說：「恭請萬歲萬安。竊提督江南全省軍務臣張雲翼，於康熙四十八年六月十八日，病患腰癰，醫治不痊，於七月初三日巳時身故，年五十八歲，理合奏聞。蘇州六月晴雨册進呈，伏乞聖鑒。」

康熙見了這大不吉利的奏摺，自然很不高興，但申斥的語氣中還是帶了幾分幽默。硃批：「請安摺子，不該與此事一起混寫，甚屬不敬。爾之識幾個臭字，不知那去了？」李煦見到御批，自然嚇得魂飛魄散，忙上奏謝罪，痛自懺悔。康熙批：「知道了。」

康熙五十一年七月，江寧織造曹寅（曹雪芹的祖父）奉命到揚州辦理刻印《佩文韻府》事宜，染上瘧疾，病勢甚重。李煦前往探病，曹寅請他上奏，向康熙討藥。

康熙得奏之後，立即硃批：「爾奏得好。今欲賜治瘧疾的藥，恐遲延，所以賜驛馬星夜趕去。但瘧疾若未轉泄痢，還無妨。若轉了病，此藥用不得。南方庸醫，每每用補濟(劑)，而傷人者不計其數，須要小心。曹寅元(原)肯吃人參，今得此病，亦是人參中來的。金鷄拏(即奎寧，原文用滿文)專治瘧疾。用二錢，末。酒調服。若輕了些，再吃一服，必要住的。住後或一錢，或八分。連吃二服，可以出根。若不是瘧疾，此藥用不得，須要認眞。萬囑，萬囑，萬囑，萬囑！」

康熙連寫四次「萬囑」，又差驛馬趕急將藥送去揚州，限九日趕到，可見對曹寅十分愛護關心。奎寧原是治瘧疾的對症藥物，但曹寅可能有其他併發症，終於不治逝世。康熙甚爲悼惜，命李煦妥爲照顧曹寅的遺屬。

李煦的奏摺之中，有一大部分是關於實驗新種稻米的。康熙很重視稻米品種，經過多方試種，培育出一種優良品種，發交各地官紳試種。李煦詳細奏報試種的情況，某官種幾畝，畝產幾石幾斗；某商人種幾畝，每畝產幾石幾斗等等。如康熙五十八年六月二十四日奏：「竊奴才所種御稻一百畝，於六月十五日收割，每畝約得稻子四石二斗三升，謹礱新米一斗進呈。而所種原田，趕緊收拾，於六月二十三日以前，又種完第二次秧苗。至於蘇州鄉紳所種御稻，亦皆收割。其所收細數，另開細數，恭呈御覽。」可見李煦還負有「種御稻實驗田」的任務。

康熙將「御稻」種子普遍發交各地官紳商人試種，每人試種的田畝多數是兩畝至三畝。李煦種到一百畝，是最大的實驗農場。所產的米當時叫做「御苑胭脂米」，色紅味香，煮粥最美。《紅樓夢》寫莊頭烏進孝進給賈府的，就是這種米。

康熙在南巡之時，見到民舟中滿載豬毛、鷄毛，問起用途，得知是用作稻田肥料，其後即下旨試驗，效果甚好。

比之後世不經實驗而大搞衛星田，不注意品種肥料而只虛報瞞騙，康熙的種稻實踐是科學化得多了。

李林盛的奏摺

康熙頗有幽默感，雖然在嚴肅的公文批語之中，往往也流露出來。

康熙四十年十月二十四日，陝甘提督李林盛上了一道奏本。這人的正式官銜是：「提督陝西甘肅等處地方總兵官右都督加一級降二級戴罪圖功」。奏摺中說：

「皇上著問：『提督好，提督身上好麼？各官好麼？又在先的提督地方上事宜、雨水情形俱不時啓奏，今你到任來，爲何不具本啓奏？今後可將地方上事宜不時啓奏於皇上知道。又　皇上賜你鹿舌、鹿尾、乾肉等捌樣，你可查收』等因。臣隨恭設香案，率同將弁各官，望闕謝恩，領受訖。除臣恭奉　綸音，頒賜食品，見在另疏奏謝天恩外，所有奏宣地方事宜，雨水情形，令臣宣奏之上諭，臣謹遵旨具覆。伏念臣以庸愚，幸生聖世，遭遇堯舜之主，身經太平之年，毫無報稱，夙夜兢惕……」

此人不明白康熙的性格，奏摺中以大量套語歌功頌德，關於地方事宜和雨水情形，也是報喜不報憂。此人大概是漢軍旗的武官，所用的師爺也不明規矩，在奏摺上蓋了一顆官印。康熙硃批：「知道了。已後摺子寫清字，不必用印。」

「清字」即滿洲文，康熙的意思是，這種奏摺是秘密奏報，並非正式公文，要李林盛自己書寫，不會寫漢字則寫清字好了。

李林盛收到御批後，又上奏摺：

「……仰惟我　皇上承天御極，神武英文，雖　聖躬日理萬機，猶無時不以民生爲念。曩因河東歲歉，上廑　聖懷，既沛賑恤之殊恩，復頒免賦之曠典，誠功高萬世，德邁百王，薄海內外，靡不共戴堯天也……再臣應宜遵旨，以清字具摺請奏，但臣雖稍識清字，因年衰目昏，不能書寫，又兼清字之文理不通，如令人代繕，臣既不諳其中深義，誠恐詞句失宜，併懇　皇恩，容臣嗣後凡陳奏事宜，仍准以漢字具奏，庶免舛錯之愆尤也。」

康熙批示：「知道了。此漢文亦未必爾自能作也。」

他明知這員武將肚子裏墨水有限，這封奏摺必是叫人代寫的，於是小小的諷刺了他一下，以後也不盼望他能自寫奏摺、密報地方訊息了。

李林盛這封奏摺雖是師爺所寫，其實還是有不通順處。例如「但臣雖稍識清字，因年衰目昏，不能書寫，又兼清字之文理不通」，其實應當是「又兼不通清字之文理」。原摺中那一句話，變成了指摘滿洲文「文理不通」。好在康熙寬宏大量，不予追究，如果變成了細密深刻的雍正皇帝，或許會下旨斥責，罰他「再降一級，戴罪圖功」。

後記

《鹿鼎記》於一九六九年十月廿四日開始在明報連載，到一九七二年九月廿三日刊完，一共連載了兩年另十一個月。我撰寫連載的習慣向來是每天寫一續，次日刊出，所以這部小說也是連續寫了兩年另十一個月。如果沒有特殊意外（生命中永遠有特殊的意外），這是我最後的一部武俠小說。

然而《鹿鼎記》已經不太像武俠小說，毋寧說是歷史小說。這部小說在報上刊載時，不斷有讀者寫信來問：「《鹿鼎記》是不是別人代寫的？」因爲他們發覺，這與我過去的作品有很大不同。其實這當然完全是我自己寫的。很感謝讀者們對我的寵愛和縱容，當他們不喜歡我某一部作品或某一個段落時，就斷定：「這是別人代寫的。」將好評保留給我自己，將不滿推給某一位心目中的「代筆人」。

《鹿鼎記》和我以前的武俠小說完全不同，那是故意的。一個作者不應當總是重複自己的風格與形式，要儘可能的嘗試一些新的創造。

有些讀者不滿《鹿鼎記》，爲了主角韋小寶的品德，與一般的價值觀念太過違反。武俠小說的讀者習慣於將自己代入書中的英雄，然而韋小寶是不能代入的。在這方面，剝奪了某些讀者的若干樂趣，我感到抱歉。

但小說的主角不一定是「好人」。小說的主要任務之一是創造人物；好人、壞人、有缺點的好人、有優點的壞人等等，都可以寫。在康熙時代的中國，有韋小寶那樣的人物並不是不可能的事。作者寫一個人物，用意並不一定是肯定這樣的典型。哈姆萊特優柔寡斷，羅亭能說不能行，《紅字》中的牧師與人通姦，安娜卡列妮娜背叛丈夫，作者只是描寫有那樣的人物，並不是鼓勵讀者模仿他們的行爲。《水滸傳》的讀者最好不要像李逵那樣，賭輸了就搶錢，也不要像宋江那樣，將不斷勒索的情婦一刀殺了。林黛玉顯然不是現代婦女讀者模仿的對象。韋小寶與之發生性關係的女性，並沒有賈寶玉那麼多，至少，韋小寶不像賈寶玉那樣搞同性戀，既有秦鍾，又有蔣玉函。魯迅寫阿Q，並不是鼓吹精神勝利。

小說中的人物如果十分完美，未免是不眞實的。小說反映社會，現實社會中並沒有絕對完美的人。小說並不是道德教科書。不過讀我小說的人有很多是少年少女，那麼應當向這些天眞的小朋友們提醒一句：韋小寶重視義氣，那是好的品德，至於其餘的各種行爲，千萬不要照學。

我寫的武俠小說長篇共十二部，中篇二部，短篇一部。曾用書名首字的十四個字作了一副對聯：「飛雪連天射白鹿，笑書神俠倚碧鴛」。最後一個不重要的短篇《越女劍》沒有包括在內。

最早的《書劍恩仇錄》開始寫於一九五五年，最後的《鹿鼎記》於一九七二年九月寫完。十五部長短小說寫了十七年。修訂的工作開始於一九七〇年三月，到一九八〇年年中結束，一共是十年。當然，這中間還做了其他許多事，主要是辦《明報》和寫《明報》的社評。

遇到初會的讀者時，最經常碰到的一個問題是：「你最喜歡自己那一部小說？」這個問題很難答覆，所以常常不答。單就「自己喜歡」而論，我比較喜歡感情較強烈的幾部：《神鵰俠侶》、《倚天屠龍記》、《飛狐外傳》、《笑傲江湖》、《天龍八部》。又常有人問：「你以爲自己那一部小說最好？」這是問技巧與價值。我相信自己在寫作過程中有所進步：長篇比中篇短篇好些，後期的比前期的好些。不過許多讀者並不同意。我很喜歡他們的不同意。

一九八一・六・二二

我的十五部武俠小說，到了廿一世紀初又再修改，至二〇〇六年七月完畢，主要是文字的修訂，情節並沒有大改動。曾鄭重考慮大改《鹿鼎記》，但最後決定不改，因爲這部小說寫的是淸朝盛世康熙時代的故事，主要抒寫的重點是時代而非人物。在那個時代中，可以有那樣的故事。我當然不鼓勵現代的靑少年去模仿韋小寶：不反對母親做妓女、不識中文、賄賂貪污、法場換人、蔑視法律、殺人後用藥化去屍體、連娶七個老婆。正如《紅樓夢》、《水滸傳》是好小說，但在現代社會中，賈寶玉和李逵的具體行爲也不能學。

二〇〇五·五·十五

鹿鼎記(大字版) / 金庸作.　-- 二版.
-- 臺北市：遠流，2017.10
冊；　公分. --(大字版金庸作品集；63–72)

ISBN 978-957-32-8144-3 (全套：平裝).

857.9　　　　　　　　106016904